神永 学
Manabu Kaminaga

心霊探偵

Psychic Detective

八雲

12

魂の深淵

角川書店

目次

プロローグ……………………………………………… 7

第一章　悔恨……………………………………………… 25

第二章　彼岸……………………………………………… 117

第三章　怪物……………………………………………… 219

第四章　深淵……………………………………………… 337

エピローグ……………………………………………… 463

謝辞……………………………………………………… 476

心霊探偵 八雲 12

魂の深淵

怪物と闘う者は、その中で自らも怪物にならないよう、気をつけなくてはならない。
深淵を覗くとき、深淵もまたこちらを覗いている──。

フリードリッヒ・ニーチェ

プロローグ

私は深淵の中にいた――。

身体と心の境界が曖昧になってしまうほどの深い闇――。

冷たく、静寂に支配されたその空間は、視覚ばかりではなく、聴覚、嗅覚、触覚といった全ての感覚を奪い、時間の流れさえも呑み込んでいく。

濃密で、重い空気に満たされたその闇の中、私は膝を抱えてじっと座っていた。

闇がじわじわと身体を侵食し、心を覆う壁を溶かしていく。やがて、外殻を失った私は、個としての存在を失い、闇そのものになる。

それは、死を意味していた。身体だけでなく、心も死んでいく。

怖くはなかった。

生きていることの方が、はるかに苦痛を伴っていたからだ。

それに比べれば、寒くて、静かで、真っ暗な世界は、とても優しかった。何より、平等だった。

このまま全てを忘れて、完全な無になる――。

何も見えない。

何も聞こえない。

プロローグ

何も感じない。

何も——。

……

………

真っ暗だった空間に、小さい光が灯った。

二つの光。

赤い光だった——。

よく見ると、それは眼だった。

真っ赤に染まった瞳が二つ。じっと私のことを見ていた。

その眼からは、何の感情も読み取れなかった。ただ、目の前にあるものを、あるがままに捉えている。

あの眼に、私の姿はどう映るのだろう？

考えているうちに、闇の中からすっと抜け出るように、一人の男が姿を現した。

さっきの赤い二つの眼は、この男のものだったのだろう。

男は、ゆっくりと私に向かって右手を差し出してきた。

色が白くて、指が長い。

とても繊細で美しい手だった。

「私と一緒に来るか?」

男の声が、沈滞していた冷たい空気を震わせる。

私は、意味が分からず、黙ったまま男を見返した。男の声は平坦で、感情が読み取れなかった。表情もまた、微動だにしない。

「私と来るか?」

男が、もう一度問い掛けてくる。

この男は、私を連れて行こうというのか? 何の為に? 男の顔を改めて見返したが、赤い瞳は何も語らなかった。

だから――。

「一緒に行ったら、どうなるの?」

私はそう聞き返した。

痛いことには慣れている。身体の感覚を遮断して、それらをやり過ごす術も知っている。だけど――。

「君に、新しい人生をあげよう」

男は静かに言った。

「新しい人生?」

「そうだ」

10

プロローグ

男は小さく頷いた。

このとき、初めて男の頬の筋肉が緩み、小さく笑ったように見えた。

新しい人生が何か、私には分からなかった。だけど、男が笑ってくれたことが嬉しかった。

だから、私は男の手を取った。

見た目と違い、その手はとても力強かった。

そして──。

温かった──。

さっきまで、あれほど暗かった世界が一変した。

きっと私は生まれ変わったのだ。

11

一

　冷たい風は、容赦なく身体から熱を奪っていく。

　だが――。

　肉体が感じる冷たさなど、取るに足らない。

　痛みも同じだ。

　いくらでも耐えることができる。肉体的な感覚を遮断する術なら知っている。自分の姿を俯瞰で眺め、心と身体を切り離せばいい。

　ちょうど、魂が肉体を抜け出したときのように――。

　真に耐え難いのは、肉体の苦痛ではなく、心が感じるそれだ。

　悲しみや苦しみ、怒りや憎しみ。そして喪失感から生まれる心の痛みは、肉体が感じるものの比ではない。

　どんなに拒もうとも、容赦なく隙間に入り込んできて、病原菌のように、際限なく増殖していく。

　それだけではない。

　広がった苦痛は、ギリギリと嫌な音を立てながら、少しずつ精神を削っていく。そうやって削られ、歪んだ心は、二度と元に戻ることはない。

プロローグ

「あなたも、それが分かったでしょ——」

水門の管理棟の屋上に立った七瀬美雪は、白い息とともに呟いた。

だが、その声は、管理棟の脇で呆然と立ち尽くしている青年には届いていない。そもそも、最初から伝えるつもりはない。

彼は、今まさにそのことを体感しているはずだ。

走り去る救急車を見送りながら、彼が何を考えているのか手に取るように分かる。

怒り、憎しみ、悲しみ、あらゆる負の感情が入り混じり、巨大な渦になる。最初、他者に向けられていたそのうねりは、全ての光を奪い、やがては、後悔と喪失感に変貌し、自分自身に返ってくる。

彼——斉藤八雲は、深淵を見ているはずだ。

冷たくて、重い空気に満たされた深い闇の底。かつて、七瀬美雪が見たのと同じ世界。

八雲の心もまた——削られていくだろう。

そして、自分の形を失う。

それを想像するだけで、七瀬美雪の身体の内側から、熱を帯びた衝動が湧き上がり、自然と頬の筋肉が緩んだ。

確かめるまでもなく、恍惚とした表情を浮かべているだろう。

他人が苦しむ姿を見て興奮する嗜虐性は、生まれもって備わったものではない。その種は、誰の心の中にも宿っているものだ。

13

それが、発露するか否かは、環境によるところが大きい。

心の奥底に眠っている嗜虐性の種は、自らが痛めつけられることで発芽し、闇の中で成長を続ける。

そうなってしまえば、あとは花開く為のきっかけを待つだけだ。

自分がそうであったように、八雲も、長い間、深淵を見つめていれば、嗜虐性を剥き出しにするに違いない。

他人の苦しんでいる姿を見て、歓喜に打ち震えるようになるはずだ。

しかし、七瀬美雪の目的はそこではない。

もっと先にある。

「苦しいでしょ。悲しいでしょ。痛いでしょ」

そこまで言ったところで、七瀬美雪はすうっと八雲に向かって手を伸ばす。

離れた場所にいる八雲の身体が、掌の中に収まった。

「でもね——」

七瀬美雪は、八雲の身体を包み込むように、伸ばした手の先にある掌を握った。

メキメキと鈍い音を立てて、八雲の心の砕ける音が聞こえた気がした。

「まだ終わりじゃない。これから始まるの——」

七瀬美雪は、自らの拳の中にいる八雲にそう告げると、背中を向けて歩き出した。

より深い闇を探すように——。

14

プロローグ

二

——どうしてこうなった？

病院の待合室のベンチに座った後藤和利の脳裏には、同じ疑問が幾度となく繰り返されていた。

七瀬美雪に拉致された小沢晴香を救う為に奔走した。救えるはずだった。そう信じていた。

だが、完全に裏をかかれてしまった。

八雲の推理から、七瀬美雪と晴香は、旧木下医院にいると思われた。

だが、そこに二人の姿はなく、同時期に行方不明になっていた少女が、ベッドに寝かされていた。

七瀬美雪は、離れた場所からタブレット端末を通じて、自分たちを嘲笑った挙げ句、とんでもない条件を八雲に突きつけた。

晴香を助けたければ、ナイフを使って、ベッドに眠っている無関係な少女を殺せと命じたのだ。

命を天秤にかけるなど、悪魔の所業だ。

八雲は、晴香を救う為に、少女を殺そうとした。それを責めることはできない。どちらか片方が失われるという条件下であれば、自分にとって大切な人を選ぶのは、普通のことだ。

15

しかし――。

選択したことで、背負うことになる業は、とてつもなく重い。

他人の命を奪うという罪悪感は、一生付きまとい、八雲を苦しめ続けることになるだろう。

これまで数多の死者の魂を目にして、命の重さを人一倍分かっている八雲が感じるそれは、想像をはるかに超えていたはずだ。

八雲を殺人犯にしてはならない。後藤は、その思いに駆られ、あのとき八雲を止めた。晴香を見捨てたのではない。八雲を止めながらも、晴香を救おうとしたのだ。

だが、あと一歩のところで届かなかった。

七瀬美雪は、容赦なく両手足を拘束した晴香を川に突き落とした。

後藤と石井とで、何とか川に沈んだ晴香を見つけ出し、岸に引き揚げたが、そのときには、もう彼女の呼吸は止まっていた。

「くそっ！」

後藤は、自らの太腿を拳で殴りつける。

痛みはほとんど感じなかった。心に負った衝撃が強すぎて、肉体の感覚が麻痺している。

ふと視線を上げると、壁に寄りかかるようにして、八雲が立っていた。

置物のように微動だにしない。顔に生気がなく、目も虚ろだった。まるで、空っぽの人形のように。

――すまない。

16

プロローグ

心の内で、何度詫びたか分からない。

もし、後藤と石井がもっと早く、あの水門に駆けつけることができたら、晴香を救うことができたかもしれない。

それよりも前に分岐はあった。

後藤が八雲を止めずに、少女を殺していれば、晴香は川に落とされることはなかったかもしれない。

いや——。

間違った考えであることは分かっている。それでも、思考がそこに囚われる。こうした迷路に追い込むことこそが、七瀬美雪の目的だったのではないかとすら感じる。

「後藤さん。今は、余計なことを考えるのは止めましょう」

そう声をかけてきたのは、向かいのベンチに座る真琴だった。

彼女も、晴香を救う為に奔走した一人だ。

後悔もあるだろうし、後藤と同じようなことを考えもしただろう。だが、そうした感情に流されることなく、自我を保っている。

「そうだな……」

後藤は、ふうっと大きく息を吐いてから立ち上がった。

座って俯いていては、考えが悪い方に流されていくような気がした。窓から差し込む朝陽が眩しかった。心が暗く沈んでいるせいか、それが疎ましく感じられる。

17

「お待たせしました」

医者に晴香の容態を訊きに行っていた石井が、息を切らしながら、駆け足で戻ってきた。

すぐにでも、状況を問い質したいところだが、一瞬それを躊躇った。最悪の報告を聞くかもしれないと思うと、声が出なかった。

後藤だけではなく、八雲も同じだったようで、石井に目を向けたものの、何も言わずにただじっとしている。

「それで、晴香ちゃんの容態は？」

促したのは真琴だった。

こういうとき、女性の方がしっかりしているものだ。

「あ、はい。一命を取り留めたそうです」

石井の発した言葉で、安堵の波が一気に広がった。

――良かった。

ため息を漏らすのと同時に、身体の力まで抜けてしまった。そのまま頽れそうになるのを、辛うじて堪えた。

「一命は取り留めたのですが……その……」

石井の声がみるみる小さくなり、顔色も別人のように悪くなっていく。

広がったばかりの安堵が一気に消失し、変わって言い様のない不安に満ちた空気が充満していく。

プロローグ

「何だ？　何があった？」

後藤が詰め寄ると、石井は頼りなく眉を下げつつも口を開く。

「意識が戻らない状態です。今は、人工呼吸器の助けを借りて呼吸をしていますが、予断を許さない状態だそうです」

石井の声は、いかにも苦しそうだった。

「生きているんだよな。だったら大丈夫だ。きっと目を覚ます」

後藤は声を張った。

結果の出ていないことに対して不安に身を捩っても仕方ない。今は、目を覚ますと信じることこそが大事だ。

「私も、そうであって欲しいです。しかし……」

石井の目が落ち着きなく左右に揺れている。

腹を決めたはずなのに、そんな顔をされては、後藤の意志まで揺らいでしまう。

「……」

「お医者様の話では、脳死の可能性がある――と」

石井が放った言葉が、信じようとする後藤の心を打ち砕いた。

「脳死……」

その言葉は――あまりに重い。

脳死とは、脳にダメージを負ったことにより、機能が回復不能になった状態のことだ。心臓

19

は動いているが、自発呼吸ができず、意識が回復する見込みはない。治療法はなく、機械の助けがなければ、呼吸すらままならない。

否が応でも、八雲の叔父である一心のことが思い返される。

一心は、ある事件に巻き込まれた際、ナイフで刺されて意識不明の重体に陥った。一命は取り留めたものの、意識が回復せず脳死と判定された。

今の晴香が、同じ状態だというのか？

一心は、一度も意識を回復することなく、そのまま逝ってしまった――。

「冗談じゃねぇ！ 晴香ちゃんが脳死だっていうのか！」

後藤は、湧き上がる怒りに任せて石井の胸倉を掴み上げた。

何にそんなに怒っているのか、自分でも分からなかった。ただ、どうしても抑えることができなかった。

「私だって信じたくありません！ こんなの、あまりに残酷です！」

石井が、後藤の腕を振り払いながら叫んだ。

ビビってばかりの石井が、ここまで感情を露わにするのは珍しい。石井にとっても、信じ難い事実なのだろう。

「ここで、私たちが言い合っていても、何も始まりません。今は、信じて待ちましょう」

真琴が仲裁に入る。

指摘されるまでもなく、後藤自身分かっている。いがみ合ったところで、現状は何も変わら

20

プロローグ

「すまない……」

後藤は、石井に詫びながら逃げるように視線を逸らした。

視界に八雲の姿が映った。

額に脂汗を浮かべ、左手で赤い眼を覆うようにして、苦悶の表情を浮かべている。叫び出したい衝動を、必死に抑え込んでいるようにも見えた。

何か声をかけようとしたが、かけるべき言葉が見つからなかった。

重苦しい沈黙が続く中、病院の待合室に駆け込んでくる二人の男女の姿が見えた。

以前に、長野で起きた事件に巻き込まれたときに顔を合わせている。晴香の両親の恵子と一裕だ。

晴香が救急搬送されたあと、石井が状況を連絡していた。それを受けて、長野県から駆けつけたのだろう。

晴香の母の恵子が、こちらの姿を認めて足を止めると、沈痛な表情を浮かべつつも、深々と頭を下げてきた。

後藤もそれに倣ったが、こんなとき何と言えばいいのか分からない。

「晴香さんのご両親ですよね。ご連絡した世田町署の石井です。お医者様のところまでご案内します」

石井が、真琴に促されて声をかける。

ない。

21

恵子は「はい」と応じて、石井のあとについて行こうとしたが、父親である一裕は違った。

鬼の形相で睨みをきかせている。

その視線の先にいるのは——八雲だった。

父親が娘の恋人に嫉妬し、嫌悪するといった類いの生易しい感情ではない。どういう説明が

なされたのかは分からないが、八雲を元凶のように考えているのだろう。

八雲は、その視線を正面から受け止め、一裕と恵子の前に歩み出て、深々と頭を下げた。

「申し訳ありません……全て、ぼくが……」

その先は、言葉にならなかった。溢れ出る感情に翻弄されているのだろう。

八雲の身体が、震えていた。

「君は、帰ってくれ」

一裕が言った。

叫んだのでも、怒鳴ったのでもない。抑制された口調で告げただけだったが、それでも、い

や、それだからこそ、切実なる想いが込められていた。

「…………」

八雲が顔を上げる。

「今すぐ、ここを出て行ってくれ。そして、金輪際、娘の前に姿を現さないで欲しい」

改めて一裕が口にした。

「待ってくれ。八雲は晴香ちゃんを守ろうとしたんだ。こいつのせいじゃ……」

プロローグ

擁護しようとした後藤の言葉を遮るように、一裕が真っ直ぐな視線を向けてきた。

充血したその目は、あまりに哀しげだった。

後藤は気付いてしまった。一裕が抱いているのは、八雲に対する怒りや憎しみではない。親

として、娘を守りたいという切実な願いだ。

「あなたが私の立場でも、同じことが言えますか？」

一裕が訊ねてくる。

反論しようとした後藤の脳裏に、養女である奈緒の顔が浮かんだ。

血は繋がっていないが、奈緒は紛れもなく後藤の子どもだ。なにものにも替え難い存在。そ

の奈緒が、同じ目に遭ったとき、後藤は受け容れることができるだろうか？

一裕と同じように、八雲を拒絶したかもしれない。

だが――。

それでも、八雲は晴香を守る為に、身を削って奔走した。あまつさえ、彼女の為に人まで殺

そうとしたのだ。

「八雲は、晴香ちゃんを……」

言いかけた後藤の腕を、八雲が摑んだ。

口に出さなくても、何も言うな――とその目が語っている。

八雲は、今回の一件の責任を全て一人で背負い込む気だ。いや、違う。今回の一件だけじゃ

ない。

23

これまで、大事には至らなかったが、晴香は散々危険な目に遭ってきた。そうなったのは、自分とかかわったせいだと強く思い込んでいるに違いない。

「違う。お前は……」

「もう、いいんです」

後藤の言葉は、はっきりと八雲に遮られた。

八雲はそれ以上、何も語らずに、ただ一裕に向かって深々と頭を下げると、無言のままその場を立ち去った。

去り際に見た八雲の目は、とてつもなく暗かった。

自らの存在を嫌悪し、絶望に打ちひしがれた危うい目——。

このままにしてはいけない。分かっていたのに、後藤は歩き去る八雲の背中を追いかけることができなかった——。

第一章 悔恨

一

　白いワンピースを着た香菜は、大きく手を広げるようなポーズを取りながら、笑顔を浮かべる。

　次は、カメラに向かって手を振る。

　それから、両手で頰を挟み、唇を尖らせる。

　香菜が動く度に、カメラのシャッター音が連続して響く。

　笑顔を浮かべる度に、カメラのシャッター音が連続して響く。

　笑顔を浮かべてはいるが、香菜は正直、うんざりしていた。所属していたアイドルグループを卒業し、初めてソロでの写真集を撮影することになった。

　てっきり、沖縄や、サイパンなどの南の島に行くのかと思っていたのに、連れて来られたのは、山奥にある廃墟だった。

　元が、何だったのかは分からないが、くすんだコンクリートの壁は、あちこちヒビが入っていて、清潔感がない。

　窓ガラスのほとんどは割れてしまっている上に、あちこちにガラクタが散乱している。床には埃が溜まっていて、歩く度にふわっと舞い上がる。

　おまけに、黴臭くて息が詰まる。

　話によると、この建物は、廃墟マニアには知られたスポットらしいが、こんな場所で撮影し

26

悔恨

て、いい写真集が作れるとは思えない。

清楚な雰囲気の少女が、朽ちた建物を背景に云々と、コンセプト的なものの説明は受けたが、納得できてはいない。

とはいえ、グループを卒業したアイドルが、軒並み低迷していることを考えると、こうして単独で写真集を撮影させてもらえるだけマシかもしれない。

「いいよ。次は、くるっと一回転してみようか」

カメラマンの木元の指示に従い、香菜は両手を広げてくるりと一回転する。ワンピースのスカートが、ふわっと揺れた。

「じゃあ、次は少し大人っぽい表情で」

再び木元が指示を出す。

大人っぽい表情って、いったいどんな顔のことだよ。不満が湧き上がったが、口にすれば、勘の悪い娘として扱われることが目に見えている。

香菜は、笑顔を引っ込め、無表情に木元を見つめた。

「いいね」

木元の喋り方が鼻に付く。

まだ二十代らしいが、野暮ったくて、実年齢より十歳は上に見える。やたらと呑みに行こうと誘ってくるのも鬱陶しい。

「じゃあ、次は挑発してみて」

木元が次の指示を出す。

日常生活において、他人を挑発するようなことはないし、そうしようと思ったこともない。

求めているのが、どんな表情なのかさっぱり分からない。

苛立ちから、ついため息を吐いてしまった。

「おっ、いいね」

木元が、親指を立ててみせた。

今のは挑発ではなく、ただ呆れただけなのに、こちらの感情を全く察していない。木元は、

感性が鈍いのではないのか？ と思ってしまう。

こんないい加減なカメラマンに任せていたら、ろくな写真集にならない。後でマネージャー

に抗議しよう。

——カチカチッ。

何かがぶつかり合うような奇妙な音が聞こえた。

何かの機材の音かと思ったが、それらしきものは見当たらない。

「何かあった？」

訊ねてくる木元に、「何でもないです」と答えた。

きっと聞き間違いだろう。

撮影に集中しようと思ったところで、香菜の足首に冷たい感触があった。

「ひゃっ！」

28

悔恨

　香菜は、声を上げて飛び退いた。

ヒールを履いていたせいで、危うく転びそうになったが、何とか踏み留まる。

「大丈夫？」

木元が声をかけてくる。

「今、足に何か触った」

そう言いながら、足許に目を向けたが、そこには何もなかった。気のせいだったのだろう

か？

「大丈夫。何もいないから」

「はい」

返事はしたものの、木元のへらへらとした笑いが癪に障った。

考え過ぎかもしれないが、香菜のことをバカにしているように思えてしまう。

「次は、カメラに向かって誘惑してみて。おれを恋人だと思ってさ──」

木元の指示に、虫酸が走った。

こんなむさ苦しい男を、恋人だなんて思えるわけがない。もうちょっと、こちらの気持ちを

考えた指示を出して欲しい。

だいたい、誘惑って何？

考えているときに、また足にひんやりとした何かが触れた。

ビクッと身体が硬直する。

さきは、一瞬触れただけだった。だが、今度は、しっかりとした感触がある。

まるで、足首を摑まれているような――。

「どうした?」

木元がファインダーから顔を上げて訊ねてくる。

答えようとしたが、ひゅっと喉が鳴るだけで、声が出なかった。

足には、まだあの感触が残っている。

勘違いではない。

誰かが、香菜の足首を摑んでいるのだ。

――カチカチッ。

さっきも聞こえた奇妙な音がした。

今度は、音の出所が分かった。足許から聞こえてくる。

――何なの?

確認しようとした香菜だったが、すぐに踏み留まった。

――見ちゃ駄目!

自分に言い聞かせる。

もし、目を向ければ、とんでもないことになる。

そう思っていたはずなのに、意思に反して自分の首が動く。必死に抗おうとしたが駄目だっ

た。

30

悔恨

瞼を閉じようとしたが、それさえもできなかった。

香菜の視線は、足許に吸い寄せられる。

あまりのことに、悲鳴を上げることすらできなかった。

いつの間にか、中年の男が、香菜の足許に這いつくばっていた。

手を伸ばし、香菜の足首を摑んでいる。

——何？　何なのこれ？

這いつくばっている男は、ゆっくりと顔を上げた。毛細血管が浮き上がり、赤くなった目で、ぎろりと香菜を見る。

紫色に変色した唇が震えている。その奥で、歯がカチカチッと嫌な音を立てる。

——嫌だ。嫌だ。

何とか逃げ出そうとしたが、身体が動かなかった。

男は、そのまま香菜の足をよじ登ろうとする。

膝から腰、そこから、さらに腹へと手を伸ばしてくる。やがて、その男の顔が、香菜の目の前まで来た。

「許してくれ……」

男は、香菜の顔をじっと見つめたまま、懇願するように言った。

「いやぁ！」

香菜は、叫ぶのと同時に意識を失った。

二

空が高い――。

雲が一つもない。抜けるような青が広がっている。

肌に当たる光は熱を持っているのに、空気は冷たいままだ。

斉藤八雲は、ふうっと白い息を吐いたあと、視線を空から正面にある墓石に向けた。

黒い御影石で作られたその墓石は、僅かに八雲の顔を反射していた。

「どうしてこうなった？」

八雲は、墓石に向かって問い掛ける。

だが、返事はなかった。

八雲の左眼は、生まれつき赤い。ただ赤いだけではなく、特異な性質を持っていた。死者の

魂――つまり幽霊が見えるのだ。

これまで、自分の意思とは関係なく、数多の幽霊を目にしてきた。

見たくないとき、見たくないものが目に映る。聞きたくないのに、聞きたくないことが耳に

入ってくる。

それなのに――。

肝心なときに、見えない、聞こえない。誰も何も答えてはくれない。

悔恨

「全てぼくのせいだ……」

水門での事件から、間もなく一週間が経つ。

時間は、記憶を薄れさせるという。忘れることは、心を守る為に備わった防衛本能らしい。

だが——一日が経つにつれて、八雲の中にあるあの日の記憶は、より鮮明になっていくような気がした。

瞼を閉じると最後の瞬間の晴香の顔が脳裏に浮かぶ。

モニター越しであったはずなのに、すぐ目の前にいると錯覚するほど鮮明に——。

あのとき、七瀬美雪は、晴香の命を助ける代わりに、無関係な少女を殺すことを八雲に要求してきた。

七瀬美雪に、どうしても、その少女を殺さなければならない事情があったわけではない。彼女は、八雲に人を殺させることで、自分と同じところに堕とそうとした。

あの状況下では、七瀬美雪の指示通りに少女を殺すしか、晴香を助ける方法はなかった。

だから、あの瞬間、八雲は少女を殺す覚悟をした。

八雲の右手には、未だにナイフを握ったときの感触が残っている。

とてつもなく重かった。

あれは、命の重さだったのかもしれない。

その重さを全てを背負い込み、人の道を外れてでも、晴香を助けるのだと強い想いでナイフ

33

を手にしたはずだった。

「殺せなかった……」

苦い思いとともに口にした。

後藤に止められたというのもある。モニター越しに対面した晴香もまた、八雲が人を殺すこ

とを拒否した。

しかし——あのとき殺さなかったのは、他ならぬ八雲自身の決断だった。

晴香が死ぬと分かっていながら、最後の一線を踏み越えることができなかったのだ。自分の

命なら、いくらでも差し出すが、誰かのそれを奪うことに、躊躇いが生まれた。

結果として、晴香を見捨てることになった。

自分の意志の弱さがつくづく嫌になる。

それは、一週間前のあの瞬間に限ったことではない。

もっと前——晴香と出会ったとき、彼女の優しさに触れ、それに甘えた。

晴香と出会った頃の八雲は、他者と深くかかわらないように意識して生活していた。自分の

赤い左眼は呪われている。かかわれば、その人が不幸になる。それが分かっていたからだ。

だから、初めて晴香が心霊現象を持ち込んで来たときも、適当にあしらって終わりにするつ

もりだった。

ところが、晴香は、これまで八雲が忌み嫌っていた赤い左眼を「綺麗——」と言った。

それは、八雲の価値観を根底から覆す言葉だった。

34

悔恨

おそらく、晴香は何の意図もなく、思ったままを口にしたのだろう。だが、だからこそ八雲の心を揺さぶった。

赤い左眼のせいで、八雲は自らの母親に殺されかけた。

実際は、複雑な事情があったのだが、そのときは、まだそれを知らなかった。だから、心のどこかで、自分のような人間は、生きていてはいけないのだと思っているところがあった。

それなのに——。

恐怖でも、同情でも、憐れみでもなく、八雲の最大のコンプレックスを「綺麗」と表現されたことで、自分が生きていていいのだと言われた気がした。

自分のような人間は、誰ともかかわってはいけないと思っていたはずなのに、晴香が差し出してくれた優しい手を握ってしまった。

孤独は苦ではないと思っていたが、そうではなかった。本当は、心の奥底で他人との繋がりを求めていたのだろう。

それが間違いだった。

晴香の差し伸べる手を振り払い、それまでと同じように孤独に過ごしていれば、こんなことにはならなかった。

一人でいるべきだったのに、それができなかった——。

突き放す機会は幾らでもあった。かかわりを絶つことができたはずなのに、晴香といる時間を心地いいと感じてしまった。

35

そのまま、何の決断をすることもなく、ずるずると一緒に時間を過ごしてしまった。

孤独に耐えることができなかった自分の弱さが、全ての元凶に他ならない。

——それは違う。

ふっと声が耳を掠めた。

それは、叔父である一心の声だった気がする。

だが、その姿は赤い左眼には映らなかった。きっと、未だに繋がりを捨てきれない、自分の弱さが生み出した幻聴なのだろう。

ため息を吐いたところで、携帯電話が着信の鳴動をした。

モニターには、後藤の名前が表示されていた。だが、八雲は電話に出ることなく、ポケットの奥に仕舞い込んだ。

後藤からは、あれから、毎日のように電話がかかってきている。

時折、〈映画研究同好会〉の部屋にも顔を出していることも知っている。だが、八雲は意図的に会わないようにしていた。

お節介で、情に厚い後藤のことだ。会えば何を言うかは、だいたい想像がつく。

電話をしてきているのは、後藤だけではない。石井からも、真琴からも、同じように連絡が来ていたが、八雲は電話に出るつもりはなかった。

——もう誰も巻き込みたくない。

後藤たちの優しさに甘えれば、今度は、彼らを危険に晒すことになる。

36

悔恨

　雲海と七瀬美雪のことは、誰かの手を借りてどうにかできる問題ではない。自分一人で決着を付けなければならないことだ。

　じわっと熱を持った感情が腹の底から湧き上がる。

　その感情は、血管を駆け巡り、瞬く間に全身に広がっていく。

　脳の奥が痺れるような、強い感情——。

　全てを失ったかもしれないが、それでも、まだやるべきことが残っている。

　過去はもう変えられない。今さら足掻いたところで、どうにもならない。ただ、未来を造ることはできる。

　自分と同じ悲しみを、これ以上増やさない為に、何をすべきかは分かっている。

　それは、おそらく自分にしかできないこと。

　自分がやるべきこと。

　もう迷わない。躊躇えば、また同じことが繰り返される。目的を果たす為なら、いくらでも冷酷になれる。

　人としての感情を全て捨ててでも、やり遂げなければならない。

　そして、全てが終わったときは——。

「もう行くよ」

　八雲は、墓石に向かって告げると、踵を返して歩き出した。

　一陣の冷たい風が駆け抜ける。

それと同時に、誰かに名を呼ばれた気がした。

慈しむような優しい響きをもった声。もう、聞くことがないと思っていたその声に反応して、八雲は振り返る。

だが、そこに人の姿はなかった。

声の主が眠っている墓石が、そこに佇んでいるだけだった――。

再び歩き出そうとしたところで、進路に立ち塞がる影があった。黒い上下のスーツにサングラスをかけた男――。

八雲の血縁上の父親である雲海だ。

雲海は、すでに死んでいる。今、八雲の目の前に立っているのは、魂だけの存在――幽霊だ。

生に執着した雲海は、これまで幾度となく七瀬美雪と共謀し、様々な事件を引き起こしてきた。

八雲を、自らの魂の器にしようとしていたからだ。

血縁関係のある八雲の身体であれば、魂を移し替えることができると本気で信じていたのだ。

そのせいで、多くの人が傷付いてきた。晴香の一件も、雲海の生に対する執着が生み出したものであることは間違いない。

だが――。

臓器の移植のように、魂を入れ替えることなどできない。肉体を失った段階で、魂は現世とは異なる次元にいる。

38

悔恨

たとえ見ることができるとしても、同じ空間に存在しているわけではない。

雲海も、そのことを悟り始めている。

それが証拠に、これまで、普通の人にも視認できるほど濃密だった雲海の姿は、半分消えかけている。

「もう、あなたに用はない」

八雲が告げると、雲海はゆっくりとサングラスを外した。

真っ赤に染まった両眼を見ると、この男と血が繋がっているということを、改めて思い知らされ、愕然とする。

「お前はどこに行く?」

雲海が問い掛けてくる。

「あなたに言う必要はない」

もし、雲海が生きた人間であったなら、この手で殺してやりたいが、死んでいるのではそれもできない。

このまま放っておけば、いずれ消えていくだろう。

八雲は、雲海の身体を擦り抜け、力強く歩みを進めた——。

39

三

　土方真琴は、瞼を閉じて椅子の背もたれに身体を預けた。

　疲労がどっと押し寄せてくる。

　あの事件から一週間が経とうとしている。有給を使って、少し休むことも考えはしたが、真琴はすぐに職場に復帰した。

　立ち止まっていてはいけない——そう思ったからだ。

　晴香を救えなかった。その事実は、部屋に籠もっていくら悔やんだところで、変わりようがない。

　だから、今できることをやる——。

　彼女——七瀬美雪を捕まえることが、今できる唯一のことだと信じ、独自に調査を続けている。

　ふと、胸に痛みが走った。

　調子のいいことを考えて、自分を納得させてはいるが、実際は、あの日の過ちから逃れようとしているだけなのかもしれない。

　具体的に、何をどうすれば良かったのかは分からないが、もっと自分が上手く立ち回っていれば、晴香を救えたかもしれないのだ。

悔恨

その罪悪感から逃れる為に、目を逸らしているだけに過ぎないのではないか？
いや、実際そうなのだろう。だが、それでもいい。ただ立ち止まっているより、幾らかマシだ。

真琴は目を開けると、パソコンのモニターに向き合った。
そこに表示されているのは、十六年前に七瀬美雪が、自らの一家を惨殺した事件の記事だった。

当時の新聞記事では、七瀬美雪は行方不明になっていて、犯人に連れ去られた可能性が高い──ということになっていた。

当時、この記事を書いた記者に問い合わせてみたが、憶測を働かせたわけではなく、警察の発表をそのまま書いたということだった。
警察は、初動の段階で、容疑者の推定を含めて、完全に捜査方針を誤ったということになる。
このとき警察が、正しい判断をしていたとしたら、状況は大きく変わっていただろうと思うが、そのことを責めることはできない。

事件当時、七瀬美雪は十歳だった。そんな少女が、自らの家族を滅多刺しにして殺害するなど、いったい誰が想像できるだろう。

後に、七瀬美雪自身が、家族を殺害した理由を語っている。
七瀬美雪の母、冬美と祖父である寛治は、愛人関係にあった。彼女は、冬美と寛治の子どもだったのだ。

そのことを知った戸籍上の父である勝明は、まだ十歳の七瀬美雪を虐待していた。

家の中では諍いが絶えず、その度に、父だけでなく、祖父の寛治や、母の冬美まで、七瀬美雪を罵り、ときに暴力を振るった。

そうまでして、家族の体裁を整えなければならなかったのか——甚だ疑問だ。

十歳の少女だった七瀬美雪には、逃げ道はなく、ただ理不尽な暴力に耐え続けるしかなかった。

そんな彼女の唯一の味方は、祖母だった。

ところが、事件のあった夜、精神的に崩壊し、包丁を持って錯乱した祖母を、祖父と両親で押さえ付けて殺害した。

そんなときだけ、一致団結するなど、常軌を逸しているとしか言い様がない。

それを目の当たりにした七瀬美雪は、残りの家族全員を殺害するに至った。おそらくではあるが、それは逃避行動あるいは、自己防衛だったのだろう。

このままでは、自分も家族の手によって殺害されると思ったのではないかと真琴は推測している。

問題は、その先だ——。

七瀬美雪が、警察に確保されていれば、そこで終わった話だ。ところが、両眼の赤い男——雲海が、彼女を連れ去った。

雲海には、件の事件の容疑者を、武田俊介になすり付けたかったという思惑があった。

悔恨

だが、本当にそれだけが目的なのだろうか？

真琴には、もっと他の理由があったように思えてならない。

何より引っかかるのは、事件後のことだ。

七瀬美雪が、再び姿を現したのは、失踪してから十五年近く経ってからだ。それまでの間、

彼女は完全に姿を消していた。

彼女は、どこで何をしていたのか？

十歳からの十五年といえば、思春期から大人へと成長する、もっとも多感な時期のはずだ。

七瀬美雪が、空白の期間、何をしていたのかを解き明かすことが、彼女の行方を辿る一番の

手掛かりになるように思えた。

真琴の思考を遮るように、デスクの上に置いておいた携帯電話が鳴った。

――八雲君？

真琴は、事件以降、幾度となく八雲の携帯電話に連絡を入れている。その折り返しの連絡か

と思ったが、モニターに表示されたのは、学生時代の友人、木元の名前だった。

木元は、今はフリーのカメラマンとして活動している。二年ほど前に行われた、サークルの

同窓会で顔を会わせたのが最後だ。

そんな木元が、どうして急に電話をしてきたのか？ 怪訝に思いながらも、「土方です」と

電話に出た。

〈まこっちゃん。久しぶり〉

43

電話の向こうから、木元の屈託のない声が聞こえてくる。

「木元君。どうしたの。急に電話してくるなんて、珍しいね」

〈いや。実は、この前、中山に会ってさ〉

木元が共通の友人の名前を挙げる。

出版社に勤務する中山美佳とは、仕事の絡みもあって、月に一度くらいの頻度で顔を合わせる。

「美佳さん、変わってないでしょ?」

〈相変わらずだったよ。あっ、でも、今日は懐かしくて電話したわけじゃないんだ〉

「何?」

〈実は、見て欲しいものがあるんだよ〉

「見て欲しいもの?」

面倒見がよく、姉御肌である美佳は、よき相談相手でもあったりする。

〈そう。中山に訊いたら、こういうのは、まこっちゃんが詳しいって言うからさ〉

木元の声は、相変わらず明るいが、何だか嫌な予感がした。

良からぬことが起きる予兆——。

「こういうのって?」

〈おれが、今カメラマンやってるってのは、話したっけ?〉

「うん」

悔恨

〈そっか。実は、仕事で撮影した写真なんだけどさ。ちょっと妙なんだよね〉

「妙というのは?」

〈いわゆる、心霊写真ってやつなんだ〉

いつだったか、何かの拍子に、美佳に真琴が巻き込まれた心霊現象の幾つかについて話をしたことがあった。

どうやら、そのことで、美佳は真琴が心霊現象に詳しいと思い込んでしまったようだ。

昔のよしみで、手助けをしてあげたいという気持ちはあるが、素直に応じられない事情もある。

これまで、心霊事件を解決してきたのは、真琴ではなく八雲だ。その八雲と音信不通の状態が続いている。

相談を受けたところで、真琴にできることは、ほとんどない。

「ごめん。今、色々とあって、あまり余裕がなくて……」

やんわり断ろうとした真琴だったが、木元は〈とにかく、見るだけ見てみてよ〉と強引に話を進め、メールで問題の写真のデータを送ると告げ、電話は切られてしまった。

――参ったな。

真琴がため息を吐いている間に、携帯電話に圧縮された画像データが次々と送られてきた。

準備万端で電話をしてきたのだろう。

真琴は、困惑しつつも画像を確認してみる。

45

「これは……」

　送られてきた画像は、見間違いなどではなく、どれもひと目で心霊写真だと判別できるものだった。

　あまりに鮮明に写っているので、悪戯を疑ったほどだ。

　真琴は、最後の画像を表示させたところで、はっと息を呑んだ。

　その画像だけ、他とは異なるものだった。

　それだけではない。そこには、真琴が追い求めているものが写っていた——。

四

　息が詰まる。

　石井雄太郎は、ネクタイを緩めてみたが、息苦しさは変わらなかった。

　部屋の空気が淀んでいるのかもしれない。

　〈未解決事件特別捜査室〉の部屋は、以前は倉庫だった場所を改装したものだ。窓がないので、空気の入れ換えができず、酸欠気味になるのは致し方ない。

　改めて、デスクの上にある書類に向き直ったものの、やはり頭の中に靄がかかったようで、内容がまるで入ってこない。

　苛立ちを覚え、髪の毛を掻き毟ってみたが、靄が晴れることはなかった。

悔恨

この息苦しさは、部屋の構造だけの問題ではないのかもしれない。それが証拠に、〈未解決事件特別捜査室〉に異動になって二年が経つが、それまで息苦しいと感じたことはなかった。

天井を見上げて、ため息を吐くのと同時に、頭の中に一人の女性の顔が浮かんだ。

丸顔でつぶらな瞳。ショートカットの髪は、ボーイッシュなようで、女性的な繊細な美しさも兼ね備えていた。

何より、周囲を癒やす明るく、柔らかい笑顔——。

——天使。

それが、晴香を見た第一印象だった。

可愛らしい顔立ちでありながら、晴香は芯が強かった。どんなときでも前を向いて歩み続ける強さがあった。

そして、何より優しかった。

そんな晴香の存在に、何度助けられたか分からない。

落ち込んで自信を無くしたときも、晴香の笑顔を見るだけで、臆病な自分に打ち勝てる気がした。

石井にとって、晴香はそういう存在だった。

最近は、出会ったときとは抱く感情に変化が生まれたが、それでも、大切な人であることに変わりはない。

だから——。

47

何としても、晴香を助けたかった。

それなのに——。

間に合わなかった。あの夜、河川敷の道を必死に走ったのに、辿り着く前に、晴香は川へと転落していった。

あと少しだった。もっと自分が速く走っていれば、落下する前に、その手を摑むことができたかもしれない。

そうすれば、晴香は今も、あの温かい微笑みを向けてくれていただろう。

悔やんだところで、現実が変わらないのは分かっている。だが、それでも、どうしても思考がそこに向いてしまう。

目頭が熱くなり、じわっと涙が浮かんだ。

石井は慌てて瞼を固く閉じ、涙が零れ落ちるのをせき止めた。

「ぼうっとしてんじゃねえよ」

ちょうど、上司である宮川英也が部屋に入ってきて、石井の頭を小突いた。

「す、すみません……」

石井は、慌てて姿勢を正す。

「まったく……」

宮川は、呆れたように言いながら石井の向かいの席に座った。

坊主頭で、眼光の鋭い宮川は、一見するとその筋の人間に見えるが、これでれっきとした刑

48

悔恨

事だ。

「あの。それで、何か分かりましたか?」

石井は身を乗り出すようにして訊ねる。

宮川は、後藤が起こした不祥事の責任を取って、今は〈未解決事件特別捜査室〉に追いやられているが、かつては刑事課長だった。

晴香の一件のあと、石井は宮川と協力して七瀬美雪を追おうとしたのだが、捜査本部がそれを許さなかった。

七瀬美雪を取り逃がした失態の責任をなすり付けられ、捜査から完全に外されてしまった。

そもそも〈未解決事件特別捜査室〉は、名称こそ立派だが、過去に起きた事件資料の整理というまさに閑職なので、捜査に加わることはできなかっただろう。

何にしても、情報がなければ、七瀬美雪の追跡もできない。

そこで、宮川が刑事課長だったときの伝を使って、捜査本部から、色々と情報を聞き出してきてくれている。

見てくれは怖いが、情に厚い人なのだ。

「あまり芳しくないな。潜伏しそうな場所の捜索も進めているようだが、いかんせん、十五年近くも消息を絶っていた女だ。人間関係がさっぱり分からん」

「確かに」

七瀬美雪が、十歳のときに失踪してから、再び姿を現すまで十五年近くの歳月が経過してい

49

る。

その間、どこで何をしていたのか、一切手掛かりがない。

「全国指名手配をかけて、検問を張ったりしているようだが、望み薄だな。頼りは、防犯カメラの映像ということになるが、動きが分からない以上、捜索範囲が広すぎて、手に負えない」

宮川が坊主頭を撫でながら答える。

「そ、そうですか……」

落胆はあったが、予期していた答えでもある。

七瀬美雪は、憎いくらいに狡猾でずる賢い人物だ。そう簡単に尻尾を掴ませたりしないだろう。

「何の情報もねぇんじゃ、動きようがねぇ」

宮川の言う通りだ。

晴香を救うことができなかった。だとしたら、せめて七瀬美雪を逮捕したいところだが、手掛かりがないのでは、どこをどう捜していいのかすら分からない。

ここで、ふと石井の中に閃きがあった。

警察は手詰まり状態だが、彼――斉藤八雲なら、七瀬美雪に繋がる何かを掴んでいるかもしれない。

携帯電話を手に取り、八雲に電話を入れてみたが、しばらくのコール音のあと、留守番電話に切り替わってしまった。

50

悔恨

石井は、メッセージを残すことなく電話を切った。　八雲に電話をするのは、これで何度目だ
ろう。

「例の眼の赤いガキは、まだ連絡が取れないのか?」

誰に連絡していたのかを察したらしく、宮川が声をかけてきた。

宮川も、八雲の事情を知っている人間の一人だ。直接の絡みは、ほとんどないが、心配して
いるのだろう。

「はい」

「そうか……。自分を責めてるんだろうな……」

宮川が、しみじみと口にする。

たぶん、宮川の言う通りだろう。あの事件以降、八雲は自分を責め続けているに違いない。

気持ちは分かる。石井も、何度悔やんだか分からない。あのとき、他の方法をとっていれば

──と、数え切れないほど頭の中でシミュレーションを繰り返した。

だが、いつも同じ結果に辿り着いて絶望に暮れる。

おそらく八雲も同じはずだ。

ダメだ。自分でもどうしようもないくらいに、思考がマイナス方向に引っ張られている。

晴香は、太陽のような存在だった──。

彼女がいないと思うと、二度と明けない夜の中にいるように感じられる。

項垂れたところで、携帯電話が鳴った。

——八雲氏?

そう思って慌てて手に取り電話に出る。

「石井雄太郎であります!」

〈知ってます〉

八雲でなかったことに対する落胆が強く、うっかり口にしてしまった。

笑みを含んだ真琴の声が聞こえてきた。

「何だ。真琴さんでしたか……」

〈残念そうですね〉

「あっ、いや、違うんです。てっきり、八雲氏かと思ったもので、その……」

大慌てで言い訳を並べる。

〈そうですか? 私には、違う意味に聞こえましたけど〉

「本当に違うんです」

〈まあ、いいです。それより、これから時間ありますか?〉

「ええ。大丈夫です」

書類仕事が大量に残っているが、どうせ、こんな状況でははかどらない。

〈良かった。実は、見て頂きたいものがあるんです〉

「見て頂きたいもの?」

問い返しながら、石井の中に一気に緊張が走った。

52

真琴が何か見て欲しいと言い出したときは、決まって大きなトラブルに巻き込まれている。

いつもなら、それに怖れをなしていたのだが、今は少しだけ違った。

タイミングから考えて、真琴が無関係な話を持ち出すはずがない。おそらく、彼女の——七

瀬美雪の行方に関係する何かに違いない。

五

「まだ、八雲君とは連絡が取れないの？」

後藤に、そう訊ねてきたのは、妻の敦子だった。

花束を持った奈緒の手を引きながら歩くその顔は、いつもより疲れているように見える。

疲れているのは、彼女だけではない。

耳に障害を抱えながらも、いつも天真爛漫に振る舞っていた奈緒もまた、酷く落ち込んだ顔

をしている。

それほどまでに、晴香の事件は、後藤たちに大きな衝撃だった。

「ああ」

後藤は、ため息交じりに答える。

あの日に病院を立ち去ってから、八雲とは連絡が取れなくなっている。色々と伝えたいこと

があるのだが、いくら電話しても応答がない。

試しに、何度か〈映画研究同好会〉の部屋にも顔を出してみたのだが、空振りに終わっている。

部屋に住んでいる痕跡はあるので、タイミングが悪かったというのもあるだろうが、これだけ会えないと、意図的に避けられているとしか思えない。

それほどまでに、あの事件で八雲が負った傷は深い。

それに――。

晴香の父である一裕に浴びせられた言葉も、大きなダメージになっているはずだ。

――金輪際、娘の前に姿を現さないで欲しい。

もし、一裕が怒りに任せて怒鳴ったのだとしたら、後藤も言い返すことができた。だが、あの言葉に込められていたのは、親としての切実な願いだった。

後藤は、俯き加減に奈緒に目を向けた。

血は繋がっていないが、後藤にとって奈緒は紛れもなく娘だ。何に代えても、守りたいと思う存在だし、将来は幸せに歩く奈緒に目を向けた。

奈緒が幸せに暮らせるなら、自分が悪者になってでも、危険なことから遠ざけたいと思うのが親心というものだ。

おそらく、一裕も、八雲が全て悪い訳じゃないことは分かっているはずだ。

だが、娘を危険な目に遭わせた一因が、八雲にあることも事実だ。愛する娘を、そうしたものから遠ざけたいと願うのは、当然のことだ。

悔恨

　しかも、晴香の双子の姉である綾香(あや)は、交通事故ですでに他界している。娘の死を二回見るなど、想像しただけで胸が張り裂けそうになる。

　改めて、元凶となった七瀬美雪に対する怒りが、沸々と沸き上がってきた。

　警察は七瀬美雪の行方を追っているようだが、正直、望みは薄いだろう。あの女の狡猾さは後藤自身、骨身に染みている。

　七瀬美雪は、これで終わるような女ではない。警察の捜査網をかいくぐりながら、虎視眈々(こしたんたん)と次の機会を狙っているはずだ。

　だからこそ、後藤も、七瀬美雪を捕まえようと考えたが、手掛かりがゼロの状態では、どうすることもできない。

　ただ、悶々(もんもん)とした日々を過ごすことしかできない現状が、腹立たしい。

　病院のエントランスを潜った(くぐ)ところで、恵子とばったり出会した(でくわ)。

「お見舞いにいらしてくれたんですね」

　嬉し(うれ)そうに笑みを浮かべた恵子だったが、その顔から疲労と悲壮が消えることはなかった。

「はい。会えないと言ったのですが、この子がどうしても——と聞かなくて」

　後藤は、奈緒に目を向けながら言う。

　晴香は一命を取り留めたものの、現在に至るも意識が回復せず、面会謝絶の状態だ。病院に行ったところで、顔を見ることすらできない。そのことを説明したのだが、それでも奈緒が会いたいといって聞かなかった。

55

そこで、行くだけ行ってみようということになったのだ。

「確か、奈緒ちゃんでしたよね。晴香から、話は聞いています。来てくれて、ありがとうね」

恵子は、屈んで奈緒の顔を覗き込み、頭をそっと撫でた。

奈緒のことまで知っていることに驚いたが、それだけ晴香が自分たちのことを、家族に話していたということだろう。

「すみません。せっかくお越し頂いたんですが、まだ面会ができない状態なんです」

恵子が、申し訳なさそうに言うと、奈緒が持っていた花を差し出した。

「これをくれるの？　ありがとう。きっと晴香も喜ぶわ」

花を受け取り、立ち上がった恵子は、改めて後藤に向かって頭を下げ、「先日は、大変失礼を致しました」と詫びの言葉を並べる。

「いえ。別に謝られるようなことは……」

「夫も、八雲君が悪いわけじゃないことは、分かっていると思うんです」

ようやく、恵子が何について謝罪しているのかが分かった。

後藤というより、あの夜、追い返してしまった八雲に対するもののようだ。

「大丈夫です。あいつも、分かっていると思いますから」

後藤は、そう口にしてみたものの、自分でも嘘臭いと思ってしまった。

おそらく八雲は、自分の責任だと思い込んでいる。一裕に言われるまでもなく、八雲自身が

そう痛感しているはずだ。

56

悔恨

だが、そのことを告げる気にはなれなかった。

「回復したら、真っ先にあの娘を八雲君に会わせてあげたい。きっと、そう望んでいるでしょうから——」

後藤も、恵子と同じ気持ちだった。

だが、きっと八雲は会いに来ないだろう。

二度と会わない。そういう覚悟が、八雲の背中からは感じられた。この先、晴香が意識を取り戻すことができても、せっかく紡いだ絆の糸を、自らの意思で断ち切ってしまったのだ。

最後に見た八雲の顔が脳裏に蘇る。それは、次第にかたちを変え、少年のときの八雲の姿と重なった。

あのときの八雲は、自らの母親に殺されそうになりながら、それを受容してしまっていた。

まるで、生きることを諦めてしまったかのように。

——駄目だ。

「それで、晴香ちゃんの容態は？」

後藤は気持ちを切り替えるようにして訊ねたものの、心が激しくかき乱された。

晴香の容態は知りたいが、その結果が望むものではなかったとしたら——そう考えると、気が気ではなかった。

「まだ、意識は戻っていないんですけど、脳は正常に機能しているそうです。もちろん、予断は許さない状態ではありま

だと、かなり快方に向かっているということです。お医者さんの話

「そうですか！　それは良かった！」

心の底からほっとした。

問題は、まだまだ山積みではあるが、晴香が回復してくれたなら、幾らかは救われる。

「本当に、良かった。奈緒、晴香ちゃん、もうすぐ元気になるって」

敦子が潤んだ笑みを浮かべながら声をかけると、奈緒が空気を察したらしく、大きく飛び跳ねた。

恵子も、笑みは浮かべているものの、やはり目を覚まさないことには安心できないのだろう。表情に不安が張り付いている。

そんな恵子に励ましの声をかけようとしたところで、携帯電話が鳴った。

——もしかしたら八雲かもしれない。

後藤は病院のエントランスを出てから、携帯電話の通話ボタンを押す。

「おい八雲！　どうして電話に出ねぇんだ！」

〈相手を確かめてから喋れ。馬鹿者が〉

通話口から聞こえてきたのは、英心の声だった。

一心の師匠筋にあたる僧侶で、齢八十になろうとしているにもかかわらず、がっちりした体格で、矍鑠としている。

八雲に負けず劣らず口が立ち、厄介事を呼び寄せる、疫病神のような男だ。この男に関わる

58

と、ろくなことがない。

「うるせぇ。今、忙しいんだ。切るぞ」

〈急くな。阿呆が〉

「あん？」

〈お前さんに、少し頼みたいことがある〉

英心がこういう言い方をするということは、また心霊事件を持ち込もうという腹なのだろう。

冗談ではない。今、この状況で、そんなものを相手にしている時間はない。

「忙しいって言ってんだろ。もうろく爺が」

〈そんな口を利いていいのか？〉

「何？」

〈お前さんたちが捜している、七瀬美雪という女に関係することなんだがな……〉

六

消毒液の匂いが混じった病院独特の空気を吸い、七瀬美雪はほくそ笑んだ。

歩みを進める度に、リノリウムの床がキュッと鳴る。

その音が、気持ちを昂ぶらせる。ステップを踏んで、踊り出したいくらいだが、表情を引き

締め平静を装う。

ロッカールームで拝借したナース服とネームプレートを着け、看護師のふりをしている。目立つ行動は慎むべきだ。

町の診療所などであれば、見覚えのない看護師がいれば、すぐにバレる。だが、人数が多く、入れ替わりの激しい大きな総合病院では、看護師全員の顔を覚えている者など皆無だ。

現に、誰にも見咎められることなく、こうして堂々と病院内を歩くことができている。

一週間前の事件のあと、七瀬美雪は一度身を隠した。

警察の追跡を逃れる為というのもあるが、それだけではない。これから実行する計画の下準備があったからだ。

そして、再び舞い戻ってきた。

警察は必死に捜索を続けているが、七瀬美雪は捕まらない自信があった。

組織に囚われ、型通りの捜査しかしない警察の動きは読み易い。むしろ、厄介なのはそうしたしがらみなく動き回る彼らの存在だが、それについても策を考えてある。

計画を完遂するまで、誰にも邪魔はさせない。

七瀬美雪は、飄々と歩みを進め、集中治療室の扉の前に立った。

ドアはカード式のセキュリティーが設けられているが、解除する為のカードを手に入れているので問題はない。

七瀬美雪は、カードをリーダーに翳してロックを解除すると、中に足を踏み入れた。

二十四時間体制でモニタリングされている集中治療室には、他の看護師の姿も見受けられた

60

悔恨

が、平然としていれば怪しまれることはない。

幾つもあるベッドの中から、目当ての女性を見つけ出すと、真っ直ぐ彼女の許に歩み寄っていく。

腕には点滴のチューブが刺さっていて、人工呼吸器を付けていなければ、自ら呼吸をすることすらできない。

あれほど健康的だった顔色は、死人のように青ざめている。

ベッドには、生体情報モニターが設置されていて、心電図、呼吸、血圧、体温など多くのバイタルサインをチェックしている。

「意外としぶといのね」

七瀬美雪は、ベッドに横たわっている晴香に向かって語りかけた。

晴香は、目を閉じたまま、返事をすることすらなかった。昏睡状態にあるのだから、それも当然だ。七瀬美雪の声は、彼女の鼓膜には届いていない。

だが――。

肉体に届くことはなくても魂は別だ。晴香の魂には、七瀬美雪の声が聞こえているはずだ。

「私はね。あなたが大嫌いなの。何でか分かる?」

問い掛けながら、七瀬美雪は晴香の頰をそっと撫でる。

絹のように滑らかなその感触は、七瀬美雪の中にある嫉妬の念を増幅させた。

そう。おそらく、七瀬美雪が晴香を嫌悪する最大の理由は、嫉妬なのだろう。異性に対する

61

嫉妬ではなく、もっと深い人としての嫉妬――。

「あなたは、私にないものを持っているの。こんなに綺麗な肌で、こんなに愛くるしくて、誰に対しても優しい……本当にいい子」

七瀬美雪の脳裏に、小学校時代の同級生の顔が浮かんだ。

「あなたを見ていると――殺したくなっちゃう」

七瀬美雪は、指を頬からその首筋に這わせた。

このまま、彼女の首を絞めることは容易い。だが、そうはしなかった。

「私が、望んでこうなったと思う？」

七瀬美雪は、晴香の首から手を離し、細くしなやかな指をぎゅっと握り締めながら問いかける。

晴香から返事はない。

それは昏睡状態にあるからではない。仮に意識があったとしても、七瀬美雪の問いに答えることはできないだろう。

晴香は、七瀬美雪の行動の理由を考えたことなどないはずだ。

陽の当たる明るい世界で生きてきた晴香には、深淵を歩んできた七瀬美雪の感情など、微塵も理解できない。

そもそも、理解しようなどと思ったことすらないだろう。

自分の狭い世界の中で物事を考え、自分の価値観に合わないものを悪だと決めつける。そう

62

悔恨

「私だって、あなたのように生きたかった。穏やかな気持ちで、明るい場所を歩けたら、どんなに幸せだったか……」

それは、紛れもない本心だった。

七瀬美雪は、ふうっと一つ息を吐いてから続ける。

「でもね、私にはそれができなかった。生まれた瞬間から、私はそういう生き方が許されなかったの。不公平でしょ。でもね、それが現実なの——」

口にすると同時に、七瀬美雪の脳裏を、忌まわしい記憶が駆け抜けた。

思い出される瞬間全てが、痛みを伴っていた。

肉体的な痛みではない。引き裂かれるような心の痛みだ。

「全てを清算しようとしたの。でも、できなかった。私に刻み込まれた記憶は、決して消えることなく、私を蝕み続けたの。きっと、あなたには想像できないでしょうね。生まれたときから、愛されていたんですもの——」

そう。晴香は、愛されていた。

望まれてこの世に生を受け、生きることを肯定されてきた。ごく当たり前のことかもしれないが、七瀬美雪には、その当たり前がなかった。

七瀬美雪は、望まれて生まれたわけではなかった。そして、存在することも望まれなかった。

祖父である寛治と、母である冬美の間にできたのが七瀬美雪だ。単なる快楽の結果として、

この世に生を受けた。

父の勝明は、そのことを知っていた。

最初から承知していたのか、或いは、途中で気付いたのかは分からないが、自分の子ではないことを自覚していた。

自分の存在していることが、彼らにとっては歪みそのものだった。

しかし――。

七瀬美雪は、そんな風に生まれたいと望んだわけではない。

だから、晴香のように、何も知らずに真っ直ぐに生きている人を見ると、無性にそれを壊してやりたくなる。

全てを奪い、自分のように、苦痛に塗れた人生を歩ませたくなる。

ふと、七瀬美雪の頭に、八雲の顔が浮かんだ。

初めて彼を見たとき、自分と同類であることが分かった。彼の暗い目が、それを物語っていた。

自分と同じように、望まれることなくこの世に生を受け、自らの意思とは関係なく、虐げられ、痛みを伴った人生を歩んできた。

真に自分のことを理解してくれるのは、八雲しかいないと感じた。

それなのに――。

八雲は決して屈しなかった。

悔恨

まるで、七瀬美雪が到達した境地が、誤りであったと主張するように、彼は真っ直ぐに立ち続けた。

その姿に、狂おしいほどの怒りを覚えた。

——なぜ、あなたは、それでも堕ちて来ないの？

ずっと疑問に思い続けていた。だが、ようやく、その答えを見出した。彼には、光があったのだ。

それが、晴香だった——。

彼女が道標となり、八雲を繋ぎ止めていたのだ。

それが、どうしても許せなかった。

「今日、私がここに来たのは、あなたに伝えておきたいことがあったからなの」

七瀬美雪は、気持ちを切り替えてから語り出した。

「これから、私が何をしようとしているのか、それをあなたに教えてあげるわ。知っていながら何もできないのは、苦痛でしょうね。それを存分に味わうといいわ」

七瀬美雪は、晴香の耳許に口を近付けると、囁くように自らの計画を語って聞かせた。

一瞬だけ、晴香の頬の筋肉が痙攣したように見えた。

「あなたには、止められない。どのみち、死ぬから関係ないんだけどね」

七瀬美雪は微笑みを浮かべると、人工呼吸器の電源のスイッチに手を伸ばした。

そのまま、僅かに力を込め、スイッチを切った。

65

「さようなら――」

静かに告げたあと、七瀬美雪はくるりと背中を向けて集中治療室を後にした――。

七

「すみません。お忙しいところ、お時間を作って頂いて――」

石井が指定された喫茶店に足を運ぶと、先に待っていた真琴が丁寧に頭を下げてきた。

その表情は、いつになく硬い。

やはり、見て欲しいものとは、事件に関わる重要な何かなのだろう。石井は、逸る気持ちを抑えつつ、店員に珈琲を注文してから、向かいの席に腰掛けた。

「あの……それで、見て欲しいものというのは？」

石井が問うと、真琴は「はい」と応じつつ、タブレット端末をテーブルの上に置き、一枚の写真を表示させた。

それは、コンクリートに囲まれた廃墟のような場所で撮影されたもので、白いワンピースを着た少女が、カメラ目線で笑顔を向けていた。

まるで、アイドルの写真集のようだ。

「この人は？」

石井は、想像していたものと、大きくかけ離れていたことに戸惑いつつ訊ねた。

悔恨

「彼女は倉持香菜さん。アイドルグループのメンバーだったんですけど、最近卒業して、ソロでの活動を始めたそうです」

「そうですか……」

聞いたことのない名前だ。

「問題は、次の写真なんです」

真琴がタブレット端末をスワイプすると、ポーズの違う別の写真が出てきた。

「この写真が、どうかしたのですか?」

連続して撮影された写真なのだろう。香菜の表情とポーズは異なるが、構図は全く一緒だった。

「足許を見て下さい」

真琴がタップ操作をして、写真の下の部分を拡大する。

「ひっ!」

仰け反りながら声を上げる。

ちょうど、店員が珈琲を運んできたタイミングで、危うく大惨事になるところだった。

怪訝な表情を浮かべつつも、店員が珈琲をテーブルに置いて立ち去って行く。

「これは……」

石井は、改めて口にした。

香菜の足首のところに、さっきの写真にはなかったものが写っている。

67

それは、明らかに人の手だった。足許に出来た影から、ぬうっと人の手が伸び、香菜の足首を摑んでいるのだ。

「見ての通り心霊写真だと思われます。次の写真は、もっとはっきり写っています」

説明をしながら、真琴がスワイプする。

——ぎゃっ！

両手で口を押さえ、飛び出しそうになる悲鳴を何とか耐えた。

今度は、拡大されるまでもなく分かった。

写っているのは手だけではない。

床に這いつくばるようにして、恨めしそうにこちらに顔を向けている人の姿があった。

煙のようにぼんやりとしていることから、生きた人間でないことは確かだ。性別や年齢も定かではない。

香菜が弾けるような笑顔を浮かべている分、怖さが増している気がする。

「他にも、たくさん写っているんです」

真琴がタブレットのモニターをスワイプする度に、新しい写真がモニターに現れる。真ん中には、ポーズ違いの香菜が写っていて、その足許には、あの幽霊の姿がある。

これだけ複数枚に亘って、心霊写真が撮影されているのは、かなり珍しいことかもしれない。

怖ろしい心霊写真ではあるが、同時に、分からないこともある。なぜ、真琴がこの写真を見せたのか——だ。

68

悔恨

　もちろん、これまで心霊現象の相談を持ち込まれたことは何度もある。だが、今このタイミングでというのが引っかかる。

　それに、見たところ、心霊写真ではあるが、ただそれだけだ。実害が出ていないのであれば、放っておいても構わないはずだ。

「この香菜さんという女性は、写真撮影後に憑依されたりしているんでしょうか?」

　石井が問うと、真琴は首を左右に振った。

「そういうことは、起きていないそうです。ただ、心霊写真が撮れたというだけです」

「だとしたら……」

「実は、本当に見て欲しいのは、この写真ではないんです」

「え?」

　驚くのと同時に、とてつもなく嫌な予感が、みるみる広がっていく。

「他にも写真があるということですか?」

「はい」

「いったい、どんな写真なんですか?」

「説明するより、見てもらった方がいいですね」

　真琴は、そう言いながらタブレットをスワイプする。

　新たな写真が表示される。これまでの写真とは違い、写真の中に香菜の姿はない。構図は同じなので、テストで撮影されたものだろう。

69

下の方に視線を移したが、さっきの幽霊の姿も確認できない。

――この写真が、どうしたというのだろう？

答えを求めて真琴に目を向ける。

真琴は、心得たとばかりに、写真の中央部分をタップ操作して拡大した。

これまでの写真では、香菜の姿に隠れていたが、その場所には四角い窓があって、その向こ

うに一人の女性が立っていた。

――スタッフの誰かだろうか？

何にしても、どうして真琴がこの写真を見せたのか、その意図が分からない。

「この人物をよく見て下さい」

石井の困惑を察したらしい真琴が、さらに写真を拡大しつつ、窓の外にいる人物を指差す。

相当に画素数の多い写真データらしく、拡大しても、鮮明に人物の姿を捉えることができて

いる。

モニターを覗き込んだ石井は、あることに気付き、息を呑んだ。血の気が引き、気が遠くな

る。

「こ、これは……」

声が上擦ってしまった。

「はい。おそらく、ここに写っているのは、七瀬美雪ではないかと――」

真琴が決定的なひと言を放った。

悔恨

「ど、どうして彼女が、こんなところに……」

石井は絞り出すように言う。

「それは分かりません。ただ、この写真が撮影されたのは、一週間ほど前だそうです。正確に

は、五日前。晴香ちゃんのあの事件の二日後ということになります」

「彼女は、この写真が撮影された場所に、潜伏している可能性が高い――」

石井が口に出すと、真琴は意外にも首を振って否定した。

「それはないと思います」

「で、でも写真に……」

「五日前、この場所にいたのは確かです。でも、用心深い彼女のことです。写真が撮影された

ことも分かっているでしょうから、すでに別の場所に移っていると思います」

「そうかもしれませんね」

真琴の言う通りだ。

七瀬美雪が、呑気に同じ場所に居続けるはずがない。

「ただ、彼女がこの場所にいたというのは、紛れもない事実です」

「確かに……」

「この場所で起きた心霊現象を解明することが、七瀬美雪の居場所を摑む為の足がかりになる

のではないでしょうか?」

真琴の推理は、的を射ていると思う。

71

この写真は、完全に手詰まりになっていた捜査に差した一縷の光だ。

「しかし、私たちだけで、心霊現象を解明できるでしょうか?」

そこが問題だった。

残念ながら、自分たちだけで、心霊現象を解明できるとは到底思えない。

「だからこそ、彼に協力を仰ぐんです」

真琴が言う彼とは、八雲のことだろう。

「協力してくれるでしょうか? 未だに連絡が取れない状態ですし……」

「彼も、七瀬美雪の行方を追っているはずです。彼女の居場所が分かるのですから、必ず協力してくれます」

真琴が力強く言った。

石井は「そうですね」と頷いて答えたものの、心の中にもやもやとしたものが残った。

本当に、八雲は七瀬美雪を捜しているのだろうか? あのとき、病院で見た八雲の背中は、これまでの彼とは明らかに異なるものだった。

もしかしたら、八雲はもう――。

八

後藤が、チェーン展開しているファミリーレストランに到着すると、すでに英心の姿があった。

悔恨

窓際の席で、呑気にストロベリーパフェを食っている。

法衣の爺がニコニコしながら、ファミリーレストランでパフェを食っている姿は、なんとも気色が悪い。

「遅い」

英心は、後藤の姿を認めるなり、吐き捨てるように言った。

恰幅がよく、人相も威圧感がある。法衣を纏っているので、辛うじて僧侶だと分かるが、そうでなければ、その筋の人間と勘違いされるだろう。

「急に呼び出しておいて、遅いもクソもあるか」

後藤は舌打ち混じりに答えた。

英心の電話を切ったあと、病院に戻り、敦子に手短に事情を伝え、大急ぎで駆けつけたのだ。

遅いと文句を言われる筋合いはない。

「もういい。分かった。おれが悪かったよ」

「口の減らん男だな。いったい誰のお陰で……」

後藤は、英心の小言を遮り、向かいの席に腰を下ろした。

言われることは、だいたい分かっている。後藤たち一家は、英心の口利きで、寺の庫裏に住まわせてもらっている。そのことを、ねちねちと並べ立てるに違いない。

図体の割に、器の小さい男だと思うが、そんなことを言おうものなら、それこそ追い出されかねない。

73

「そんなことより、七瀬美雪と関係があるってのは、どういうことだ？」

後藤が本題を切り出すと、英心は、ふむと頷いてから口を開く。

「わしの檀家の娘さんの一家が、中古の一軒家を購入し、先週、引っ越しをしたんだ。築年数は古いが、リフォームされていて、駅近というのもあり、なかなか掘り出し物の物件でな……」

「そんな細かい話はどうでもいい。七瀬美雪に関係することだって言うから、わざわざ足を運んだんだ。要点だけ話せ」

後藤は、湧き上がる苛立ちとともに口にした。

「そんなだから、お前さんは、いつまで経っても成長せんのだ」

英心は、これ見よがしにため息を吐く。

「あん？」

「話は、ちゃんと最後まで聞くもんだ。細かい情報の中に、意外とヒントがあったりする。そうしたものを見過ごすから……」

「ああ。分かった。分かった。おれが悪かったよ」

後藤は、うんざりしつつも再び詫びを入れた。

口が達者な英心に余計なことを言った自分が馬鹿だった。これ以上、話が長くなったのでは堪ったものではない。

「分かればいい」

悔恨

「それで、その引っ越した家で、心霊現象が起きているってことか?」

「そういうことだ。その一家には、愛菜ちゃんという七歳の娘がいるんだが、この愛菜ちゃんが、幽霊を見るようになったらしい」

七歳といえば、奈緒と同じ歳だ。

「他の家族は見てないのか?」

「うむ。愛菜ちゃんだけだ」

「だったら、見間違いじゃねぇのか? 子どものときって、そういうことがよくあるだろ」

子どもが幽霊やお化けを見たと言い出すのは、別に珍しいことじゃない。いちいち真に受けていたらキリがない。

「わしも、最初はそう思った。だが、詳しく話を聞いていくと、どうも、単純な見間違いとは違うようだ」

「どう違うんだ?」

「引っ越してから、愛菜ちゃんは誰もいない部屋の隅を、じっと見つめるようになったらしい。愛菜ちゃんにどうしたのか訊ねると、そこに知らない人がいる——と指差したりするようになったそうだ」

「それこそ、見間違いじゃねぇのか?」

「懲りない男だな。最後まで、話を聞けと言っておるだろ」

英心に一喝され、後藤は口を噤み先を促した。指摘の通り、こうして茶々を入れていたら、

「誰だ？」

「英心は、そこまでで一旦言葉を切った。

おそらく、意図的にやっているのだろう。もったいをつけるやり方が癪に障るが、先が気になるのは事実だ。

「詳しいことは分からんが、愛菜ちゃんが語る話の中に、頻繁にある人物の名前が出てくるらしい——」

「それは……」

「母親は、部屋の中には誰もいないと言い聞かせたんだが、愛菜ちゃんは納得しない。それどころか、幽霊との会話の内容を話してくるようになったらしい」

「それで？」

「意識してかどうかは分からないが、英心はこういう芝居がかった仕草をすることが多々ある。

英心が、目を細めて一瞬だけ後藤を見た。

屋に入れないようにしていたのだが、母親が目を離すと、すぐにその部屋に行ってしまう」

誰かと会話しているようにも聞こえる。さすがに、気味が悪いと感じ、愛菜ちゃんを、その部

「そのうち、愛菜ちゃんは独り言を言うようになったそうだ。だが、よくよく聞いてみると、

呆れたようにため息を吐いてから、英心は話を再開する。

いつまで経っても話が進まない。

見間違いであったとしても、厄介な事象だ。

悔恨

後藤が促すと、英心がうむっと一つ頷いた。

「七瀬美雪」

ここで、七瀬美雪が出てくるのか――。

「同姓同名なだけだろ」

「わしも、最初はそう思った。だが、愛菜ちゃんは、ただの偶然とは思えないことを言っている」

「何だ?」

「美雪ちゃんは、パパとママを殺したんだって――と言ったそうじゃ。偶然の一致とは思えんだろ」

英心が、鋭い眼光を後藤に向ける。

言葉が返せなかった。七瀬美雪は、自らの家族を殺害している。名前だけでなく、その事実を口にしたという事実は、驚愕に値する。

だが――。

「ニュースとかで見た情報を、記憶していて、それを口にしたんじゃねぇのか?」

後藤は、考え得る可能性を口にした。

「もちろん、そのことも考えた。だが、どうも引っかかるんじゃ」

「何が?」

「仮にニュースなどで得た情報を口にしていたとして、どうして急にそんなことを言う必要が

あるんだ?」

「し、知らん」

突き放すように言ってみたが、後藤の中で疑念が広がっていく。

英心が指摘した通り、何の理由もなく、七歳の少女が、七瀬美雪の話を持ち出してくること

が異様だ。

単なる偶然として片付けるには、あまりに不可解である気がする。

「話は、それだけではないんじゃ」

英心が上目遣いに後藤を見る。

「何だ?」

「彼女の母親である涼子さんが、気になって問題の部屋を調べたらしいんだが、そのとき、見

覚えのない写真を見つけたそうだ」

「どんな写真だ?」

「口で説明するより、見てもらった方が早い。これだ——」

英心がテーブルの上を滑らせるようにして、写真を後藤に差し出した。

手に取って写真に目を向ける。

ピントがボケている上に、写真自体が汚れていたが、〈入学式〉という立て看板の横で、微

笑みを浮かべている制服姿の少女が写っていた。

入学記念に撮影されたものであろうことは、何となく分かるが、どうして英心がこの写真を

78

悔恨

気にしているのかが分からない。

「この写真が何なんだ?」

「似ていると思わんか? お前さんたちが捜している女に——」

英心が言った。

その言葉に衝撃を受けつつ、改めて写真を凝視する。ピンボケと汚れとで、似ているとか、

似ていないの前に、顔自体が鮮明に写っていない。

愛菜という少女の口から、七瀬美雪の名前が出たことで、その情報に引っ張られているよう

な気がする。

ただ、愛菜の証言だけ取ってみても、無視できない状況であるのは確かだ。

「この件は、八雲にも話したのか?」

後藤は英心を見返した。

正直、現段階では何とも言えない。 幽霊が絡んでいるのであれば、それこそ八雲の協力が不

可欠だ。

「もちろんだとも」

「八雲は、何と言っていた?」

「何も。 いくらかけても電話に出ないからな。 仕方なく、この写真のデータを添付して、メー

ルを送ってみたが、音沙汰無しだ」

英心がおどけるように肩を竦めた。

「何だ。結局、話してねぇんじゃねぇか」

後藤は落胆とともに口にした。

英心なら或いは――と思いはしたが、期待外れだったようだ。メールなど黙殺している可能性が高い。

「まあ、厳密にはそうなるな。ただ、このまま放置する手はないと思うぞ」

英心の提案はもっともだ。

はっきりしないことは多いが、だからこそ、調べてみる価値はあるかもしれない。事態が動けば、八雲を引き摺り出すこともできるかもしれない。

「分かった。取り敢えず行ってみよう」

九

――晴香。

誰かが、名前を呼んでいる。

八雲の顔が見えた。

目の前にいるわけではない。タブレット端末のモニター越しだった。

いつもは仏頂面で、何を考えているのか分からないのに、眉を下げ、今にも泣き出しそうな顔をしている。

悔恨

悲しみに満ちていて、ふっと消えてしまいそうなほど儚かった。何が、そんなに悲しいのだろう。こっちまで悲しくなってしまう。

――そんな顔をしないで。

晴香は、そう言ったつもりだったが、音として空気を震わせることはできなかった。

「さようなら――」

八雲とは違う声がした。

目を向けると、そこには――七瀬美雪の姿があった。

晴香を射貫く視線には、強い憎しみが込められていた。

本当なら、そこに恐怖するはずなのに、どういうわけか、あまり恐怖を感じなかった。それよりも、疑問を覚えた。

どうして彼女は、こんなにも憎しみに支配されているのだろう？

彼女の憎しみの根源は、いったいどこにあるのだろう？

今さらのように、そのことが気にかかった。

晴香などが想像もつかないような、辛く苦しい道を歩んできたのかもしれない。でも、いくらそれを憎んだところで、痛みが消えるわけではない。

憎しみを強めるほどに、心が削られていく。これまで以上の痛みを感じることになる。それなのに――どうして。

七瀬美雪は、ゆっくりと口許に笑みを浮かべると、優雅ともいえる動きで、晴香の身体を押

81

した。

身体が後方に倒れ込む。

——落ちる。

踏ん張って、抗おうとしたがダメだった。

晴香は、重力に引かれて真っ逆さまに落ちていく。

スローモーションのように、時間がゆっくりと流れる。このまま、どこまでも墜ちていくよ

うな気がした。

だが、それは唐突に終わりを迎えた。

背中に衝撃が走る。

冷たい水に落下したのだ。

温度差で、心臓が悲鳴を上げる。

息が苦しい。

沈む身体を浮上させようとしたが、手足が動かなかった。身体を捩って足掻いてみたが、そ

うすればするほどに、水に呑み込まれていく。

——駄目だ。私は、死ぬんだ。

そう思った刹那、白い光に包まれた。眩すぎるその光に、晴香は思わず目を閉じた。

やがて、その光は薄らいでいく。

瞼を開けてみた。

悔恨

そこは水の中ではなかった。

病院と思われる場所で、晴香はベッドに横になっていた。

腕からは点滴のチューブが伸びていて、口には気管チューブが差し込まれていて、人工呼吸器に繋がっている。

心拍、呼吸、体温、血圧などを計測する機器が身体のあちこちに取り付けられ、生体情報モニターが設置されていた。

医師や看護師たちが、慌ただしく動き回りながら、晴香の様子を看ている。

──そうか。

晴香は、ようやく何が起きているのかを悟った。

さっきまで見ていたのは、水門での記憶の断片なのだろう。

晴香は、水門の上から、七瀬美雪に川に転落させられた。それから、病院に運ばれて、今は治療を受けているのだろう。

──私は、まだ死んでいなかった。

安堵した晴香だったが、それはすぐに違和感に変わった。自分が見ているものの不自然さに気付いてしまったのだ。

──どうして、自分の姿が見えているの？

晴香は、俯瞰でベッドに横たわる自分の姿を見ていた。鏡でもない限り、そんなことはできないはずなのに、自分で自分の姿を見下ろしている。

83

まるで、自分が二人いるみたいだ。

——何これ？

声を上げてみたが、医師にも看護師にも届いていないらしく、全くの無反応だった。

——助けて下さい！

晴香は、再び声を上げたが、やはり届かなかった。

何とかベッドに寝ている自分に近付こうとしてみたが、水の中に潜っているときのように、身体の自由が利かなかった。

手を伸ばしてみたが、そうするほどに、どんどんと距離が離れていくようにすら感じる。

宇宙空間に放り出されたようだ。

——何が起きてるの？

困惑しているところに、父である一裕と、母である恵子が駆けつけた。

恵子は、ベッドに寝ている自分にしがみつくようにして、必死に何かを叫んだ。

それなのに、晴香の耳には、何も聞こえなかった。

こちらと向こうが、見えない壁に隔てられているような気がする。

——どうして、こんなことになってるの？

訳が分からなかった。この状況に答えを見つけようとしたが、何一つ思い浮かばない。考えれば、考えるほどに、頭が混乱していく。

パニックに陥りかけた晴香の耳に、懐かしい声がした。

悔恨

　――晴香。

　はっと振り返ると、そこには双子の姉、綾香の姿があった。

交通事故で亡くなった、七歳のときのままの姿だった。

　――どうしてお姉ちゃんが？

　問い掛けてみたが、返事はなかった。ただ、今にも泣き出しそうな目で晴香をじっと見ている。

　その目を見ているうちに、晴香は自分に何が起きているのかを理解した。

前に、テレビで臨死体験をした人が、同じように俯瞰で自分の姿を見た――という話をしていた。

　今、晴香が置かれている状況は、まさにそれだ。

晴香の魂は、肉体から切り離されてしまっているのだろう。

　――お姉ちゃん。私は死ぬのかな？

綾香に問い掛ける。

口にすることで、急に怖くなった。

死というのが、どういうものなのか、晴香には分からない。未知の領域に踏み込んでしまったという恐怖はある。

だが、それよりも、晴香を怖れさせたのは、大切な人たちとの別れだ。

死んだら、両親とはもう二度と会えなくなってしまうのだ。

85

話したいことは、まだまだたくさんあるし、親孝行もできていないのに、もう会えなくなるなんて、受け容れがたかった。

会えなくなるのは、両親だけではない。地元の友だちや、大学の友人たち。後藤、石井、真琴、奈緒、敦子、英心、畠――事件を通して関わった人たちとも、以前のように言葉を交わすことはできない。

そして――八雲とも、もう会えなくなってしまう。

全ての大切な人たちとの別れが、一遍にやってくることに対する恐怖が、晴香の心を震え上がらせた。

――嫌だ。私はまだ死にたくない！

晴香は強く念じる。

――私はまだ死ねない。

みんなと話したいことが、まだまだたくさんある。やりたいことだって、まだ半分もできていない。

そうだ。あのときの答えを、まだ八雲から聞いていない。だから――。

自分の身体に戻ることを、強く強く願ったが、水を打ったような静寂が続くばかりで、何も変わらなかった。

むしろ、さっきよりも自分の身体が遠くにあるように感じられる。

もしかしたら、自分の肉体と魂を繋いでいる何かが、切れてしまったのかもしれない。それ

悔恨

が、死ぬということなのだろうか？

ふと、脳死した一心のことが思い返された。

八雲は、まだ肉体としては生きている一心に向かって、「叔父さんは、もうここにいないんだね」と口にした。

あのときは、その言葉の意味がよく分からなかった。

でも、今は理解できる。きっと、一心は、今の晴香と同じ状態だったに違いない。

肉体と魂が切り離され、もう二度と戻ることがない。八雲は、それが分かったからこそ、一心の死を受け容れた。

そう感じると同時に、晴香は悟ってしまった。

自分が死んだということを。

肉体は、活動しているかもしれないが、魂は世界と隔てられてしまったのだ。

──八雲君。　幽霊になっても、会いに行っていい？

晴香は、諦めとともに呟いた。

＋

パイプ椅子の背もたれに身体を預け、ぼんやりと天井を見上げた。

プレハブの建物で、普通の建物より低い位置にあるはずの天井板が、やけに遠くに感じられる。

息を吐き出すと、身体から力が抜けていくようだ。

何とか身体を起こし、正面に顔を向ける。

テーブルとパイプ椅子。それに寝袋と冷蔵庫が置いてあるだけの部屋。これまで、一向に気にしていなかったのに、やけに隙間が目立つ。

こうもがらんとしていて、殺風景な部屋だっただろうか？

そう感じるのは、ここに彼女がいないからだ。

彼女の存在が、この部屋に充満していた、孤独な空気を埋めてくれていた。

今にも、そこにあるドアが開き、「やあ」と、素っ頓狂な挨拶をしながら、部屋に入ってきそうな気がする。

初めて彼女を――晴香を見たとき、妙な女だと思った。

損得勘定もなく、他人の為に奔走する姿を見て、滑稽だと感じた。

晴香は、いつでも自分のことより、他人のことを重んじていた。他の誰かの為に涙を流し、傷付いていた。

そうやって、晴香は八雲の心の中に入ってきた。

そのドアを開けるときと同じように、打算などなく、ただ純粋な笑顔を浮かべながら、八雲の心に触れた。

鬱陶しいと思ったこともあるし、煩わしいと感じていた部分もある。

だが――。

悔恨

今になって思えば、そうした感情は、彼女に甘えてしまう自分に対する戸惑いのようなものだったのだろう。

晴香といることで、心地よさを感じてしまう自分自身に困惑していたのだ。

――駄目だ。

八雲は、首を左右に振って頭の中を巡る考えを消し去った。

あの日の一裕の顔が鮮明に浮かぶ。

金輪際、娘の前に姿を現さないで欲しい――そう言った一裕の目にあったのは、怒りや憎しみではなかった。

そうした感情をぶつけられた方が、八雲としては楽だったかもしれない。

だが、あのときの一裕は、八雲に懇願したのだ。

娘を大切に想うからこそ、これ以上、娘を危険な目に遭わせたくない。だから、自分を悪者にしてでも、八雲を遠ざけようとした。

それは、深い愛情に他ならない。

だから、八雲は二度と晴香に近付かないと決めた。

本当は側で、彼女の意識が回復するのを待ちたいが、それは許されないことだ。

自分とかかわりさえしなければ、晴香があんな目に遭うことはなかった。やはり、あれは自分の責任だ。

この部屋も、すぐに引き払うつもりだ。

89

晴香が目を覚ましたとしても、もう、顔を合わせることはないだろう。

──目覚めるのか？

これまで、考えないようにしていた疑問が、心の奥から浮き上がってきた。

血の気が引いた。

会えなくても、生きてさえいてくれれば、それで満たされる。この世界のどこかに、彼女が存在していると考えるだけで、孤独に耐えることもできるだろう。

もし、晴香が死ぬなどということになったら、おそらく自分自身を許すことができない。

八雲が、ゆらりと立ち上がったところで、携帯電話が鳴った。

後藤か石井、あるいは真琴辺りだろう。或いは、英心かもしれない。何れにせよ、電話に出る気はなかった。

八雲が断ち切ろうとしているのは、晴香との関係だけではない。

これ以上、犠牲者を出さない為にも、全ての人とのかかわりを絶つ必要がある。雲海から始まった呪われた血の宿縁に、無関係な人間を巻き込むわけにはいかない。

しばらくのコール音のあと電話が切れた。

が、またすぐに電話が鳴る。

熱血漢の後藤たちのことだ。携帯の電源を切ってしまうと、姿を消そうとしているこちらの意図を察してしまうと考え、これまで電源は入れておいたが、こうも五月蝿いのであれば、切った方が良さそうだ。

90

悔恨

ポケットから携帯電話を取りだした八雲は、思わず動きを止めた。

モニターには〈非通知〉と表示されていた。

非通知で電話をかけてくる人物に心当たりがあった。あのときも、そうだった——。

怒りを伴った血が、どくっと脈打ち、ざわざわと心が揺れる。

「はい」

八雲は、努めて冷静な口調を心がけながら電話に出た。

〈ずいぶんと暗い声ね。何かあったの?〉

おどけた七瀬美雪の声が、八雲の怒りを一気に増幅させた。

——ふざけるな!

そう叫びそうになったが、辛うじて堪えた。感情を露わにすれば、この女の思う壺だ。

「何があったかは、あなたが一番ご存じでしょ」

八雲は、口にしつつも思考を巡らせる。

七瀬美雪のことだ。おそらく、この部屋の近くから電話をしてきているのだろう。外に出て

確かめたいが、それをすれば気取られることにもなる。

〈あら。駄目よ。いくら冷静なふりをしても、声から漏れ出ちゃってるわよ。私に対する怒り

と憎しみが——〉

七瀬美雪の嘲る声が、八雲の理性を揺さぶる。

彼女は、どうすれば人が苦しむかを熟知している。他人の心をかき乱すことにかけては、天

91

才と言ってもいい。

「隠すつもりはありません。ぼくは、あなたを憎んでいます。心の底から——」

〈いいえ。まだまだよ。今、あなたが抱えている憎しみなんて、口先だけの薄っぺらいものに過ぎないわ〉

「何が言いたいんです?」

〈分かってるでしょ。あの娘がまだ辛うじて生きている。そのことが、あなたを、ギリギリのところで踏み留まらせている。深淵に落ちて来なさい〉

「お断りします。あなたの思い通りにはならない」

八雲はきっぱりと言う。

ここで、憎しみに囚われてはいけない。そうなれば、自分も七瀬美雪と同類になる。

それだけは、あってはならない。彼女が——晴香が望んだことだから。

あのときの光景が、鮮明に脳裏に蘇る。

水門で自らの命が危機に瀕していたあの瞬間、晴香はそれでも八雲に人を殺してはならないと説いた。

あれは、晴香の切実なる願いだ。だから——。

〈そう。結構、頑固なのね。でも、あなたの希望の火を消したら、どうなるかしら?〉

笑みを含んだ声が、八雲の耳朶に響く。

何とか抑え付けていた感情が、再び熱を帯び、内側から身体を突き破りそうになる。

悔恨

八雲は、目を閉じて深呼吸を繰り返し、ドス黒い感情を腹の底に沈める。

「言っておきますが、彼女に何かしたら許しません。ぼくは、迷うことなく、あなたを殺します」

〈本当？　嬉しいわ〉

七瀬美雪の声は、悦びに満ちていた。

殺すと言われて歓喜するなど、やはり七瀬美雪の精神は、歪んでいるとしか言い様がない。

「ぼくは、必ずあなたを見つけ出します」

決意とともに口にした。

七瀬美雪は、雲海が生み出した憎しみの連鎖の申し子なのだろう。だとしたら、それを断ち切るのが、自分の唯一できる罪滅ぼしのような気がする。

命を賭してでもやるべきこと――。

〈楽しみにしてるわ。始まりの場所で、あなたを待っているわ〉

――始まりの場所？

それが、どこを指すのかはこれから考えるとして、わざわざこんなことを言うのだから、間違いなく罠なのだろう。

だが――それでも構わない。

逃亡している七瀬美雪を見つけ出す唯一の方法は、その罠に飛び込むことだ。

「絶対に逃がしません。あなたには、必ず裁きを受けてもらいます」

93

〈裁きって、まさか法の裁きじゃないでしょうね?〉

「ぼくは、あなたとは違う。憎しみに囚われるような愚か者ではありません」

〈愚か者ねぇ……やっぱり、あなたの憎しみは薄っぺらいわね〉

「…………」

〈まあ、あなたがそういう人だってことは、分かっていたわ。だから、もっと私を憎むように、先手を打っておいたの〉

「何が言いたいんです?」

〈分からない? じゃあ、教えてあげるわ。さっき、あなたは、あの娘に何かしたら許さない

――って言ったでしょ〉

「…………」

――聞きたくない。

その先の言葉は、聞きたくない。

七瀬美雪の優越感に満ちたこの声。彼女が、いったい何をしたのか、何となく察しがついてしまった。

だからこそ、余計に聞きたくない――。

〈もう手遅れなの。私は、あなたから光を奪ったの。とても簡単だったわ。人工呼吸器のスイッチを切っただけ。指一本で、彼女は死んだの――〉

「嘘だ!」

94

悔恨

八雲は感情を爆発させながら叫んだ。

足許が揺れた。立っていることができずに、その場に跪く。ぐわんぐわんと耳鳴りがして、

意識が遠のく。

額から流れ出た脂汗が止まらなかった。

〈嘘じゃないわ。きっと、彼女は死んだら、真っ先にあなたに会いに行くんじゃないかしら。

自分の赤い左眼で確かめてみるといいわ――〉

ブツッと電話が切れた。

――嘘だ。嘘だ。

八雲は、絶え間なく頭の中で同じ言葉を繰り返す。

現実を覆す力があると信じて、ひたすら七瀬美雪の言葉を否定する。

それを続けるうちに、八雲の全身を貫いていた衝動が、落ち着きを取り戻していく。

――そうだ。七瀬美雪は、動揺させる為に嘘を吐いたのだ。

そもそも、逃亡中の殺人犯が、病院をうろつけるはずがない。急所を突くような嘘で、こち

らを翻弄しようというのだろう。

八雲は、大きく息を吸い込みながら、テーブルに手を突いて、身体を引き起こした。

と、次の瞬間、思いがけないものが目に飛び込んできた。

ドアの前に、人が立っていた。

晴香だった――。

95

とても哀しげな顔で、八雲を見ている。

――どうしてそんな顔をするんだ？

いや、問題はそこじゃない。

病院に入院しているはずの晴香が、なぜ、ここにいるのか？

八雲は、半ば無意識のうちに、左手で自分の左眼を覆った。その途端、目の前にいた晴香の姿が、ふっと消えてしまった。

八雲は、七瀬美雪の言葉が真実であることを悟った。

今、目の前にいる晴香は、肉体を持った実体ではない。

魂――つまりは幽霊なのだ。

いや、違う。そんなことは、断じて認めない。自分の赤い左眼で見るものが、絶対ではないはずだ。

八雲は、願いを込めて晴香に向かって手を伸ばした。

だが、指先が触れる前に、晴香の姿は風景に溶けるように消えてしまった。

八雲は身を捩りながら、ただ叫ぶことしかできなかった――。

十一

真琴は、石井と一緒に明政大学の〈映画研究同好会〉の前に足を運んだ。

悔恨

プレハブ二階建ての一階の一番奥の部屋のドアの前だ。

これまで、幾度となく足を運び、慣れているはずなのに、さっきからずっと緊張していて、掌にじっとりと汗が滲んでいる。

隣に目を向けると、石井は、真琴以上に緊張しているらしく、表情が引き攣っているだけで

なく、動きがぎこちない。

「やっぱり、怖いですよね」

真琴がぽつりと言うと、石井が「え？」と首を傾げた。

「八雲君に会うことです。これまで、散々電話をしていたのに、いざ会うとなると、何と声を

かけていいのか……」

真琴が自嘲気味に笑みを浮かべると、石井が何のことだか納得したらしく、「そうですね」

と賛同の返事をした。

自分でも言ったように、今の傷付いた八雲に、どんな声をかけたらいいのか分からないとい

うのもあるが、真琴が一番怖れているのは、別のことだった。

八雲には、いつも危うさがついて回っていた。

理性的な人ではあるが、その裏に潜む闇を感じることが、何度かあった。

晴香の一件で、そうした危うさが、一気に噴出するのではないかという怖れが、真琴の中に

はあった。

「でも、私たちが逃げるわけにはいきません。八雲氏の協力なくして、事件の解決はあり得ま

「せんから」

石井が覚悟を決めたように言った。

事件を重ねる度に、石井がどんどん逞しくなっていっている気がする。もちろん、優しさが

なくなったわけではないが、今までより遠くに感じてしまう。

「そうですね」

真琴は、頭の中にある雑念を振り払って、石井に頷いてみせる。石井も、それに頷き返すと、

コンコンとドアをノックした。

返事はなかった。

不在にしているのかとも思ったが、耳をそばだててみると、部屋の向こうに人の気配がする。

「行ってみましょう」

石井は、胸を張るようにして言うと、「失礼します」と声をかけながらドアを開ける。

「へっ!」

石井が、驚いたように飛び跳ねながら声を上げた。

——どうしたんだろう?

真琴も部屋を覗き込んでみる。

声こそ上げなかったものの、見るも無惨な部屋の状況に、驚きを禁じ得なかった。

テーブルや椅子は横倒しになり、床に本やら筆記用具やらが散乱している。それだけでなく、

壁のあちこちに凹みが出来ていた。

98

悔恨

　真琴は、真っ先に強盗を疑った。そうでなければ、彼女が——七瀬美雪が、八雲の部屋から何かを持ち出す為に押し入ったということも考えられる。

　——いや。違う。

　めちゃくちゃになった部屋の中央に、八雲の姿があった——。

　額に汗を浮かべ、肩を大きく上下させながら、荒い呼吸を繰り返している。

　右の拳は赤く腫れ、血が滲んでいた。

「こ、これは、八雲氏がやったんですか？」

　石井が訊ねると、八雲がゆっくりこちらに顔を向けた。

　その顔は暗かった。

　部屋に電気が点いていないとか、そういう問題ではない。もっと別の何か——。

　顔からは、完全に表情が消えていた。

　元々、表情の乏しい人ではあったが、そうした次元とは異なる異様な顔つきだった。

　八雲は、自分たちの姿を認めたはずであるにもかかわらず、まるで見えていないかのように、無言のまま部屋を出て行こうとする。

「ちょ、ちょっと待って下さい。彼女の——七瀬美雪にかかわることで、協力して頂けないか

と……」

　押し留めようとする石井を、八雲が一瞥した。

　敵意や威圧とは違う。害虫でも見るかのような、蔑みに満ちた視線に、真琴は思わず息を呑

んだ。

「邪魔だ。どけ」

八雲が端的に告げる。

口調が明らかに八雲のものではない。外見は八雲だが、その中身は全く別の誰か――真琴には、そう感じられた。

晴香の事件が、ここまで八雲を豹変させてしまったのかと愕然とする。

同時に、今の八雲に何かを言っても無駄だとも思った。

八雲を突き動かしているのが、怒りなのか、憎しみなのかは分からないが、これまで彼を象っていた理性が、完全に喪失してしまっている。

理性を失ってしまった人に、何を訴えたところで、届くことはないだろう。

それは、石井も感じたはずだ。

それなのに――石井は諦めなかった。

「どきません。七瀬美雪を捕まえる為には、八雲氏の助けが必要なんです。だから、協力して捕まえましょう」

石井は、怖さからか、八雲の変わりように対する哀しさからか、目に涙を浮かべながらも必死に訴える。

「邪魔をするなと言っている」

「邪魔って何ですか？ これまでだって、一緒に事件を追いかけてきたじゃないですか」

100

悔恨

「その結果が、どうなった?」

八雲が一際大きな声で問うと、石井がうっと息を詰まらせた。

その後悔は、全員が抱いている。だからこそ、鋭利な刃物となって心を切り裂いた。

同時に、真琴は理解した。八雲をここまで変貌させてしまったのは、誰よりも、自分自身に

対する強い憎しみなのかもしれない。

気持ちは分かる。だが、だからこそ——。

「八雲君が、こんな風になることを、晴香ちゃんは望んでいません」

真琴は自らを叱咤し、怖れる気持ちを奮い立たせて言った。

直接本人に訊いたわけではない。それでも、晴香なら、こんなことを望まないのは分かる。

晴香は、いつだって真っ直ぐだった。

自分のことより、他の誰かの為に、涙を流せる娘だった。そんな晴香だからこそ、八雲の心

に触れることができた。

「どうだっていい……」

八雲が冷淡に言い放つ。

「え?」

「あいつは、もう死んだ——だから、どうだっていい」

——何を言ってるの?

晴香はまだ死んでいない。それなのに、こうも断定的な言い方をするなんて、全く理解でき

ない。

八雲は、誰よりも晴香が目覚めることを望んでいるのではないのか？

「いい加減なこと言わないで下さい！　晴香ちゃんは、死んでません！　絶対に目を覚しま

す！　八雲氏が、それを信じないで、どうするんですか！」

石井が、八雲にすがりつくようにして叫ぶ。

耐えきれなくなったのか、ボロボロと涙を零していた。だが、石井の必死の訴えも、八雲に

は届かなかった。

「邪魔だと言っている」

八雲は、石井の腕を振り払い、その胸を突き飛ばした。

バランスを崩した石井は、その場に倒れ込む。どこかに頭を打ったらしく、そのまま動かな

くなった。

「石井さん」

真琴は、慌てて石井に駆け寄る。

ぐったりとしてはいるが、脈も呼吸も確かだ。　脳震盪を起こしたのかもしれない。　念の為、

病院で検査をした方がいい。

携帯電話を手に取ったところで、凍てつくような視線を感じた。

顔を上げると、八雲がこちらを見下ろしていた。

真琴は、はっきりと恐怖を感じた。

悔恨

あの目は——怒りとか憎しみとか、そんな生易しいものではない。狂気を孕み、殺意に満ち
た目だ。

「もう一度、忠告しておく。邪魔をするなら、あなたたちでも容赦はしない」

「何をする気なんですか?」

「あの女を殺す——」

「駄目です。そんなことをしたら、晴香ちゃんが悲しみます」

比喩ではない。文字通り、殺すつもりなのだろう。

真琴は立ち上がり、八雲の前に立ちはだかった。

しかし——すぐにそのことを後悔した。

今、目の前にいるのは、いつもの八雲ではない。

狂気に囚われた怪物だ——。

十二

小高い丘の上の住宅街の一角に、その家はあった。

元々こういう構造だったのか、あるいはリフォームされてこうなったのか、和モダンな造り
の瀟洒な家だった。

ハナミズキの木が植えられた庭もあり、ゆったりとした空間が保たれている。

駅から徒歩十分で、これだけの物件は、そうそう出ないだろう。

「さて。行くか」

英心がのんびりとした調子で言う。

写真の人物が、七瀬美雪かどうかは、はっきりと判別できなかったものの、愛菜という少女の証言は、無視できないものがある。

あれこれ考えるより、実際に見た方が早いし、色々と分かることもあるだろう。

「そうだな」

後藤が応じると、英心がインターホンを押した。

だが、応答がなかった。留守にしているのだろうか？

「こっちが行くって話はしてあるんだろうな？」

後藤が訊ねると、英心は「もちろんじゃ」と応じつつ、改めてインターホンを押す。

やはり誰も応答しない。

インターホンの音は、外まで聞こえているのだから、鳴ってはいる。表札を見る限り、家を間違えたということもない。

――妙だな？

考えているうちに、ドタンッと何かが倒れるような音がした。

何かあったのか？　英心と顔を見合わせたところで、今度は「止めて！」という切羽詰まった叫び声が響いた。

104

悔恨

後藤は、英心と顔を見合わせたあと、門扉を抜けて玄関に駆け寄った。

「涼子さん。いるんだろ」

英心が、ドンドンと玄関のドアを叩きながら声をかける。

それでも、中から人が出てくる様子はない。バタバタと暴れるような音だけが聞こえている。

「どいてろ」

後藤は、英心を押し退けてドアの前に立つ。

「蹴破るんだよ」

「何をする気だ?」

「阿呆が。部屋を仕切るドアならまだしも、玄関のドアが、蹴ったくらいで開くわけなかろう」

それはそうかもしれない。

室内にある一枚板のドアと、玄関のドアでは、そもそもの構造が違う。

「じゃあ、どうするんだよ」

後藤と英心の言い合いを遮るように、急にドアが開き、中から三十代半ばと思われる女性が飛び出してきた。

彼女が、依頼者の涼子だろう。

額に汗を浮かべ、今にも卒倒してしまいそうなほど顔色が悪い。何か大変なことが起きているのは明らかだ。

105

「何があった?」

英心が問うと、涼子は部屋の奥を指差しながら、何かを言おうとしているが、慌てているせいか、言葉になっていない。

「どいてろ」

通じないやり取りをしていても埒が明かない。後藤は、涼子を押し退けて中に入った。

玄関を入ると、広いリビングになっていた。

そこに人の姿はないし、幽霊がいるわけでもなかった。

涼子は、いったい何に怯えて飛び出して来たというのだろう? 考えを巡らせる後藤の耳に、

うー、うー、という獣の唸り声のようなものが聞こえてきた。

右側に延びる廊下の奥からだ。

後藤は、靴のまま廊下に上がると、声を辿りながら慎重に歩みを進める。

唸り声は、廊下の突き当たりにある部屋からだ。

ドアの前に立った後藤は、呼吸を整えてから、ドアノブに手をかけ、ゆっくりと回す。

カチャッと金属の鳴る音が、やけに大きく聞こえた。

息を殺しながらドアを少しだけ開け、そっと中を覗き見る。

部屋の電気は点いていなかった。カーテンも引いてあるらしく、同じ建物とは思えないほど暗かった。

ベッドと勉強机が置かれていた。どうやら、子ども部屋のようだ。

悔恨

だが、子どもの姿は見えない。

それどころか、さっきまで聞こえていたはずの唸り声が、ピタリと止んでしまった。

何だか、とてつもなく嫌な予感がする。

とはいえ、こんなところに突っ立っていても何も始まらない。

後藤は意を決して部屋の中に入った。

注意深く部屋の中を見回す。

勉強机の上には、赤いランドセルが置かれていて、壁には女の子向けの変身ヒロインのポスターが貼ってあった。

本棚には、児童書や絵本が綺麗に並んでいる。

が、特に変わったところは見受けられなかった。唸り声を辿って、この部屋に入ったが、間違えたのかもしれない。

部屋を出ようとしたところで、ガサッと何かが擦れるような音がした。

慌てて振り返るのと同時に、ベッドの下から細い手が出てきて、後藤の足を摑もうとする。

咄嗟に足を引いたものの、バランスを崩して尻餅を突いてしまった。

後藤が体勢を立て直すより早く、ベッドの下から黒い影が飛び出してきた。

それは──。

奈緒と同じくらいの歳の少女だった。おそらく愛菜だろう。

愛菜の手には、果物ナイフが握られていて、それを後藤めがけて振り下ろしてきた。

107

果物ナイフが刺さる寸前のところで、愛菜の腕を押さえた後藤は、そのまま彼女をベッドの上に放り投げた。

少女は、すぐに立ち上がろうとしたが、後藤はそれよりも早く、愛菜の手から果物ナイフを奪い取り、両手を押さえつける。

「放せ！　放せ！」

愛菜が、甲高い声で叫びながら、首を激しく揺さぶる。

「子ども相手に、何をしておる」

騒ぎを聞きつけて駆けつけた英心が、驚きの声を上げたかと思うと、後藤の肩を摑んで愛菜から引き剝がしてしまった。

腹立たしいことだが、状況を見て、後藤が愛菜に襲いかかったのだと勘違いしたようだ。

「馬鹿野郎！　あの子を押さえろ！」

後藤が叫んだときには、もう遅かった。

愛菜は、落ちていた果物ナイフを再び手に取ると、威嚇するように唸り声を上げ始めた。

「な、何が起こっておる？」

英心が困惑した声を上げる。

「たぶん、あの少女には幽霊が憑依してんだ」

後藤はそう判断した。

八雲のように、幽霊が見えるわけではない。それでも、この状況から考えれば、それがもっ

108

悔恨

とも可能性が高い。

「どうする?」

英心が、小声で訊ねてくる。

「何とかあのナイフを奪って、押さえ付けるしかねぇ」

さっき英心に邪魔をされなければ、何とかなっていたかもしれないが、今さらそれを言って

も始まらない。

距離とタイミングを計っていると、急に愛菜の身体が硬直した。

次いで痙攣を始め、パタリと床に倒れてしまった。

「おい。しっかりしろ」

後藤は、すぐに駆け寄り愛菜の状態を確認する。

脈拍はかなり早いが、呼吸はしている。白目を剝いたまま、譫言のように何ごとかを呟いて

いた。

耳を近付け、何とか聞き取ることができた。

──助けなきゃ。

そう繰り返していた。

愛菜は──いや、彼女に憑依している幽霊は、いったい何を助けようとしているのか? 八

雲に倣って考えを巡らせてみたが、思いつくことは何一つなかった。

いや、今は余計なことを考えている場合ではない。

109

「早く救急車を――」

後藤が声をかけたときには、英心はすでに電話を始めていた。

後藤が、愛菜を抱えてベッドに寝かせたところで、母親である涼子が部屋に駆け込んできた。

「愛菜」

後藤を突き飛ばすようにして、愛菜を強く抱き締める。

詳しい原因については、まだ調査が必要だが、取り敢えず救急車が来るまでは、様子を見よう。

ふうっと息を吐いたところで、携帯電話に着信があった。

妻の敦子からだった。

それは、晴香の容態が急変したことを告げる連絡だった――。

十三

「石井……さん……」

誰かが名前を呼んでいる。

掠れていて、苦しそうな女性の声だ。

――誰だろう？

石井が目を開けると、天井が見えた。どうやら、仰向（あお）けに倒れているらしい。

110

悔恨

　後頭部にずんずんと響くような痛みがあった。

　視界の隅に、倒れた椅子やテーブルが映った。それを見て、石井は、ようやくここがどこな

のかを思い出した。

　ここは、〈映画研究同好会〉の部屋だ。

　八雲に捜査協力を求める為に、真琴と一緒に足を運んだのだ。

　ところが、八雲の様子がおかしかった。

　目が据わっていて、言葉遣いもおかしかった。近付く者を、手当たり次第に攻撃するような

殺気を漂わせていた。

　――怖い。

　それが、石井の正直な感想だった。

　すぐにでも、逃げ出したい衝動に駆られたが、それでも、石井は八雲を説得しようとした。

事件の解決には、八雲の協力が必要不可欠だ。それに、生死の境を彷徨（さまよ）っている晴香は、八

雲が、あんな風になってしまうことを望まないだろうから。

　だが、敢えなく突き飛ばされてしまった。

　そうか――。

　あのときに、頭を打って気を失ってしまったのだろう。

　後藤ならまだしも、八雲があんな風に乱暴に、石井を突き飛ばすなど、想像だにしていなか

った。

やはり、さっきの八雲は普通ではなかった。

完全に人が変わってしまったかのようだ。或いは、元々、そういう気質があったのを、抑え

付けていただけなのか？

「石井さん……」

また声がした。

今度は、はっきりと聞き取れた。真琴の声だ。

「す、すみません。気を失ってしまったようです」

石井は、申し訳ないという風に、頭を掻きながら上体を起こし、真琴の姿を探した。

すぐに見つかった。

しかし——様子がおかしい。

どういう訳か、真琴は、床に這いつくばるように倒れていた。

「ま、真琴さん。どうしたんですか？」

石井は、痛む頭を押さえつつも、真琴の肩を揺さぶる。

だが、真琴は立ち上がろうとはしなかった。「石井さん……」と譫言のように口にしながら、

苦しそうに呼吸をしている。

——これは、ただごとではない。

頭にあった痛みは一気に吹き飛び、ぼやけていた意識も瞬く間に覚醒した。

「真琴さん。しっかりして下さい」

悔恨

改めて、肩を揺さぶるが、やはり真琴は動かない。

よく見ると、真琴の腹部の辺りから赤いものが流れ出ていた。

これは血だ——。

真琴の腹部から流れ出た血が、床に血溜まりを作っていた。

——何ということだ！

石井は、慎重に真琴の体勢をうつ伏せから、仰向けにする。

やっぱりそうだ。白いシャツの脇腹の辺りが、血で真っ赤に濡れていた。

「し、失礼します」

石井は、真琴のシャツの前を開け、傷口を確認する。

以前、石井を庇って七瀬美雪に刺されたのと、同じ箇所に傷があった。

深さまでは分からないが、幅は三センチほどで、それほど大きい傷ではないが、出血量が多い。

このままでは、失血死ということも充分にあり得る。

石井は、ハンカチを取り出し、傷口に宛がうと強く圧迫した。

「うっ」

痛みからか、真琴が短い呻き声を上げる。

「痛かったですね。でも、我慢して下さい。今、救急車を呼びますから——」

石井は左手でハンカチを押さえつつ、右手で携帯電話を取り出す。血で滑り落ちそうになり

113

ながらも、何とか一一九に連絡を入れることができた。

電話に出たオペレーターに、現在の居場所と状況を簡潔に告げてから、電話を切った。

「あと少しの辛抱です。もうすぐ救急車が到着しますから」

真琴に声をかけながらも、じわっと悔しさがこみ上げてくる。

彼女が、必死に名を呼んでくれていたのに、ぼんやりしていた自分が腹立たしい。もっと早く状況に気付けたはずだ。

何より、気を失っていたとはいえ、真琴が傷を負うのを止められなかったことが許せない。

もし、真琴まで命を落とすようなことになったら、正気を保っている自信がない。それほどまでに、彼女の存在は石井の中で大きくなっていた。

ふと、さっきの八雲の顔が脳裏を過ぎる。

彼も同じだったのかもしれない。大切なものを失うかもしれないという怖れが、八雲から正気を奪った――。

「石井さん……」

再び真琴が声を上げた。

薄らとではあるが、瞼が開いていた。

「喋らないで下さい。傷に障ります」

石井はそう呼びかける。

救急隊員が来るまで、じっとしているべきだ。下手に喋ったりすれば、傷を悪化させること

114

悔恨

にもなりかねない。

だが、真琴は嫌々という風に、首を左右に振った。

こんな状況になりながらも、真琴は石井に何かを伝えようとしているようだ。

「早く止めないと……」

真琴が、痛みに顔を歪めながらも口にする。

――止める?

「何のことですか?」

「八雲君が……」

「え?」

「八雲君……」

真琴の呼吸が荒くなる。

言わんこっちゃない。無理に喋ったのが傷口に響いたのだ。

「いいから、喋らないで下さい」

石井は、強く言う。

それでも、真琴は喋ることを止めなかった。

「早く……八雲君を……大変なことに……」

こんな状況であるにもかかわらず、どうして真琴は、こうも八雲のことを気にしているのだ

ろう?

115

大変なこととは、いったい何を指しているのだろうか?

石井の頭に、一つの考えが浮かんだ。

真琴の傷の状態からして、鋭利な刃物で刺されたものであることが推察される。問題は、誰が刺したのか——だ。

石井たちが訪れたとき、部屋の中にいたのは八雲だけだった。

気を失っていたのが、どれくらいなのか判断できないが、それほど長い時間ではないだろう。

状況証拠だけではあるが、容疑者は一人に絞られる。

「もしかして、八雲氏が真琴さんのことを?」

石井は、信じられない思いで口にした。

真琴は何かを言おうとしたが、言葉を発する前に、ふっと意識を失ってしまった。

八雲が、真琴を刺したなんて信じたくはない。以前の八雲なら、誰かを刺すような真似は絶対にしなかっただろう。

だが——。

さっき見た八雲はどうだろう?

まるで別人のように殺気を孕み、暗い目をしていた。口調さえ変わってしまっていたのだ。

今の八雲なら、或いは、真琴を刺すということもあり得るかもしれない。

八雲が自分たちの敵に回ったりしたら、それを止めることができるだろうか? 石井は、近付いてくる救急車のサイレンの音を聞きながら、恐怖を覚えていた。

第二章　彼岸

一

八雲は丘の上に立ち、眼下を見渡した。

町全体を見渡せる見事な眺望で、まるで支配者になったかのような気になるが、そんなもの

は錯覚に過ぎない。

かつて、ここには家が建っていた。

この地域の地主だった七瀬一家が住んでいた家だ。一家が惨殺されるという凄惨な事件のあ

と、長い間放置されていたが、昨年に起きた火災で焼失した。

今は煤けた幾本かの柱と、瓦礫を残すだけになっている。

この家の焼失を招いた事件のことが、鮮明に頭の中に蘇ってきた。

あの事件のとき、八雲は七瀬美雪に拉致され、長野にある山荘に監禁されることになった。

七瀬美雪は、八雲を椅子に縛り付け、憂さ晴らしをするように暴行を加えた。正直、八雲は

死ぬことを覚悟した。

だが、そんな八雲を救いに来たのは、誰あろう晴香だった――。

晴香に、それほどまでの行動力があることが意外だったのに、雲海と対峙して尚、八雲を守

ろうとした。その芯の強さに、心底驚かされた。

あれは、晴香に対する考え方が大きく変わるきっかけとなった事件でもある。

彼岸

「君は、見かけによらず、強い信念を持った女性だった……」

言うつもりはなかったのに、思わず口から漏れ出てしまった。

八雲は、コートのポケットに手を突っ込み、その中にあるナイフの冷たい感触に触れること

で、感傷を断ち切る。

このナイフは、あの女──七瀬美雪を葬る為に持参したものだ。

ナイフを突き立て、彼女を殺すことが、今の八雲のたった一つの目的だ。生きている意味と

言ってもいい。

──始まりの場所で、あなたを待っているわ。

七瀬美雪は、そう言っていた。

八雲が、真っ先に思いついたのがこの場所だった。

七瀬美雪が生まれ、十歳まで育ったこの家こそ、始まりの場所というワードに相応しい。

てっきり、この場所に七瀬美雪がいると思っていたのだが、どこを見渡しても、その姿はな

かった。

七瀬美雪のことだ。いきなり対峙するのではなく、存分に八雲を振り回すつもりだろう。

彼女は、劇場型の犯罪者だ。まるでゲームのように、わざとヒントを残し、それによって右

往左往する人たちを見て愉しむ傾向がある。

つまり、この瓦礫のどこかに、何かしらのヒントが隠されている可能性が高い。

八雲はゆっくりと瓦礫の中に足を踏み出す。

パキッとガラス片のようなものが割れる音がした。

七瀬美雪は、この場所で生まれ育った。そして十六年前、自らの祖父と両親を殺害した。彼女が、僅か十歳のときだ。

その後、失踪していたが、突如として雲海とともに姿を現し、昨年の事件に繋がる。

七瀬美雪は、長い間、戸籍上の父親である勝明から、虐待を受け続けていた。

彼女は、勝明の子どもではなかった。祖父である寛治と母冬美の間に生まれた不義の子だった。

生まれた瞬間――いや、身籠もった段階から、その存在を疎まれることが定められていた。鬱積した彼女の憎しみが殺意となり、家族を惨殺したのだ。

唯一の味方だった祖母の死をきっかけに、

自らの血縁者を容赦なく殺害するなど、まさに悪魔の所業だ。

だが、だからこそ、考えてしまう。七瀬美雪は、生まれながらの悪魔だったのか？ 或いは、

彼女の置かれた状況が、過酷であったことは間違いない。

家の中では、常に諍いが絶えず、暴力が蔓延していた。そうした環境で育った子は、暴力性が高くなる傾向があるらしい。

環境が彼女をそうさせたのか？

日常的に暴力を見て育ったせいで、誰かを攻撃することに対するハードルが低くなるのがその一因だ。

120

彼岸

七瀬美雪の示す凶暴性は、虐待された中で培われたものであるのは間違いない。

つまり、それは誰にでも起こり得るということだ。

しかし――。

七瀬美雪がやったことを、正当化する理由にはならない。

過酷な家庭環境に育った子が、全て犯罪を起こすわけではない。様々な要因はあるだろうが、

それでも、多くの者がギリギリのところで踏み留まる。

家族を殺すという選択をしたのは、七瀬美雪自身なのだ――。

かつてリビングがあった場所まで足を運んだ八雲は、ふと足を止めた。

焼け跡の中に、ブリキの箱が置かれていた。

煤を被ってはいるが、火災のときに中にあったとは考え難い。ブリキは熱に弱い金属だ。も

っと変形していて然るべきだ。

八雲は、屈み込んでその箱を手に取った。

煤でよく見えないが、蓋の部分に何か書かれている。八雲は、掌で煤を払う。

そこには、次のような文章が書かれていた。

怪物と闘う者は、その中で自らも怪物にならないよう、気をつけなくてはならない。

深淵を覗くとき、深淵もまたこちらを覗いている――。

121

油性ペンなどではなく、鋭利なもので削って書かれたものだ。

そっと蓋を開けてみる。

中には、古ぼけたノートが何冊も入っていた。表紙には〈えにっきちょう〉と印字されてい

て、下の部分には〈みゆき〉と手書きで名前が書かれていた。

ページを開いてみる。

そこには、拙い絵が描かれていた。

部屋のような場所で、泣いている女の子の絵——。

おそらく、この絵を描いたのも、そして描かれた少女も、七瀬美雪自身なのだろう。

絵の下には、次のような文章が綴られていた。

ごめんなさい。もうしません。

ぶたれるのは、わたしがわるいからです。

やくそくをやぶって、ごめんなさい。

次のページには、裸で外に立って泣いている少女の絵が描かれていた。

ママのきげんをそこねてゴメンなさい。

もう、口ごたえしません。

122

彼岸

ゴメンなさい。ゴメンなさい。ゴメンなさい。

さらに、次のページには、倒れている少女と、それを蹴っている大人の男の姿が描かれていた。

言いつけをまもらなくて、ゴメンなさい。

わるいのはわたしです。

もうしないので、けったりしないでください。

言われたとおりにします。

おそらく、これは七瀬美雪が幼い頃に書いたもので間違いないだろう。

なぜ、昔の絵日記を残したのか、その意図は分からない。だが、絵日記の内容は目を逸らしたくなるものばかりだった。

一緒に遊んだり、旅行に行ったりといった、普通の家族なら、当たり前に行われるであろう出来事が、一つも書かれていない。

歪んだ家族の中で、七瀬美雪は虐げられ続けてきた。

だが、意外にも、その中で七瀬美雪は憎しみを募らせていたわけではなかった。ただ、ひたすらに謝罪の言葉を連ねているのがその証拠だ。

この文章を書いたときの七瀬美雪は、愛情を強く欲しているような気がする。

もう悪いことはしないから——愛して下さい。

そう叫んでいるように思えてならない。

自分は何一つ悪くないのに、愛情を欲するがあまり、家族ではなく自分を責め、謝罪の言葉を並べている。

昨今、虐待の問題が叫ばれているが、七瀬美雪は、その典型ともいえる家庭環境の中で育ったのだろう。

——そんなことはどうでもいい。

八雲は、感傷に引っ張られる自分の気持ちを断ち切った。

七瀬美雪が、不幸な子ども時代をアピールする為だけに、この絵日記を残したとは考え難い。

この中に、何かしらのヒントが隠されているはずだ。

八雲は、一旦絵日記を箱の中に仕舞い、それを持って歩き出した。

二

後藤が病院のエントランスに駆け込むと、敦子と奈緒が俯いてベンチに座っているのが見えた。

消沈した二人の姿が、事態の深刻さを告げている。

彼岸

いや。決めつけるのはまだ早い。

「それで、何があった？」

後藤は息を切らしながらも敦子に訊ねる。

「恵子さんと話しているときに、晴香ちゃんの容態が急変したの」

「急変だと？」

後藤が訊ねると、敦子の視線が足許に落ちた。

どんなときでも気丈に振る舞う敦子が、ここまで沈んだ表情を浮かべるのは、珍しいことだ。

それ故に、不安が掻き立てられる。

「悪化してしまったの。一応、心臓は動いているけど、ここ二、三日が山だって……」

しばらくの沈黙のあと、敦子が言った。

囁くような小さい声だったにもかかわらず、後藤の心を激しく揺さぶった。

「どうして急に……」

さっき会ったときは、容態は快方に向かっていると言っていたはずだ。それを聞いて、胸を撫で下ろしたばかりだったのに——。

「まだ、詳しいことは分かっていないけど……」

敦子が途中で言葉を切り、言い難そうに辺りを見回した。

「何だ？」

「どうも、人工呼吸器のスイッチが、切れてしまっていたらしいの」

125

後藤が詰め寄ると、敦子が声のトーンを低くして答えた。

「どうして、そんなミスが起こるんだ！　あり得ないだろ！」

敦子が悪い訳ではないことは分かっている。それでも、昂ぶる感情を抑えることができずに、叱責するような言い方になってしまった。

だが、敦子は臆することなく、淡々と話を続ける。

「ミスではないかもしれない……」

「何？」

「看護師さんに聞いた話だと、誰かが意図的にやった可能性があるって……」

「意図的に——だと？．」

「機械の故障とか、電源コードの断線とかじゃなくて、スイッチだけが切られていたらしいの」

「誰かが、間違えて切ったんじゃねぇのか？」

「私も、実際に確認した訳じゃないけど、ああいう機械って、うっかり触ったくらいで、スイッチが切れるような構造にはなっていないと思う」

敦子の言い分はもっともだ。

命を司る機械が、ちょっと触ったくらいで電源が切れるような仕様になっているとしたら問題だ。

「だが、集中治療室に入れるのは、肉親と医師と看護師だけだろ」

126

彼岸

外部の人間が自由に出入りはできない。

医療に携わる人たちが、意図的に人工呼吸器のスイッチを切る理由はない。晴香の両親は、言わずもがなだ。

やはり、誰かが誤ってスイッチを切ってしまった——というのが、一番筋が通る気がする。

「さっき、別の看護師さんから、妙なことを聞いたの」

「妙なこと?」

聞き返す後藤を見つめる敦子の目は、何かに怯えているようだった。

「ロッカールームのロッカーがこじ開けられていて、看護師の制服と、セキュリティーカードが盗まれていたらしいの——」

敦子の話に愕然とした。

もし、それが事実だとすると、何者かが看護師に扮装して、集中治療室に侵入し、人工呼吸器のスイッチを切ったという可能性が出てくる。

——いったい誰が?

そうじゃない。誰なのかは、もう分かっている。そんなことをやる人物は、一人しかいない。

七瀬美雪だ——。

てっきり逃亡したと思っていたが、まだ都内に潜伏していたということか。

その上で、病院に侵入し、人工呼吸器のスイッチを切るという方法で、晴香に止めを刺す

——あの女なら、充分にあり得る。

127

「警察には？」

「病院側から、盗難事件として連絡が行ってるみたい。さっき、警察官が来てたわ」

できれば、防犯カメラの映像などを確認したいところだが、警察を辞めた身である後藤が、

のこと出て行ったところで、話が混乱するだけだ。

面倒だが、石井を経由して話を通した方がいいだろう。

「クソッ」

後藤は、吐き捨てるように言うと、天井を仰ぐ。

蛍光灯の光が、やけに眩しく感じられた。

──そうだ。

八雲に、このことを連絡しなければ。そう思い立った後藤は、携帯電話を手に取り、八雲に

電話をかけた。

すぐに、電話が繋がらないことを伝える、自動音声のメッセージに切り替わってしまった。

これまでは、電話に出ないまでも、電源は入っていたが、それすら切ってしまったようだ。

舌打ちをしたところで、俯いている奈緒の姿が目に入った。

敦子に寄り添い、声を押し殺して泣いていた。

後藤自身が混乱していたせいで、奈緒を気遣っていなかった。

「大丈夫だ」

後藤は、奈緒の前に屈み込み、語りかけるように言った。

彼岸

耳に障害を抱える奈緒に、後藤の声は届いていないだろうが、想いは伝わったはずだ。

「大丈夫。晴香ちゃんは、きっと良くなる」

後藤は、自らの願望を込めながらもう一度言うと、奈緒の頭を撫でた。

だが、奈緒は拒むように首を左右に振る。

悲観しているのとは違う。奈緒は、独自の感性で、何かを感じ取っているようだった。一心のときと同じように――。

――いや、そんなはずはない。晴香ちゃんは、絶対に大丈夫だ。

自らの心の内に強く念じたところで、携帯電話に着信があった。八雲かもしれない。すぐに電話に出る。

「誰だ？」

〈上司に向かって、その口の利き方はなんだ！〉

電話の向こうから、宮川の怒声が飛んできた。

「もう、上司じゃないでしょうが」

〈うるせぇ！　誰のせいで、おれが処分を受けたと思ってやがる！〉

それについては、本当に申し訳ないと思っている。後藤の一件がなければ、宮川は今も刑事課長という役職に収まっていたはずだ。

ただ、今さらそれについて詫びを入れるような間柄でもない。

「それより、わざわざ電話してくるなんて、何の用です？」

129

後藤が訊ねると、宮川は〈そうだった――〉と咳払いをしてから話を続ける。

〈大変なことになってるぞ〉

「こっちもですよ」

後藤は、ため息交じりに言う。

〈あん？〉

「何でもありません。それより何です？」

〈ブン屋の姉ちゃんが刺されて、救急搬送されたそうだ〉

「は？」

あまりに想定外の話に、後藤は面喰らってしまう。

どうして真琴が刺される。しかも、晴香の容態が悪化したこのタイミングに――そこに、作意を感じずにはいられない。

〈石井が現場にいたらしいんだが、それによると、刺したのは、どうもあの小僧らしいんだ〉

やはりあの女――七瀬美雪か？

「あの小僧？」

――いったい、誰のことを言っているんだ？

〈お前らがつるんでる、八雲って小僧だよ〉

宮川の放った言葉で、後藤はハンマーで殴られたような衝撃を受けた。

そんなバカな――。

130

彼岸

八雲が、真琴を刺すなんてあり得ない。何かの間違いだ。

三

石井は、病院の待合室のベンチに腰掛け、項垂れていた——。

今の石井にできるのは、真琴の無事を祈ることだけだ。

両手を組み合わせ、「お願いします！」と強く心の内で念じる。誰に向けて願っているのか、自分でもよく分からないが、そうすることしかできなかった。

これでは一週間前と同じだ。

晴香の無事を信じて、ただ待っていたあのときと——。

自分の無力さがつくづく嫌になる。少なからず成長したつもりでいたが、それはただの錯覚で、実際は何一つ変わっていない。

いや、自分のことなどどうでもいい。

真琴が、無事に戻ってきてさえくれれば、他には何も望まない。

「石井！」

響き渡る大声に、石井ははっと顔を上げる。

後藤だった。血相を変え、足早にこちらに向かってくる。

「ご、後藤刑事」

「ブン屋の姉ちゃんが刺されたってのは、本当なのか?」

後藤が、今にも殴りかからんばかりの勢いで詰め寄ってきた。その迫力に圧されつつも、石井は「はい」と頷いて答えた。

「いったい何があった?」

後藤が、石井をぎろりと睨んでくる。

これでは、まるで石井が責められているようだが、断じて自分は真琴に危害を加えたりはしない。

「真琴さんから、ある心霊写真についての相談を持ちかけられたんです」

「心霊写真?」

「はい。ただ、私たちだけで対処するのが難しいと考えて、八雲氏に会う為に、〈映画研究同好会〉の部屋に足を運んだんです」

「八雲はいたのか?」

「はい。でも……何だか様子がおかしくて……」

「様子がおかしい?」

意味が分からないという風に、後藤が首を傾げる。

「確かに、そこにいたのは八雲氏だったんですが、まるで別人のようでした」

改めて思い返してみても、あのときの八雲は普通ではなかった。

「それじゃ分からねぇだろ。もっと具体的に説明しろ」

彼岸

後藤に頭を引っぱたかれた。

指摘された通り、今の説明では、どういう状況だったのか、イメージが湧かないだろう。石井は、気持ちを落ち着けてから、改めて口を開く。

「部屋の中が、めちゃくちゃに荒らされていました。あれは、たぶん、八雲氏自身がやったんだと思います」

推測でしかないが、石井たちが訪れる直前に、何かがあったのだ。

そして、我を失った八雲が、感情を爆発させるように、周辺の物に当たり散らしたと石井は考えている。

「部屋の状況はいい。おれは、八雲のことを訊いてんだ」

また、引っぱたかれた。

後藤も、相当に気が立っているようだ。

気持ちは分かるが、順序立てて説明しなければ、正確に状況を伝えることはできない。

「口調が全然違っていました。いつもは、敬語で話していたのに、後藤刑事のような乱暴な言葉遣いに……」

今度は拳骨が落ちた。

「誰が乱暴だ！」

充分に乱暴だと思うが、敢えて指摘することなく「すみません」と詫びた。

ただ、八雲の言葉遣いは石井にとって衝撃だった。

133

これまでの八雲の喋り方は、理知的で、感情を抑制した品のあるものだった。

それが、相手を威嚇するような、粗野な言葉遣いになっていた。まるで、生の感情を剝き出

しにしているかのように。

「それで？」

後藤が先を促す。

「とても攻撃的な態度で私たちに接しただけでなく、目つきが、違ったんです」

言葉で表現するのは難しいが、思い出しただけで悪寒がするほど、怖ろしい目だった――。

「八雲が、ブン屋の姉ちゃんを刺したって聞いたが、それは本当なのか？」

これまでと違い、後藤が声のトーンを落としてから訊ねてくる。

「おそらく……」

石井は、答えると同時に視線を足許に落とした。

「おそらくってのは、どういうことだ？」

後藤が石井の胸倉を摑み上げる。

勢いに押されて、石井は壁に背中をぶつけた。

「直接は見ていないんです」

息が詰まりながらも、何とか答える。

「何？」

「わ、私は、八雲氏に突き飛ばされて、意識を失ってしまっていたんです。目を覚ましたら、

134

彼岸

真琴さんが血を流していて……」

石井が早口に言うと、後藤がふっと手を放した。

「直接見てねぇんだったら、違うだろうが」

八雲を信じたい気持ちは分かる。だが、直接見ていないから、定かではないというならまだ分かるが、見ていないから、違うという理論は成り立たない。

「しかし、状況から鑑みて、そうとしか考えられません」

「ふざけんな！」

後藤が、石井を突き飛ばすようにして大喝する。

あの瞬間の八雲の姿を見ていないから、後藤はこうした主張ができるのだ。

石井だって、そんなことはあり得ないと思いたい。だが、あの目を見てしまったら、八雲を信じ切ることができない。

あれは、そういう目だった——。

「ふざけてなどいません。あのときの八雲氏は、もはや私たちの知っている八雲氏ではありませんでした……」

言い終わらないうちに、後藤に再び胸倉を摑まれたかと思うと、ぐるんっと天地が一回転した。

背中に強烈な痛みが走る。

どうやら、投げ飛ばされたらしい。

135

「それが、ふざけてるって言ってんだ！」

後藤が怒りに満ちた顔で、仰向けに倒れている石井を見下ろした。

いつもなら、ここまでされたら臆して黙ってしまうのだが、今は腹の底から湧き上がる熱を押し留めることができなかった。

「でも、他に考えられないんです。今の八雲氏が、普通の状態でないことは、後藤刑事も分かっているはずです。きっと、彼を変えてしまう決定的な何かが起きたんです。だから……」

——どうして、こんなことになった？

喋りながらもその疑問が浮かび、悲しく、虚しい気分になった。

今は、こんな風に仲間内で争っている場合ではないはずなのに、自分たちは、いったい何をしているんだ？

石井だって八雲を信じたい。

八雲は、何があっても、己の信念を曲げなかったはずだ。石井は、それを間近で見ていて、何度も羨ましいと思った。

自信が持てずに、ことある毎に感情が揺れ動き、決断できなくなってしまう石井からしてみれば、八雲は憧れに他ならなかった。

そういう八雲だからこそ、晴香は惹かれていったのだろう。

だから、石井は敵わないとも思った。

何だろう。感情が自分でも制御不能なほどごちゃごちゃになって、自然と目から涙が溢れた。

136

彼岸

「くそっ……」

後藤は、舌打ち混じりに吐き出すと、脱力するように倒れている石井の脇に座り込んでしまった。

「後藤刑事……」

石井は、上体を起こして声をかける。

ぐったりと頭を垂れる後藤の姿は、見るからに弱々しかった。

「そんなわけねぇだろ。八雲が、人を傷付けたりするはずがねぇ……」

後藤が呟くように言った。

「後藤刑事……」

八雲を信じたい気持ちがあるが、信じ切ることができないでいるのだろう。

「どうして、こんなことになった……」

「分かりません」

石井は、首を左右に振った。

一週間前の事件が、引き金であったことは間違いない。だが、問題はそこだけではない気がする。

もっと前の段階で、自分たちは道を誤っていたのかもしれない。

知らず知らずのうちに、取り返しのつかない過ちを犯し、その結果として今があるような気がしてならない。

137

「晴香ちゃんの容態が悪化した」

長い沈黙のあと、後藤が絞り出すように言った。

「え?」

「人工呼吸器のスイッチが切れていたらしい。ここ二、三日が山だそうだ……」

——後藤刑事は、いったい何の話をしているんだ?

あまりに信じ難い話に、石井はしばらくその意味を受け容れることができなかった。

「う、嘘ですよね。そんなの嘘だ。そうですよね。後藤刑事」

じわじわと広がっていく絶望感を振り払うように、石井は後藤にすがりついた。

後藤が「嘘に決まってるだろ」と小突いてくれることを期待したが、それは叶わなかった。

「本当だ——」

後藤の残酷な答えが、石井の心を打ち砕いた。

「もしかしたら、八雲は、そのことを感じ取ったのかもしれない。だから……」

後藤とは思えないほどの弱々しい声が、改めて石井に現実の残酷さを突きつけた——。

四

八雲は、線路沿いにある道を歩いていた——。

緩やかな坂になっているこの道は、以前にも足を運んだことがあった。

彼岸

ふと、記憶が呼び覚まされる。

一昨年の夏だった。

八雲は、この道沿いで晴香を待っていた。

ある心霊事件にかかわったことで、性的暴行を受けた女性の家族に話を聞きに行く必要があった。

事件が事件だけに、女性である晴香の方が、話を聞き出し易いだろうと、代わりに足を運んでもらうことになった。

話を聞き終え、戻ってくる晴香を待っていると、彼女は今にも泣き出しそうな顔で、とぼとぼと歩いてきた。

八雲の姿を見たあと、晴香は実際に泣いた。

被害者に、そしてその家族に、感情移入してしまったのだ。

八雲の胸に顔を埋め、肩を震わせながら泣く晴香を見て、それが安い同情でないことがひしひしと伝わってきた。

心の底から、同じ目線で心を痛め、苦悩し、悲しんだのだ。

その感受性の強さは、見ていて危うかったが、同時に、八雲にとって救いでもあった。

もし、あのとき、胸に顔を埋めて泣く晴香を抱き締めていたら、何か変わったのだろうか？

——過去を振り返っていても、意味はない。

八雲は、記憶を振り払い、改めて絵日記の内容を思い返す。

139

あのあと、他の絵日記にも目を通した。二冊目以降から、描かれる内容に変化があった。

友だちができました。

さっちゃんです。

プールの時間。さっちゃんは、わたしと同じところをケガしていました。

同じだね。とさっちゃんが言ってきました。

そして、わたしたちは友だちになりました。

文脈が拙いが、当時の七瀬美雪に、友人と呼べる人物がいたらしい。

きっかけは、傷を見せ合ったこと。推測でしかないが、七瀬美雪の傷は、虐待を受けて負ったものだろう。

プールの時間ということなので、服を着ていたら分からない箇所だったはずだ。そして、おそらくさっちゃんと呼ばれる人物も、虐待を受けていた節がある。

次のページに、その理由と思しき文章が書かれていた。

さっちゃんも、パパにぶたれてケガをした。

でも、さっちゃんのパパは、本当のパパじゃない。

同じだ。わたしと同じ。

140

彼岸

本当のパパじゃない。

さっちゃんは、ニセモノのパパがキライだって言っていた。

だから、わたしも言ってみた。

パパのことがキライ。

七瀬美雪が、家族に対して憎悪を抱いた瞬間かもしれない。

同じ苦しみを分かち合う友人との出会いで、七瀬美雪は自らの境遇の歪みに気付いてしまっ

たのだろう。

怒り、憎しみ——このとき、七瀬美雪は自らの家族を初めて嫌悪した。

最初は、小さな種だった。だが、それは次第に大きくなり、やがては自分でも制御できない

ほどに肥大していったに違いない。

それから、絵日記の中には、さっちゃんと呼ばれる人物が頻繁に登場するようになった。

さっちゃんと、花をつんだ。

さっちゃんと、お人形であそんだ。

さっちゃんは、わたしにお人形をくれた。

141

さっちゃんのたん生日に、お手がみを書いた。

そこに書かれている内容は、多少の歪みはあるものの、普通の小学生が綴る楽しい日常であり、自らの家族を殺害することになる少女のそれとは、大きくかけ離れたものだった。

七瀬美雪にも、こんな瞬間があったのかと、驚きを禁じ得なかった。

さっちゃんが家に遊びに来てと言った。

パパが出て行ったから、遊びに来てもだいじょうぶだって教えてくれた。

さっちゃんのママは、とてもやさしかった。

クッキーを作ってくれた。

わたしのママは、クッキーを作ってくれない。いつも、何かにおこってる。

七瀬美雪が、さっちゃんの家に遊びに行った日を境に、日記の内容に変化が生まれ始めた。

一旦は、鳴りを潜めていた家庭での虐待の話が、再び書かれるようになった。それだけではない。さっちゃんに対して、羨望の感情が生まれ始める。

さっちゃんがうらやましい。

彼岸

さっちゃんの家に生まれれば良かった。

さっちゃんになれたらいいのに。

人が幸せであるかどうかは、絶対評価ではなく、相対評価であることが多い。つまり、身近にいる誰かとの比較だ。

不幸な境遇にあっても、外の世界を知らなければ、そこに疑問は生まれず、現実を甘受してしまう。

だが、比較対象が発生することで、当たり前が当たり前でなくなる。

自分が不幸であるということを自覚してしまうのだ。

七瀬美雪は、さっちゃんという少女と友だちになることで、これまで当たり前だと思っていた自分の家の歪みに、気付いてしまったに違いない。

どうして、自分だけが、こんな目に遭うのか——と考え始めたはずだ。

さらに言えば、最初は同じ境遇だったはずのさっちゃんだが、内容からして、さっちゃんを虐待していた義父あるいは情夫と思しき人物は、家を出て行ったらしい。

そのことにより、友人であるさっちゃんは、平穏を取り戻した。一方の自分は、苦しい現実が続いている。

そのことが、強い嫉妬の念を抱かせたに違いない。

143

そして、その矛先は、自然と自らの家族に向けられるようになる。

どうして、ぶたれなきゃいけないの？

何もしてないのに、どうしてけられるの？

パパにさわられるのは気持ち悪い。

キライだ。パパもママも。

みんないなくなればいい。

自らの家庭環境に対する不満が書かれるようになり、それはすぐに拒絶の意志へと変わっていった。

おそらく、この感情の流れこそが、七瀬美雪を殺人に走らせた動機の一因だろう。

心安まるはずの友だちの存在が、歪みを自覚させ、殺意を生み出してしまったのだとしたら、それは皮肉としか言い様がない。

ただ、七瀬美雪が、どうしてこんな絵日記をわざわざ残したのか、その意図が分からない。

144

彼岸

それを明らかにする為にも、さっちゃんという人物が、何者なのかを知る必要がある。

八雲が辿り着いたのは、小学校の前だった。

今日は休日ということもあって、校内は閑散としていた。職員の姿もない。

七瀬美雪が通っていた小学校だ。彼女は、十六年前の事件の後、行方不明になっているので、

この小学校を卒業していないが、友だちだったさっちゃんは、卒業しているはずだ。

学校に保管してある、卒業アルバム等を確認すれば、人物を割り出すことができる。

八雲は門扉を乗り越え、学校の中に侵入した。

──以前にも、同じようなことがあった。

既視感とともに、記憶が鮮明に脳裏に蘇ってきた。

教育実習に行った晴香が、受け持ったクラスで、孤立していた真人という少年とかかわった

ことで、大きな事件に巻き込まれた。

晴香は、悲しい目をした真人を放っておけなかった。

おそらく、晴香を突き動かしていたのは、教師としての使命感というよりは、生来のお節介

な性格だったのだろう。

晴香は、自分の身が危険に晒されながらも、決して真人を見捨てようとはしなかった。

その強い優しさが、真人の心を大きく動かした。

あの事件で、大変な経験をしたはずなのに、それでも晴香は教職を目指した。口に出すこと

はなかったが、そうした晴香の強い信念に、感心させられ、また呆れもした。

145

晴香は、無事に採用試験をパスして、この春から新任教師として、新しい生活をスタートさせるはずだった。

――彼女なら、いい教師になったはずだ。

どんな生徒に対しても、逃げることなく、真摯に向き合ったことだろう。

だが、八雲がそれを奪った。

自分と出会わなければ、晴香は明るい未来を歩んでいたはずなのに――。

八雲は、後悔を背負いながら歩みを進める。

晴香との記憶を思い出す度に、後悔は重さを増していき、心を折ろうとする。

それでも、八雲は歩き続けた。

七瀬美雪を殺すまでは、どんなに重くとも、背負ったまま進まなければならない。

五

処置を終えた真琴は、そのまま病室に運ばれた。

傷はそれほど深くないが、まだ縫合したばかりだし、痛みも残っているので、すぐに動き回るというわけにはいかない。

数日入院することになりそうだ。だが、今はその時間さえ惜しい。

歩き回ることはできなくても、意識はしっかりしている。事件について、色々と調べること

彼岸

はできる。

「真琴さん！」

勢いよく病室のドアが開いたかと思うと、石井が駆け込んできた。

が、すぐに何かに躓いたらしく、転んだ――。

手を突かずに鼻からいっている。相当に痛いはずだ。

「だ、大丈夫ですか？」

真琴が上体を起こしつつ声をかけると、石井がむくっと起き上がった。

「全然大丈夫です！」

意気揚々と答える石井だったが、とてもそうは思えない。

「鼻血出てますよ」

真琴の指摘で、石井はようやく自分が鼻血を流していることに気付いたらしく、「ぎゃぁ」

と悲鳴を上げる。

真琴は、ベッド脇に置いてあるティッシュの箱を差し出した。

「あ、ありがとうございます」

石井が、ティッシュを鼻に詰め込んでいるところに、後藤も顔を出した。「おう」といつも

の調子で手を挙げる。

「すみません。後藤さんまで。ご心配をおかけしました」

真琴は頭を下げる。

147

「いいって。そんなことより、傷の具合はどうなんだ？」

「出血が多くて、貧血気味になり意識を失ってしまいましたが、傷はそれほど深くはありません。安静にしていれば、すぐに回復します」

真琴が答えると、石井が「良かった」と心底ほっとした顔をしながら、その場にへたり込んだ。

鼻にティッシュを詰めているせいか、その姿が何だか滑稽に見えて、思わず笑ってしまった。

「何、座ってんだ」

後藤が、石井の頭に拳骨を落とす。

「す、すみません……」

石井がしゃきっと立ち上がった。

やはり、後藤と石井はいいコンビだと思う。

「それより、話を聞かせてくれ。いったい誰に刺されたんだ？」

後藤の表情が、急激に深刻なものに変わった。

「やはり、八雲氏が……」

石井が頼りなく眉を下げる。

「どういうことですか？」

真琴が聞き返すと、石井は意を決したように顔を上げ、真っ直ぐな視線を向けてきた。

「真琴さんを刺したのは、八雲氏なんですよね」

148

彼岸

こうも断定的に、見当違いのことを言われると、どう返答していいのか分からなくなってしまう。

「石井さん。何を言ってるんですか？」

「何って、八雲氏が、真琴さんを刺して逃亡したんですよね？」

——ああ。そういうことか。

あのとき、石井は意識を失っていた。その間に、何が起きたのかを知らない。

部屋の中にいたのは、三人だけだった。消去法で考え、八雲が犯人であるという結論に至ったのだろう。

「違います。私を刺したのは、八雲君じゃありません」

真琴がきっぱりと言うと、石井が目を瞠った。

「ち、違うんですか？」

「違います。幾らなんでも、八雲君が私を刺すなんて……」

確かに、あのときの八雲の様子は普通ではなかった。強い憎しみを抱え、攻撃的になっていたのは間違いない。

それでも、八雲は仲間を刺すようなことはしない。もし、それができる人間なら、一週間前のあの日、迷うことなく少女を殺していたはずだ。

「石井！ てめぇ！ やっぱり違ったじゃねぇか！」

後藤が凄まじい怒声を上げながら、石井の胸倉を摑み上げた。

149

止めに入りたいが、傷が痛んで動くに動けない。

ひたすら「すみません」と謝り続ける石井の脳天に、拳骨を三発ほど叩き落とし、後藤はよ

うやく怒りを鎮めてくれた。

たぶん、石井が八雲がやったと早とちりして、それを後藤に伝えてしまっていたのだろう。

いつも通り振る舞ってはいたが、そんなことを聞かされ、後藤は相当に気を揉んでいたに違

いない。

「で、いったい誰に刺されたんだ？」

落ち着いたところで、後藤が改めて訊ねてきた。

「彼女──七瀬美雪です」

「何ですって！」

石井が仰け反るようにして驚きの声を上げる。

そういう反応になるのも当然だろう。七瀬美雪は、現在逃亡中の身だ。そんな彼女が、あん

な風に堂々と姿を現すとは、思ってもみなかった。

「やっぱり、あの女か──」

後藤は、石井のように驚くことなく、苦虫を噛み潰したような顔で言う。

こういう反応をするということは──。

「後藤さんは、彼女が都内にいると知っていたんですか？」

真琴が訊ねると、後藤は「いや」と首を左右に振った。

150

彼岸

「だが、さっき、妙な話を聞いたんだ——」

そう前置きをしてから、病院のロッカールームから、看護師の制服が盗まれたことと、人工呼吸器が停止したことにより、晴香が重篤な状態にあることを説明してくれた。

あまりのことに、愕然とした。

昏睡状態にある晴香に、わざわざ止めを刺しに来るなんて、あまりに酷すぎる。

だが、今になって思えば、七瀬美雪はそういう人間だ。

完璧主義者で、目的の為なら、どこまでも容赦なく、相手を徹底的に痛めつける。

再び晴香を狙うことは、推測できたはずだ。

対策を練らなかった自分たちのミスだと言わざるを得ない。事件が起きてから、ひたすらに後悔ばかりしている気がする。

「それで、七瀬美雪は、どうしてあんたを狙ったんだ?」

後藤が話を戻すように訊ねてきた。

「彼女は、私たちが邪魔だと言っていました。計画の邪魔だから、少し大人しくしていなさい——と言いながら、私にナイフを刺したんです」

八雲が部屋を出て行ったあと、七瀬美雪が急に姿を現したときは、心底驚いた。

状況から考えて、おそらく真琴たちが八雲の部屋に入ったとき、近くに潜伏していたのだろう。

そして、タイミングを見計らって、部屋に入ってきたのだ。

「計画の邪魔ってのは、どういうことだ?」

後藤が首を傾げる。

真琴も、あの瞬間は、意味が分からなかった。だが、考えを巡らせていくうちに、一つの答えに行き着いた。

「たぶん、私たちが、あのまま心霊現象の調査を続けることが、彼女にとって都合が悪かったんだと思います」

それしか考えられない。だからこそ、真琴を刺すことで行動不能にしようとした。

殺さなかったのは、その方が、後藤や石井を足止めするのに、都合がいいと判断したからだろう。

「なるほど。今の調査を継続していけば、やがては七瀬美雪に行き当たるということですね」

石井が、納得したようにポンと手を打った。

「その可能性が高いです」

真琴は大きく頷いた。

七瀬美雪が真琴を刺した目的が、妨害工作とするなら、それだけ自分たちは真実に近付いているということになる。

「では、早速、調査に取りかかりましょう」

石井が意気揚々と口にする。

だが、真琴には、その前にどうしても確認しておきたいことがあった。

152

彼岸

「あの──八雲君とは、まだ連絡が取れていないんでしょうか？」

真琴の問い掛けに、石井と後藤が同時に視線を逸らした。

「ダメだ。今は、携帯の電源を切っちまってる」

後藤が答えた。

これまではコール音はしていたので、電源は入っていた。だが、それすらなくなったという

ことは、八雲は明確な意図を持って、連絡を絶ったのだろう。

真琴が抱いていた悪い予感が、現実味を帯びる。

「かなり拙いかもしれないです」

「拙い？」

後藤が、いつになく不安げな表情を浮かべる。

「ええ。八雲君は、おそらく七瀬美雪を殺そうとしています──」

真琴が言うのと同時に、水を打ったような静寂が訪れた。

六

「八雲が、七瀬美雪を殺そうとしているってのは、どういうことだ？」

後藤は慎重に訊ねた。

さっき真琴は、「おそらく」と表現していたが、表情や口調を見る限り、その考えに自信を

153

持っているようだった。

「八雲君が、自分で言っていたんです。あの女を殺す——と」

真琴が苦い顔をしながら口にする。

「殺したいほど、憎んでいるって意味だろ？」

「そうではありません。あれは——明確な殺意です」

真琴が首を左右に振る。

「だが……」

「本当は、後藤さんも分かっているはずですよね。今回の一件で、八雲君が彼女に殺意を抱く

ことは、むしろ自然なことではありませんか？」

「それは……」

反論する言葉が見つからなかった。

一週間前の事件のとき、八雲は七瀬美雪の要求通りに、少女を殺すことができなかった。そ

の結果として、晴香は川に転落させられた。

あのときの決断を、八雲が悔いていることは間違いない。

それを、一線を越えられなかった自分の甘さだと捉（と）えていたとしたら、次は迷うことはない

だろう。

容赦なく七瀬美雪を殺したとしても、不思議ではない。

「それと同じように、七瀬美雪も、おそらく八雲君を殺そうとしています——」

154

彼岸

真琴は、より一層険しい顔をする。

「し、しかし、八雲氏に死んでもらっては、困るのではないのですか?」

口を挟んだのは石井だった。

それを聞き、後藤も改めて七瀬美雪と雲海が、八雲を付け狙っていた目的を思い出した。

「そうだ。あいつらは、八雲の肉体を欲しがっていたはずだ」

八雲の父親である雲海は、すでに死んで幽霊となったあとも、生に執着し、自分の魂を容れる器を求めていた。

それが、八雲だった――。

血縁関係にある八雲が、精神的に自分と同調することができれば、その肉体を完全に支配することができると考えていた。

だから、八雲に揺さぶりをかけても、殺すことはなかった。

「それについては、だった――と過去形にした方がいいと思います」

「どうしてだ?」

「奈緒ちゃんが拉致された事件のことは、覚えていますよね?」

後藤は頷いて応えた。

忘れるはずがない。雲海が、奈緒に憑依して連れ去った忌まわしき事件だ。

奈緒を失うかもしれないと思ったときには、それこそ生きた心地がしなかった。まあ、実際、

車に撥ねられて生死を彷徨っていたわけだが――。

155

「あの事件のとき、八雲君が雲海に向かって言っていたんです。あなたの存在が消えかけてい
る——と」

本当に、そんなことを言っていたのか？　後藤は、聞いた覚えがない。困惑していると、石
井が「確かに言ってました」と声を上げた。

後藤が忘れていただけのようだ。

「で、それがどうしたんだ？」

「あくまで私見ですが、あのとき、雲海は、他人の肉体を乗っ取ることが不可能であると悟っ
たのではないでしょうか？　生き返ることはできないと諦めたからこそ、存在が薄くなってし
まったのではないかと——」

「そうですね。確かにその通りかもしれません」

真琴の説明に、石井が興奮気味に賛同の声を上げる。

確かに筋は通っているように聞こえるが、後藤にはそれを受け容れられない理由があった。

「そんなはずはねぇ。現に、一週間前の事件も起こしているだろうが」

後藤が主張すると、真琴は「違います」と即座に否定した。

——いったい何が違うというのか？

「先日の事件に、雲海は関与していません」

「な、何？」

「事件を通して、彼が死んだ経緯を知ることになりましたが、それは結果に過ぎません。あの

彼岸

事件は、七瀬美雪が単独で引き起こしたものです」

言われてみれば、その通りだ。

一週間前の事件に、雲海は関与していない。それが証拠に、後藤は一度もその姿を見ていない。

危うく見当違いな方向に進むところだった。

いつも、自分たちの陣頭指揮を執っていた八雲がいない今、真琴の存在がこの上なく頼もしい。

「なるほど」

「雲海が、生き返れないと分かった今、七瀬美雪にとって、八雲君を生かしておく理由は一つもないんです」

「そいつは、かなりヤバい状況だな」

「ええ。八雲君と七瀬美雪は、お互いに対して、強い殺意をもってぶつかり合おうとしています。そんなことをして、生まれるものなど一つもありません」

真琴の言う通りだ。

どんな結末だろうが、殺意と殺意がぶつかれば、それは悲劇にしかなり得ない。そんなことは、断じてあってはならない。

八雲の為にも、そして、今、生死の境を彷徨っている晴香の為にも——。

「何としても、八雲を見つけるぞ」

157

「そうですね」

後藤の言葉に、石井が同調する。

「まず、それぞれが持っている情報を整理しましょう」

真琴の提案で、お互いが追っている事件に関して、情報交換が行われた。

英心から持ち込まれた心霊現象について、少女が突然、七瀬美雪の名前を出したこと。

そして、部屋の中で発見された、見覚えのない写真についても、後藤は現物を提示しつつ説明した。

また、後藤自身が、憑依されたらしい少女に襲われた件についても、言い添えておいた。

一方の石井と真琴は、ある廃墟で撮影された心霊写真について、調べを進めていたらしい。

心霊写真自体、怖ろしいものだった。

床に這いつくばっているその姿からは、強い情念を感じた。まるで、地獄の底から這い上がってきたような暗い影──。

ただ、やはりもっとも目を引いたのは、背景に写り込んでいた七瀬美雪の姿だ。

自分が写り込んでいることを自覚しているのか、薄らと笑みを浮かべているように見える。

「どうする? 今のところ、廃墟の一件の方が関係がありそうだ。そっちを重点的に調べた方がいいかもしれん」

後藤は提案してみたが、真琴の反応は芳しいものではなかった。

「現段階で、決めつけてしまうのは危険だと思います」

158

彼岸

「どうしてだ?」

焦るあまりに、読みを誤ったのが、前回の事件の失敗でした」

真琴が苦しそうに言った。

後藤の中にも、嫌な感覚が蘇ってくる。

まさに、そうだった。晴香を救いたい一心で焦り、まんまと七瀬美雪に踊らされ、晴香を救出することができなかった。

「そうですね。現段階では、後藤刑事の一件と、廃墟の一件を、同時に調査した方がいいかもしれません」

石井が、気障ったらしく指先で、シルバーフレームのメガネの位置を直す。もう少し状況が分かるまで、調査は継続した方が良さそうだ。

態度は気に入らないが、石井の言う通りだ。

「効率を考えて、役割分担をして動きましょう」

話が一段落ついたところで、真琴が提案をしてきた。

「あんたに任せる」

後藤は、判断を真琴に委ねた。

面倒だったわけではない。後藤や石井が役割を決めるより、真琴に判断してもらった方が的確だと考えたからだ。

「分かりました。まずは、後藤さんと石井さんで、心霊現象の起きた家について、改めて調べ

159

て下さい。私は、廃墟について色々と情報を集めてみます。それなら、ベッドの上からでも

きますから」

異論はない。これまで八雲の陰に隠れていたが、真琴は参謀として優秀なのかもしれない。

「石井。行くぞ」

後藤は、声をかけつつ病室を出た。

すぐに後を追いかけてくるかと思ったが、石井は真琴のベッドの脇で、何やら話をしている。

――いちゃいちゃしやがって。

内心で舌打ちをしたところで、ふっと誰かの気配を感じた。

振り返ってみたが、そこに人の姿はない。ただ、真っ直ぐに廊下が延びているだけだった。

――気のせいか。

そう思った矢先、耳許で囁くような声がした。

――八雲君を助けて下さい。

聞き覚えのある、柔らかい響きをもった声。

これは――晴香の声だ。

「幻聴だ」

後藤は、口にすることで、頭に浮かんだ考えを打ち消した。

「後藤刑事。どうしたんですか?」

いつの間にか、病室を出て来ていた石井が、声をかけてきた。

160

「何でもねぇ。行くぞ」

強い口調で言うと、後藤は真っ直ぐに歩き出した。

さっきの声が、晴香のものだと認めてしまうのは、即ち彼女の死を認めることのような気が

してしまった。

八雲と七瀬美雪は必ず見つけ出す。そして、晴香も必ず意識を回復する。

呪文のように心の内で繰り返しながら、後藤は歩みを進めた――。

七

石井は、後藤と一緒に、商店街の外れにある不動産会社を訪れた。

心霊現象が起きていた家の元の保有者を探し出すことが、その目的だった。

心霊現象が起きているということは、過去にその場所で死んだ人間がいる可能性が高い――

というのは、常々、八雲が口にしてきた理論だ。

それを、なぞるかたちで調査することになった。

事前にアポイントを取っていたので、受付で「世田町署の石井です」と名乗ると、すぐに奥

にあるブースに通された。

五分と待たずに、三十代と思しきスーツの男性が入ってきた。

「担当の山岡と申します」

丁寧に差し出された名刺を受け取りつつ、石井は改めて自己紹介する。後藤は、警察とは名乗らず、ただ「後藤だ」と告げた。

山岡は、特に不審がることはなかった。後藤を刑事として認知してくれたようだ。

「確か、三丁目の物件のことでしたよね?」

山岡の方から切り出してくれた。

「はい。あの物件は、いわゆる事故物件ということはないのでしょうか?」

石井は、単刀直入に訊ねる。

殺人のような事件が起きたのかについては、ここに来る前に、宮川に調査を依頼してある。

それ以外に、病死や自殺、不審死などの情報があれば知りたい。

「いえ。調べてみましたが、そういうことはありませんね」

即答だった。

「本当ですか?」

「ええ。最近は、そういうのうるさいですからね。うちも、ちゃんと確認してます」

山岡の感じからして、嘘を吐いている訳ではなさそうだ。

さっき山岡が言った通り、最近は、過去に人が死んだ物件——所謂事故物件には、告知義務があり、事前に通知しておかないと色々と厄介なことになる。

不動産会社側は、その辺りはしっかりとチェックしているはずなので、見落としということもないだろう。

162

彼岸

賃貸物件の中には、一時的に人を住まわせて、物件をクリーンな状態にしてしまう方法を採っている業者もあるようだが、購入物件では考え難い。

後藤が、ふうっとため息を吐いた。

無駄足だったと落胆しているようだ。かつての石井なら、同じように「そうですか——」と退き下がっていたかもしれない。

だが、今回の一番の目的は、あの物件の前の保有者を見つけ出し、話を聞くことだ。

以前の保有者も、同じように心霊現象を体験していて、それが怖ろしくなって売りに出したということも考えられる。

その辺の事情を、詳しく聞き出しておく必要がある。

「あの物件は、最近売りに出されたということですが、元の保有者はご存じですか？」

「ええ。もちろんです。室井さんという方です」

「売りに出された理由は、何か聞いていらっしゃいますか？」

「その辺の事情は、私もあまり詳しくは知りませんが、金銭的なものだったんじゃないんですかね」

「金銭？」

「ええ。室井さんは、あの辺りの地主なんですよ。早くにご両親が亡くなって、一人娘の秋恵さんが相続したんです。まあ、元々畑だった場所で、二束三文にしかならない土地だったんですけど、二十年くらい前に駅が出来て、再開発が始まって地価が一気に高騰しました」

163

「そうなんですか」

地図で確認しただけだが、問題の場所は、山岡が言う通り、新しく駅が出来て、急速に開発が進み、宅地化された地域だった。

詳しい金額は定かではないが、そうして高騰した土地の値段は、かなりの額になるはずだ。

「秋恵さんは、自分の住んでいる家の他に、マンションやアパートを建てて、その収入で生活していたんです」

正確な金額は分からないが、生活に困らない程度の収入は得ていたようだ。

「今も、その物件はあるんですか？」

「七、八年前だったと思うんですけど、ほとんど売りに出されちゃいましたね」

「そのまま維持していれば、生活には困らなかったんですよね？」

「普通に生活する分には、そうだったと思いますよ。でも、まあ、色々とありますから」

何があったのかは不明だが、自らが住んでいた家まで手放したのだから、かなり大変な状況ではあったのだろう。

「何に、そんなにお金が必要だったんでしょうか？」

土地を売ってまでお金を捻出するとなると、十万や二十万といった金額ではない。単に生活費ということでも無さそうだ。

「何でも、治療費が必要だったらしいですね」

「治療費？」

164

彼岸

「ええ。詳しくは知りませんが、秋恵さんが病に倒れたんですよ。で、秋恵さんの娘さんが、土地の権利を引き継いだんです。　売りに出されたのは、その後なので、治療費が嵩んだんじゃないかって思ってました」

母親の治療費ということであれば、土地を売ってでも工面しようとする心理は分かる。

ただ、土地建物を幾つも売ったとなると、相当な金額になる。

「どういった病気かは、ご存じですか？」

「いや、さすがに、そこまで立ち入った話はしませんよ。やり取りも、ほとんどメールでしたからね」

山岡が首を振った。

確かに、土地の取引の際に、秋恵の病状や、それにかかる費用などといった、立ち入った話は持ち出さないだろう。

何れにせよ、ここまでの話を聞く限り、物件自体に問題があるということでは無さそうだ。

「他の物件を引き払うのは分かるが、自分たちの住んでいる家まで売ってしまった理由は何だ？」

これまで黙っていた後藤が疑問を投げかける。

言われてみれば、そこは引っかかる部分だ。

自分の家くらいは残しそうなものだ。やはり、件の家では、何らかの心霊現象が起きていて、それが売却の一因になっているのかもしれない。

165

「まあ、それは人それぞれじゃないですか？　秋恵さんの娘さんも若かったですし、母娘の二人暮らしなら、一軒家に住むより、マンションとかに引っ越した方が、楽だって人も多いですからね」

一軒家は、建物や庭の手入れや維持などに手間がかかる。山岡の言うように、考え方によっては、マンションの方が都合がいい場合もあるだろう。

「室井さんの娘さんと連絡を取ることはできますか？」

石井は、話だけでも、聞いてみる必要があるかもしれないと思い訊ねた。

「契約書に書かれているもので良ければ」

山岡は、そう言うとメモに連絡先を記載して渡してくれた。

「色々と参考になりました。ありがとうございました」

石井が礼を言って立ち上がると、後藤もそれに倣った。

「本当に、その家で、心霊現象は起きているんでしょうか？」

不動産会社を出たところで、呟くように言うと、後藤に頭を引っぱたかれた。

「疑ってんのか？」

「い、いえ。そういうわけではありません」

石井は、慌てて否定する。

すっかり失念していたが、心霊現象を体験したのは、後藤自身だった。これまで、数多（あまた）の心霊現象を体験してきた後藤だ。見間違えたりするはずがない。

166

彼岸

「で、この後はどうする？」

後藤が訊ねてきた。

そこが問題だった。今のところ、あの家で人は死んでいないらしい。だが、心霊現象が起きていたのは確かだ。

そこに、何かがあるのは間違いない。

「時間もありませんし、手分けしませんか？」

「あん？」

「私は、室井さんの娘さんにコンタクトを取ってみます。後藤刑事は、家の周辺情報を集めてもらえないでしょうか？」

「分かった」

後藤が素直に応じた。

「では、後ほど合流しましょう」

後藤と分かれて歩き始めた石井だったが、足取りが重かった。

本当に、こんな捜査を続けていて、七瀬美雪に辿り着くことができるのだろうか？　その不安が、頭を離れなかった。

167

八

校舎の裏手にある非常口は、鉄製の扉だったが、古いシリンダータイプの鍵だった。

窓ガラスを割って侵入することも考えたが、それだと騒ぎが大きくなる、できるだけ、目立

たないようにする必要がある。

八雲は、針金を取り出し、鍵穴に差し込み、ピッキングで鍵を解錠する。

ドアを開け、慎重に中に入った。

もし、警報装置が付けられていたら、それでアウトだったが、そういう類いのものは見当た

らなかった。

ほっと胸を撫で下ろしつつ、エントランスに歩みを進めた八雲は、壁に貼ってある校内の案

内板に目を向ける。

二階に職員室があり、その隣が資料保管庫になっていた。

卒業アルバムや住所録などは、保存文書に分類されているので、間違いなく保管されている

はずだ。

八雲は、二階に上がると、資料保管庫の前で足を止めた。

鍵がかかっていたが、非常口と同様に、古いシリンダータイプだ。これなら、開けることが

できる。

168

彼岸

鍵を解錠した八雲は、部屋の中に足を踏み入れた。

遮光カーテンがかかり、昼の時間であるにもかかわらず、かなり暗かった。カーテンを開け

たり、電気を点けたりすれば、外から侵入を気取られる可能性がある。

八雲は、ペンライトを取り出し、その明かりを頼りに、部屋の中を見て回る。

スチール製のキャビネットが整然と並んでいて、卒業アルバムや住所録の類いが年代順に収

納されていた。

七瀬美雪は、十歳のときに行方不明になっているので、卒業アルバムには載っていないが、

目的はそれではない。さっちゃんを見つけることだ。

「あった」

七瀬美雪と同年代の卒業アルバムを見つけた八雲は、それを抜き出し、丹念にページを捲っ

ていく。

すぐに、見つかると思っていたが、そう簡単にはいかなかった。

さっちゃんと呼称されるであろう名前や苗字の人物は、相当数いた。絞り込む為には、もっ

と情報が必要だが、現状では出尽くしている。

——何か見落としはあるか？

考えを巡らせていた八雲の中に、一つの閃きがあった。

早速、別のキャビネットを探してみる。だが、それらしきものは見つからない。キャビネッ

トではなく、部屋の隅に積み重ねられた段ボール箱の方に目を向ける。

段ボール箱には、西暦で年度が記されていた。

中を開けてみると、そこには成績表や文集などが纏めて詰め込まれていた。

「これだ——」

八雲は、七瀬美雪が小学校三年生当時の年度の文集を見つけ、それを段ボール箱から引っ張り出した。

表紙には、校庭の隅に植えられている、ハナミズキの絵が印刷されていて、「夢、希望、友だち」という文集のタイトルと、三年四組文集という文字が印字されていた。

中身は、印字された文字ではなく、生徒たちが、各々手書きで記した文章が並んでいる。表紙のタイトルにあるように、「夢、希望、友だち」のテーマに沿って書かれた文章だ。

ページを捲っていくと、すぐに七瀬美雪の文章を見つけることができた。

タイトルは「夢」と書かれていた。

わたしの夢は、お医者さんになることです。

さっちゃんは、ぜんそくなので、あまり外で遊ぶことができません。

わたしがお医者さんになって、さっちゃんをなおしてあげたいと思います。

そうすれば、もっと、もっと、さっちゃんといっぱい遊ぶことができます。

さっちゃんだけではなくて、おばあちゃんもなおしてあげたいです。

おばあちゃんは、病気で何度も手じゅつをしています。

170

彼岸

かわいそうなので、なおしてあげたいです。

パパとママは、なおしません。おじいちゃんも、なおしません。

その文章を読んで、八雲は息を詰まらせた。

七瀬美雪は、友だちであるさっちゃんの病気を治してやりたいと考えていた。その為に、医者になりたいと願ってさえいた。

文字だけなので、真意は分からない。

いや——。

そうではない。これは、当時の七瀬美雪の本心だ。

純粋に、心の底から、友だちを救いたいという切実な願い。

今の彼女からは、想像もつかないが、当時の彼女にとっては、紛れもない本心だったと思われる。

七瀬美雪が、生まれながらの怪物ではなかったということを、改めて突きつけられたような気がする。

他の子どもたちと同じように、ただ普通に暮らしたかった。

友だちと遊び、勉強に勤しみ、親に愛され、誰かに必要とされ、生きていたかった。

だが、彼女の置かれた環境が、それを許さなかった。抑圧され、虐げられ、純粋だった心は、みるみる穢れ、歪んでいった。

171

きっと、最初は本人も気付かなかったのだろう。

池の中に、墨汁を一滴垂らしただけでは、水の色は変わらない。透明なままだ。しかし、毎日、一滴ずつ落とし続ければ、やがては黒く染まっていく。

歪んだ家族構成の中で繰り返される虐待の日々が、七瀬美雪にとって一滴の墨汁だったのだろう。

毎日、一滴ずつ垂らされた墨汁は、七瀬美雪の心を黒く染め上げた。

ふっと、八雲の脳裏に自らの過去の記憶が蘇った。

赤い左眼のせいで、気味悪がられ、心のない言葉を浴びせられてきた。母親に殺されかけた経験から、自らの存在を否定しながら生きてきた。

どうして、自分だけこんな目に遭うのか——と苦しみに悶えたことは、数え切れないほどある。

だから、彼女の——七瀬美雪の苦しみの一端は理解できる。できてしまう。彼女が歪んだ理由が分かってしまう。

——感傷に囚われるな。

八雲は、内心で呟く。

感情で動いたのでは、真実を見誤ることになる。

それに——。

七瀬美雪に、同情すべき点があるのは事実だが、だからといって、彼女の行いが赦（ゆる）されるは

172

彼岸

ずがない。

八雲自身、彼女の行いによって全てを奪われた——。

気持ちを切り替え、改めて文集に目を向けると、さっちゃんのものと思われる文章を発見した。

タイトルは「友だち」だった。

わたしの一番の友だちは、美雪ちゃんです。

美雪ちゃんは、とっても優しいです。

私の病気をなおしてくれると、やくそくしてくれました。

二番目の友だちは、ハルカちゃんです。

すごく面白くて、いつもわたしをわらわせてくれます。

でも、ハルカちゃんは、美雪ちゃんのことが、あまり好きじゃないみたいです。

わたしに、美雪ちゃんとあまり遊ばないようにと言ってきます。

わたしは、二人に仲良くなってほしいです。

間違いない。この文章の主こそが、七瀬美雪の絵日記に登場した、さっちゃんだろう。

文集に名前は記載されている。その名前と卒業アルバムの住所を照らし合わせれば、居場所を摑むことができる。

173

八雲は、再び卒業アルバムを手に取り、さっちゃんを探した。

しかし――。

見つからなかった。

さっちゃんは、何らかの理由で学校を卒業しなかった。

考えられる理由の一つは、引っ越しだ。或いは、喘息が悪化して、命を落としたということ

も、考えられなくもない。

何れにせよ、これからどうするかが問題だ。

真に知りたいのは、小学校時代の七瀬美雪のことではない。今現在の彼女の居場所だ。

それを突き止める為には、何をすべきなのか？

きっと、何かのヒントがあるはずだ。

苛立たしげに、髪をガリガリと掻いた八雲は、改めて文集にくまなく目を通していく。

新しい発見を得ることなく、最後のページに辿り着いた八雲だったが、そこではたと動きを

止めた。

裏表紙のところに、印刷ではなく、手書きの文字が記されていた。

私は、それを墓標にした。

たったひと言、そう記されていた。

174

彼岸

子どもの字ではない。明らかに大人のそれだと分かる。

「そういうことか」

八雲は呟くのと同時に立ち上がると、文集を元の場所に戻し、資料保管室を後にした。

そのまま階段を下り、校舎の外に出る。

校舎の裏手に、ハナミズキの木が植えられていた。

文集の表紙に使われていた、ハナミズキは、おそらくはこの木だろう。

ゆっくりと木に歩み寄り、ぐるりと木の回りを歩きながら、つぶさに観察する。

すぐに異変に気付いた。

根元の部分の一箇所だけ、土の色が違っていた。一度掘り返し、それを埋めたかのような痕
跡（せき）——。

八雲は、辺りを見回し、近くにあった木の枝を手に取ると、土が変色した部分を掘り始めた。

感触が柔らかい。

やはり、誰かが一度掘ってから埋め直したようだ。しかも、ごく最近——。

八雲は黙々と掘り進めていく。

やがて——。

固いものが木の棒に触れた。

そこからは、手で丁寧に土を掻き別け（わ）ていく。

露わ（あら）になったのは、一体の人形だった。

175

十五センチほどの大きさのビニール人形で、黒い髪がカールしていた。肌の色はところどこ
ろ剝げていて、かなり古いものであることが分かる。

八雲は、土から人形を取り出した。

おそらく、これはさっちゃんの持ち物だろう。それが証拠に、人形の足の裏の部分に、油性
ペンで名前が書かれていた。

七瀬美雪の絵日記の中に、「さっちゃんは、わたしにお人形をくれた」という一文が出てく
る。この人形は、そのとき譲り受けたものかもしれない。

文集の最後に記されていた「私は、それを墓標にした」という一文。

それ——は表紙に描かれていたハナミズキの木を指していた。そして、埋葬したのは、この
人形だった。

そこから推測されるのは、さっちゃんが何かしらの理由で命を落とし、七瀬美雪はこの人形
を親友に見立てて埋葬したというものだった。

人形を観察していた八雲は、その背中に、何かが貼り付けてあることに気付いた。

小さな紙切れだった。

そこには住所が記されていた。

176

九

真琴は、ベッドの上でノートパソコンを開き、インターネットで件の廃墟について検索をかけていた。

以前は、病院内で、携帯電話での通話はもちろん、インターネット通信も様々な医療機器に影響を与える可能性があることから、使用が禁止されていたが、今は緩和の傾向にある。

真琴が入院している病院も、個室の病室内であれば、Wi-Fiの使用が許可されている。

インターネットで検索を続け、色々と分かったことがある。

あの廃墟は、所謂マニアの間で有名だったらしい。単に廃墟マニアだけでなく、心霊マニアの間でも、知られた存在だった。

あの廃墟で撮影された心霊写真が山ほどアップされていた。

但し、中には、木目を人の顔だと言い張っているような胡散臭いものや、明らかに合成した画像も交じっていて、実際に心霊スポットであったのか判別するのは難しい。

体験談なども、めぼしいものは一通り読んでみたが、血塗れの女の幽霊が追いかけてきたとか、子どもの幽霊が声をかけてきたとか、いやいや、あの場所で焼死した男の怨念が……といった具合に、人によって内容がバラバラで、どれが真実なのか分からなくなってくる。

あの廃墟が、かつて何だったかについても調べてみたが、病院だったという者もいれば、ホ

テルだったとか、大富豪の別荘だったと主張する者もいる。

酷いのになると、政府の極秘研究所で、人体実験が行われていたと、まことしやかに書いている人までいる始末だ。

何が本当なのか、分からなくなってくる。便利なのだが、これがネットの情報の怖いところでもある。

誰でも情報を発信できるという気軽さがあるが、紙の書籍のように校閲を通し、事実関係を確認しているわけではないので、幾らでも嘘が書けてしまう。

悪意を持った嘘でなくても、うろ覚えや憶測で好き放題書いてしまうので、信憑性が著しく低い。

正しい情報を摑む為には、やはり現地に赴くべきなのだろうが、それができないのがもどかしい。

石井たちには、大丈夫だと強がってみせたが、薬を飲んでも疼くような痛みが残っている。下手に動き回れば、再び傷口が開いてしまうだろう。

それでも、自分がやらなければ——と思う。

何でも一人でやろうとするところは、昔からの悪い癖だ。父親が警察署長だったことで、学生時代から煙たがられることが多かった。

全員ではないが、腫れ物に触るような接し方をされると、父親の亡霊に付きまとわれているようで、少しも気が許せなかった。

178

彼岸

その反動なのか、自立した女性になりたいと思うようになった。結果として、何でも自分で

やらないと気が済まない頑固さが身についてしまった。

だが、石井たちに出会い、そうではないと教えられた。

人には得手不得手がある。全部、自分で抱えるのではなく、足りない者同士が、お互いに寄

り添うように結束する。

そうやって、これまで様々な事件を解決に導いてきた。

八雲が陣頭指揮を執り、石井は地道な捜査を担い、後藤は猪突猛進に犯人に突撃する。真琴

は別角度から調査をする遊撃部隊といったところだ。

そして、晴香は疲弊した面々を癒やす、補給役を担っていたような気がする。

今は、その晴香がいない。

それ故に、こんな風に焦燥感が募っているのかもしれない。

もし、このまま晴香が戻って来なかったら、自分たちはこれまでのように、繋がりを保って

いられるだろうか？

「ダメ」

真琴は、声にすることで、マイナス方向に引っ張られる思考を断ち切った。

起きてもいない、最悪の事態を想定していても、何も始まらない。今は、調査に集中しよう。

再び、パソコンのモニターに向かったところで、お腹の傷の痛みが増した。痛み止めの薬が

切れてきたのかもしれない。

179

熱を持った痛みが増すのに合わせて、網膜に七瀬美雪の顔が浮かんだ。

〈映画研究同好会〉の部屋で遭遇したときの七瀬美雪は、これまでと、雰囲気が違っていたような気がする。

七瀬美雪の存在は、真琴の中で圧倒的な恐怖だった。

彼女の価値観は、自分たちとかけ離れていて、決して相容れることがない。人を痛めつけて愉しむ嗜虐性に満ちた、残忍な怪物のような存在だった。

だが——。

あのときの七瀬美雪の目には、悲しみが滲んでいたような気がする。

このところ、七瀬美雪のことをひたすらに調べ続けていたせいで、彼女の育った家庭環境に同情している部分があるが、それとは異なる感覚だった。

もし、真琴の感覚が正しいのだとしたら、七瀬美雪は、どうして、悲しみの感情を抱いているのだろう？

考えられる可能性は一つだけある。

両眼の赤い男——雲海だ。

十六年前、幼い七瀬美雪を連れ去ったのは雲海だった。それから、二人がどんな生活をしていたのか、想像も付かない。

しかし、七瀬美雪にとって、雲海は父も同然だったはずだ。

両親から愛情を受けずに育った彼女が、唯一、家族と呼べる存在が彼だったとしたら、悲し

彼岸

みの理由も頷ける。

このままいけば、七瀬美雪は唯一無二の存在である雲海を失うことになる。

それは、耐え難い悲しみであるに違いない。

もし、真琴が同じ立場なら、全てを擲って、愛する人の側にいたいと思う。できるだけ長く、その人との時間を共有することを望むだろう。

ところが、七瀬美雪は、この期に及んで、まだ何かをしようとしている。

——それは何か?

その心の内を解明することこそが、七瀬美雪の行方を見つける重要な手掛かりになるはずだ。

真琴は、はっと我に返る。

七瀬美雪について考えを巡らせるほどに、心に影が差し、そのままずぶずぶと深いところに引き摺り込まれていくような気がする。

踏み込んではいけない、禁忌の領域に達したような感覚だ。

真琴は、気持ちを切り替える意味を込めて、痛み止めの薬を手に取り、一錠だけ口に含んだ。

——真琴さん。

ベッドに横になろうとしたとき、名前を呼ばれた。

春風のように、温かくて優しい響き。聞き覚えのある声だった——。

「晴香ちゃん?」

真琴は、視線を巡らせたが、病室には誰もいなかった。

181

狭い病室の中だ。見落とすはずもないし、隠れる場所があるわけでもない。そもそも、昏睡

状態の晴香の声が聞こえるはずがないのだ。

空耳に違いない——そう思おうとしたが、なぜかそれができなかった。

確かに晴香の声が聞こえたのだ。

——八雲君を助けて下さい。

また聞こえた。

「どこ？　どこにいるの？」

真琴の呼びかけに応えるように、戸口のところに、薄らと人の姿が浮かび上がった。

それは、紛れもなく晴香だった。

知覚すると同時に、真琴の心臓がドクッと大きく脈打った。

あれは、実体を持った晴香の姿ではない。彼女の魂——幽霊だ。もし、そうだとするなら、

呼びかけるべきではなかったかもしれない。

——このままじゃ、八雲君は……。

晴香は、話している途中で、すうっと風景に溶けるように姿を消してしまった。

しばらくの間、真琴は晴香が姿を現した戸口を見つめていた。

やがて、じわじわと何が起きていたのかを理解する。それは、受け容れ難い現実だった。

「晴香ちゃん……」

口にするのと同時に、真琴の目から涙が零れ落ちた。

182

彼岸

後藤がインターホンを押すと、〈はい〉と女性の声が返ってきた。

「こんにちは」

後藤は、インターホンのカメラを覗き込むようにして声をかける。

返答はなかった。

訪問営業の類いだと思われているのだろう。或いは、詐欺的なものと勘違いされたのかもしれない。

まあ、こういう反応になるのは仕方のないことだ。

話を聞いて歩くのは、この家でもう五軒目だが、どの家も、似たり寄ったりの反応だった。

おまけに、新興住宅地ということもあり、近隣の住人に対して無関心で、不動産会社の山岡から得た以上の情報は出てきていない。

本当に、こんなことを続けていて、七瀬美雪を見つけることができるのかと、疑問に思う気持ちはあったが、こんなことは後藤はそれを振り払った。

うだうだ考えるのは似合わない。今は、やれることをやるだけだ。

「すみません。少し話を聞かせて欲しいんですが……」

〈うちは大丈夫です〉

183

完全に拒絶を示す反応だった。

ただ、ここで退き下がるわけにはいかない。

「元、世田町署の後藤といいます。ある事件の捜査で、少しお話を聞かせて頂けないかと思いまして——」

後藤は、最初の「元」を一際小さな声にしつつ、胸のポケットから手帳をチラリと覗かせた。

もちろん、警察手帳ではなく、ただの黒革の手帳だ。

自分でも姑息な手段だと思うが、効果覿面だったらしく、しばらくして玄関のドアが開き、中年の女性が顔を出した。

「何か事件があったんですか?」

女性は、興味津々といった感じで訊ねてくる。

こうして出て来てくれたのはいいが、正直、事件らしい事件は起きていない。

「事件の詳細については、捜査上の秘密で話すことはできない。おれが訊きたいのは、三軒隣の家に住んでいた、室井さんのことについてなんだが……」

後藤が、慎重にその名前を出すと、女性は、ああと納得したような顔をする。

「室井さんも、可哀相にね」

この口ぶりからして、何か知っていそうだ。

「何かあったのか?」

「ご存じないんですか?」

184

彼岸

「だから、何がだ?」

「室井さん。自殺なさったのよ」

　　――自殺?

ここに来て、ようやく新しい情報を耳にすることができた。

「それは、本当か?」

「ええ」

「いつだ?」

「いつだったかしら?　私が、ここに引っ越してそれ程経っていない頃だから、七年か八年く

らい前だったと思うわよ。その先に、公園があるでしょ。そこで、首を吊ったんですって」

女性が、北の方角を指差しながら言う。

　　――なるほど。

かつての家主であった室井は死んでいた。ただ、その場所は家ではなく、公園だった。死ん

だあと、自分の家に戻り、幽霊になって現れたのだとしたら辻褄が合う。

あの家に現れる幽霊の正体は、かつての家主であった室井秋恵で間違いないだろう。

そうなると、どうして自殺したのかがポイントになる。それこそが、秋恵が死して尚、彷徨

い歩いている原因ということになる。

「自殺の理由に、何か心当たりは?」

「どうかしら。私も、ほとんど話をしたことがなかったから……。体調を崩して入院もしてい

185

「何の病気かは聞いているか?」

「そこまでは、分かりませんね。ただ、女手一つで、娘さんを育てて、かなり苦労したみたいですし、そういうのが祟ったんじゃないですか?」

女性が、しみじみといった感じで言う。

「旦那はいなかったんだよな」

「ええ。そうらしいですけど、でも、まあ、色々と噂はありましたよ」

「噂?」

「出入りしている男の人がいた——とか。私も、本人から聞いたわけじゃありませんよ。ただ、そういう噂があっただけです」

「相手に心当たりは?」

「近所ってだけで、そんな立ち入った話はしませんよ。それに、私の家も、元々は室井さんの土地だったわけですから、あんまり、そういう話もね」

「購入しているのだから、元の持ち主に気を遣う必要はないと思うが、女性の主張が分からんでもない。

「娘と顔を合わせたことはあるか?」

後藤は、別の質問をぶつけてみた。

「ええ。とっても綺麗な娘さんでしたね。でも、何か暗いというか……。挨拶はするんですけ

186

彼岸

ど、話しかけても、あまり喋らないタイプでしたね」

「その娘は、この人物か?」

後藤は、件の家で見つかったという写真を女性に差し出した。

部屋の中から出てきたのであれば、前の住人が残していったという可能性が高い。

「ちょっと写りが悪いですね。でも、この娘だったと思いますよ」

女性が言う。

できれば断定して欲しかったが、これだけピンボケした写真では仕方ない。

「娘について、他に何か覚えていることはあるか?」

「正直、あまり分かりません。私が知っているのは、引っ越してきてすぐくらいに、秋恵さん

が病気で入院して、で、その次は自殺してしまったってことくらいです——」

女性は、困ったように眉を顰めた。

まだまだ情報は欲しいところだが、この女性から引き出せることは、もう無さそうだ。

「色々と参考になった」

後藤は、話を打ち切り、その場を立ち去った。

そこから、三軒ほど家を回ってみたが、得られた情報は、ほぼ同じものばかりで、新しい発

見はなかった。

聞き込み捜査とは、そういうものだ。同じ話だと思いながらも、丹念に一つ一つ潰していく

地味な作業だ。

187

警察という大きな組織ならいいが、個人ということになると、時間ばかり浪費して、効率が悪く思えてしまう。

このままでは、周辺の聞き込みだけで何日もかかってしまう。もっと別の捜査方法を考えた方がいいかもしれない。

考えながら歩いているところで、どんっと背中を叩かれた。

「何しやがんだ！」

反射的に怒声を上げながら振り返ると、そこには英心の姿があった。

何がおかしいのか、ニヤニヤと笑っている。

「熊の癖に、ずいぶんと頼りなさそうに歩いておるな」

この非常時だというのに、英心は相も変わらずだ。むしろ、楽しそうにしているくらいなのが腹立たしい。

「うるせぇ。それより、どうだったんだ？」

後藤は、舌打ちをしつつも訊ねる。

さすがに一人では効率が悪いということで、英心を呼び出し、二手に分かれて聞き込みをしていた。

後で合流するはずだったが、ばったり顔を合わせてしまったというわけだ。

「他人にものを訊ねるときは、まずは自分からだ。森の学校で教わらなかったか？」

英心が小バカにしたように笑う。

彼岸

「森の学校?」

「熊は、森の学校に通うんじゃなかったのか?」

――熊、熊ってうるせぇ！

腹は立つが、英心に何かを言ったところで無駄だ。八雲に負けないくらい口が達者なので、

何倍にもなって返ってくるだけだ。

後藤は、ため息を吐きつつも、聞き込みで得た情報を英心に語って聞かせた。

「なるほどな」

話を聞き終えた英心は、納得したように頷くが、どうも他人事のように感じられる。

「そっちはどうなんだ?」

「まあ、だいたいはお前さんと同じだが、幾つか違う情報も得た」

「何だ?」

後藤が問うと、英心はニタッと笑みを浮かべた。

「秋恵さんという人は、どうも男に依存するタイプだったらしい」

「依存……」

「ああ。最初の旦那と離婚して、そのあと、何人も男を家に引き入れるようなことがあったら

しいが、どれも二年と続かなかったらしい」

「気性の荒い女だったのか?」

「逆じゃよ」

189

「逆?」

「尽くすタイプだ。尽くし過ぎるくらいにな。幸いにして、親から受け継いだ遺産のお陰で、生活には困らない。家事だけではなく、男の金銭の面倒まで見てしまうところがあったらしい」

「そういうタイプか……」

尽くし過ぎるタイプの女は、ダメな男とくっつくことが多い。母性本能をくすぐられるのかもしれない。

或いは、尽くし過ぎるが故に、男が堕落していくのか?

「ただ、そういう悪癖も、娘が小学校に入ったあとに、一度収まったらしい」

「きっかけがあったのか?」

「何でも、娘が大きなケガをしたらしく、半年ほど入院したらしい。顔に、包帯を巻いている姿を見たことがあるそうだ」

「なるほど——」

娘の入院を機に、心を入れ替えたということか。

色々と納得したが、逆に引っかかる部分もあった。

同じように聞き込みをしたはずなのに、どうして英心は、後藤より多くの情報を得られたのかが分からない。

そのことを疑問に思って訊ねてみた。

190

「だから、お前さんは熊なんじゃよ」

「は?」

質問の答えになっていない。

「普通に考えれば分かるじゃろ。この辺は元々畑だったんだろ。つまり、新興住宅地だ。手当たり次第に話を聞きに行ったところで、住人は新しく移り住んできた人ばかりだ。だから、場所は離れていても、古い家を狙って話を聞いた方がいいんだよ」

――なるほど。

まさか、元刑事が僧侶に聞き込みの手ほどきを受けるとは、思ってもみなかった。

何れにせよ、今の情報が、事件にどう繋がるかだが、いくら頭を働かせても、皆目見当がつかなかった。

一旦、石井と合流した方がいいかもしれない。

十一

石井は、病室のドアをノックした。

すぐに中から「どうぞ」という声が返ってきた。

石井は、「失礼します」と声を上げながら、おずおずと病室に足を踏み入れた。

「石井さん。どうしたんですか?」

真琴が、驚いたように目を丸くしながら訊ねてくる。

つい数時間前に、調査に行くと出ていったはずが、こうして舞い戻ってきたのだ。そういう反応になるのは当然だ。

「実は、その調査に関して、真琴さんの意見をお聞きしたいと思いまして……」

「私で良ければ、何でも言って下さい」

真琴が、いつもと変わらぬ優しい笑みを浮かべてくれた。

お言葉に甘えて、ベッド脇の椅子に座ろうとした石井だったが、はっと動きを止める。

真琴の目が充血していることに気付いたからだ。

「どうかしたんですか?」

「え?」

「目が赤いようですが……」

石井が指摘すると、真琴は目頭を押さえるようにしつつ、顔を背けた。

「何でもないです。ただ、ちょっと……」

「ちょっと何です?」

「いえ。やっぱり止めておきます。口に出せば、現実になってしまう気がして……」

真琴が遠くを見るように、すっと目を細めた。

そういう言われ方をすると、益々気になってしまうが、これ以上、追及してはいけないように思えた。

192

彼岸

「それで、どんなことで意見が聞きたいんですか?」

「あっ、そうでした」

危うく本題を忘れるところだった。

石井は、後藤が体験した心霊現象の正体を突き止める為に、まずは不動産会社に足を運び、あの家に関する話を聞き出した。

その後、後藤には周辺の情報を集めるように依頼し、石井は室井秋恵の娘と連絡を取る為に、別行動をすることになった。

だが、そこからが厄介だった。

不動産会社の山岡から聞いた連絡先に、電話を入れてみたが、〈現在、使用されていません〉というアナウンスが流れてきた。

念の為にと、記されていた住所の場所に足を運んでみたが、その部屋に住んでいたのは、全くの別人だった。

すでに別の場所に引っ越したのではないか——と考え、マンションを管理している不動産会社に連絡してみたが、最初から室井秋恵の娘は、その物件を契約していないことが分かった。

そこで手詰まりになり、偶々足を運んだマンションが、この病院の近くだったこともあり、真琴の意見を聞きに来たというわけだ。

「確かに、手詰まりという感じですね」

真琴が石井の考えに同調するように言った。

193

「ええ。状況からして、意図的に行方をくらましたらした節があります」

行方が分からない人間を捜す手段がないわけではない。

ただ、意図的に姿を消した人間を捜すのは、かなり難易度が高い。何より、人員が必要になってくる。

このまま、室井秋恵の娘を追いかけ続けると、見つけるだけで数週間、下手をすると数ヶ月かかってしまうことにもなりかねない。

「このままでは、あまりに効率が悪いです。ただ、そうなると、どうやって心霊現象の謎を解けばいいのか、分からなくなってしまって……」

石井は、がっくりと肩を落とした。

真琴に相談しようと思ったのは、まさにそのことだった。

後藤が近隣住民に聞き込みを行っているが、この状況では、あまり成果も望めない。気持ちばかりが焦ってしまい、まったくいい考えが浮かばなかった。

普通に考えれば、現職の警察官が、新聞記者に相談を持ちかけるなど、愚の骨頂ではあるのだが、八雲がいない今、頼れるのは真琴だけだ。

「確かに、そうなると、元保有者に辿り着くのには、時間がかかりそうですね」

真琴が思案するように腕組みをした。

「心霊現象の謎を解く為に、何か他のアプローチはないものでしょうか?」

「そうですね……やはり、石井さん自身が、その家に行ってみるしかないと思います」

194

彼岸

「へ？」

「後藤刑事は、心霊現象を目撃していますが、石井さんは見ていないわけですよね？」

「ええ。まあ……」

「実際、心霊現象を目にすれば、何か摑めるかもしれません」

真琴の言わんとしていることは分かる。だが、それは、石井が意図的に避けていたことでもある。

理由は単純明快。怖いからだ。

「いや、しかし……」

石井は、言いかけた言葉を呑み込んだ。

ここで「怖い」と口にしたら、真琴に軽蔑されてしまうかもしれない。もちろん、真琴は石井が臆病なことなど、とうの昔に気付いているだろう。

だが、それでも、真琴の前で、あまりそういう一面を出したくないと思ってしまった。

「冗談ですよ」

真琴が、ポンッと石井の肩を叩くと笑みを浮かべた。

「冗談？」

「心霊現象が起きている場所に、のこのこ行って、憑依でもされたら大変です。八雲君がいな

いんですから──」

「そ、そうですね」

195

どうやら、からかわれたらしい。

ただ、そのお陰で、少しだけ焦る気持ちが和らいだ気がする。

「何にしても、まだ焦る段階ではないと思いますよ」

「そうでしょうか？」

「考え方を変えましょう。前の家の保有者が、意図的に姿を消した——ということが分かった

だけでも、収穫だと思いますよ」

「そ、そうですか？」

「そうですよ。行方をくらましているということは、何か理由があるからだと思います。そし

て、それは、心霊現象に関係しているかもしれません」

「そうですね」

「焦る気持ちは、私も一緒です。でも、全体像が見えないうちに、闇雲に方針を変えれば、判

断を誤ることにもなります」

真琴の言葉が身に染みた。

明言こそしていないが、一週間前の事件のことを言っているのは、明らかだった。

あのとき、晴香の救出を焦るあまり、自分たちは多くの過ちを犯した。真琴の言う通り、こ

ういうときだからこそ、地道に歩むべきなのかもしれない。

「私は、少し焦り過ぎていたかもしれません」

「まずは、後藤さんと合流して、一旦、情報を整理した方がいいかもしれませんね」

196

彼岸

真琴と話をしたことで、もやもやとした感情がだいぶ薄らいだ。

「はい」

石井が返事をしたところで、タイミング良く後藤から電話がかかってきた。

「後藤刑事からです。また、来ます」

石井は、早口に真琴に別れを告げ、病室を出てから電話に出た。

「はい。石井雄太郎であります」

〈いちいち名乗るな。分かっててかけてんだよ〉

いきなりどやされたが、口癖のようなものなので、そう簡単には直せない。とはいえ、反論できるわけもなく、「すみません」と小声で詫びた。

〈で、そっちの状況はどうだ？〉

「はい。色々と分かったことはあります。一度、情報交換をしておきたいのですが……」

〈ああ。おれもそのつもりだ〉

「宮川さんに依頼していた案件もありますし、〈未解決事件特別捜査室〉に集合ということにしましょう」

〈分かった〉

携帯電話をポケットに仕舞った石井は、ふうっと息を吐いてから歩き出した。

が、不意に誰かの気配を感じた。

真琴が追ってきたのだろうか？ 振り返ってみたが、そこには真琴はもちろん、人の姿はな

197

かった。

――気のせいか。

再び前を向いて歩き出したところで、ふっと耳許を風が抜けていった。

それと同時に、囁くような声がした。

――石井さん。八雲君を助けてあげて下さい。

温かくて、柔らかくて、耳心地のいい声。これは――。

「晴香ちゃん」

振り返ってみたが、やはりそこには誰もいなかった。

十二

石井を送り出した真琴は、ふと窓の外に目を向けた。

病室に差し込む夕陽は、とても柔らかかった。

だが、現実は優しくない。晴香のことを思うと、縫合されたはずの傷口が、再び口を開けたような痛みを覚える。

石井には敢えて言わなかったが、さっき、耳にした声が頭から離れなかった。

声だけではない。真琴は、病室のベッドから晴香の姿を見たのだ。

すぐに風景に溶けるように消えてしまった。幻覚の類いだと思いたいが、もし、そうでなか

彼岸

ったら――という考えが真琴を不安にさせる。

今は、考えるのを止めよう。

真琴は、自らに言い聞かせると、ベッドの上でノートパソコンを開いた。

元同僚の滝沢から、〈頼まれた件について〉というタイトルでメールが届いていた。

滝沢は、かつて同じ新聞社に勤務していた記者で、遠慮ない物言いをすることから、周囲か

ら煙たがられる存在だが、真琴は彼に苦手意識を持っていなかった。

以前、ある事件のときに協力してもらってから、持ちつ持たれつの関係である。

幸いなことに、今、滝沢は山梨県の系列の新聞社に出向している。件の廃墟が、山梨県であ

ることは分かっていたので、調査を依頼していたというわけだ。

口では、「厄介なことを押しつけやがって」と文句を並べていたが、早々に調べてくれたよ

うだ。

真琴は、早速メールを開きつつ、携帯電話を手に取り、滝沢に連絡を入れる。

〈おう。メール見たか?〉

すぐに、滝沢の眠そうな声が返ってきた。

「面倒なことを頼んでしまって、申し訳ありません」

〈悪いと思ってんなら、頼むんじゃねぇよ〉

真琴の謝罪に、滝沢が不機嫌に答えた。

相変わらず口が悪い。が、その分、裏表がなく信頼がおける。

199

「すみません。私が動けないもので……」

〈また、刺されたらしいな。そういう趣味か？〉

「まさか。ただ、刺すのが趣味の知り合いがいるんです」

〈見かけによらず、とんでもねぇ男と付き合いがいるんだな。早く別れねぇと、殺されちまうぞ〉

滝沢の言い様に、真琴は思わず笑ってしまった。

「さすがに、そんなヤバい人とは付き合いませんよ」

〈分かってるよ。例の殺人鬼の女に刺されたんだろ。あんな女にかかわってたら、命が幾つあ

っても足りねぇぞ〉

滝沢が声を低くしながら言う。

確かにその通りだと思う。だが、ここで退き下がるわけにはいかない。記者としての意地と

いうのもあるが、最早それだけではない。

晴香のこともあるが、七瀬美雪とは、特別な因縁があるような気がする。

「充分に注意します」

真琴は、そう応じながらもメールに目を通す。

メールによると、あの場所は、かつて精神疾患を抱えた患者の療養施設として建てられたも

のだったらしい。

正式名称は〈森野ホスピタル〉。

精神疾患を抱えた患者の療養施設は、ストレスを避ける為に、自然豊かな場所にあることが

200

彼岸

多い。

山奥のあの立地は、そういうことだったのか——と納得する。

ただ、五年ほど前に閉鎖され、取り壊されることなく、廃墟として放置されているということだった。

「この建物は、精神疾患の患者の療養施設だったんですね」

〈ああ〉

「治療をメインにしていたのでしょうか？　それとも、リハビリの方でしょうか？」

療養施設と一口に言っても様々だ。

統合失調症やパニック障害のように、投薬を始めとした治療が必要な精神疾患を抱えた患者を治療することを目的としている場合もあるし、鬱病などで一時的に不調を来した人たちが、社会復帰する為のリハビリを行っているところもある。

〈後で送ってやるが、当時の病院のパンフレットを見る限り、リハビリの方をメインにしていたようだな〉

ストレス社会と呼ばれる昨今、こうした療養施設を望む人は、相当数いるだろう。それなのに——

「どうして閉鎖されてしまったんですか？」

〈残念ながら、そこまでは、まだ分かっていない。ただ、当時、その施設で働いていた人間を一人見つけた。甲府で心療内科を開業している医師だ。詳しい事情が聞けるかもしれない〉

201

「その人の連絡先を教えて頂けるとありがたいんですが……」

〈そう言うと思って、先方にすでにあんたのことを伝えてある。今から連絡先を言うぞ〉

さすが、仕事が速い上に、真琴が自分で話を聞きたがるタイプだということも、分かってくれているらしい。

真琴は、滝沢から聞いた連絡先を、ノートパソコンにテキストデータとして書き込む。礼を言って、電話を切ろうとしたところで、滝沢に呼び止められた。

〈やっぱり、あんたが調べているのは、連続殺人犯の七瀬美雪に関わることなんだろ？〉

滝沢が訊ねてきた。

答えはすでに知っているが、確認の為に口にしたといった感じだ。

「はい」

〈悪いことは言わん。止めとけ〉

「え？」

〈直接会ったことはないが、あの女は普通じゃない。次は、刺されるだけじゃ済まねぇぞ〉

本気の忠告らしかった。気持ちはありがたい。真琴が、滝沢と同じ立場だったら、やはり止めただろう。

だが——。

今、危険だからと言って立ち止まるわけにはいかない。

七瀬美雪が、危険な人物であることは承知しているが、今、彼女を止めることができるのは、

202

彼岸

自分たちだけだと思う。

——晴香のような犠牲者を出さない為にも。

「充分に注意します」

真琴は、そう言って電話を切った。

滝沢から聞いた、当時《森野ホスピタル》に勤務していた医師は、仲川という名前だった。

早速、教えてもらった番号に電話をする。

〈はい。仲川クリニックです〉

はきはきとした女性の声が返ってきた。

「北東新聞の土方と申します。仲川院長はいらっしゃいますでしょうか?」

〈えっと……〉

女性が困惑の声を上げる。

いきなり新聞社を名乗る人物から、電話がかかってくれば、そうなるのも当然だ。

「仲川先生に、お伺いしたい件があります。取り次ぎをお願いします」

〈少々お待ち下さい〉

女性が言ったあと、保留音が流れた。

それを聞きつつ、何から訊ねるべきか、頭の中を整理する。七瀬美雪が写真に写り込んでいたというだけで、それが何を意味するのか分かっていない。

しっかりと状況を整理しておく必要がある。

〈はい。仲川です〉

考えが纏まらないうちに、相手が電話に出てしまった。

「北東新聞の土方と申します」

〈ああ。滝沢さんって人から、話は聞いてます。森野ホスピタルの件でしたよね？〉

「はい。そうです」

〈もしかして、森野さんが見つかったんですか？〉

逆に質問され、思わず「え？」と声を上げてしまった。

〈あれ？　違ったんですか？　てっきり、その件かと思ってました〉

「あの――どういうことでしょう？」

もう少し、調べてから電話すべきだったかもしれないと、後悔しつつも訊ねた。

〈当時の院長だった森野さんが、六年くらい前に、急に行方不明になっちゃったんですよ。そ

れで、病院も閉鎖されることになったんです〉

真琴は、何かが大きく動いた手応えとともに、仲川の話を聞いた。

十三

家の前に立った八雲は、庭に立つハナミズキの木を見上げた。

表札の名前を確認してみる。人形に貼り付けられていたことから、てっきりさっちゃんの家

204

彼岸

だと思ったが違った。

いや、そうではない。

あの人形は、明らかに最近になって埋められたものだ。文集に残されていたメッセージとい

い、七瀬美雪が、八雲をここに導こうとしているのは明らかだ。

おそらく、以前、さっちゃんがこの家に住んでいたが、今は引っ越したということなのだろ

う。

それを確認する為にも、中に入るしかなさそうだ。

ただ、問題は、どういう口実を並べるか――だ。別人が住んでいるのであれば、事情を説明

しても理解されないだろう。

考えていても始まらない。まずは接触してみて、あとは出たとこ勝負――。

インターホンを押そうとした八雲だったが、そこでピタッと動きを止めた。視界の隅に、妙

なものが映ったからだ。

ちょうど、ハナミズキの袂に、少女が裸足のまま立っていた。

年齢は七歳くらいだろうか。

彼女は一人ではなかった。その少女に、重なるように、大人の女性が立っているのが見えた。

八雲は、掌で左眼を塞いでみる。

重なるように立っていた女性の姿が、ふっと消えた。

――やはりそうだ。

205

目の前にいる少女に、女性の幽霊が憑依している。

八雲は、インターホンを押すことなく庭に入ると、ゆっくりと少女に歩み寄って行く。

こちらに気付いたのか、少女と憑依している女性が顔を向けてきた。

憑依している女性の顔は、酷く憔悴していた。細められた目は、とても哀しげで、彼女が抱える想いを体現しているようだった。

「そこで、何をしているんですか?」

八雲は少女ではなく、憑依している女性に向かって訊ねた。

「ばばらなざいどぉ……ごべんだざいぃ……」

少女が口にした。いや、憑依している女性に、喋らされたと言った方がいいだろう。

憑依状態で言葉を発すると、身体がコントロールできていないせいで、酷く聞き取り難い。

少女の身体を離れてくれた方が、まだ言葉を理解し易いが、贅沢も言っていられない。

何とかして、言葉の意味を理解しようと足を踏み出した。

「愛菜!」

叫び声とともに、玄関のドアが開き、三十代と思しき女性が血相を変えて外に駆け出してきた。

「な、何をしているんですか! 警察を呼びますよ!」

女性が、声を震わせながらも、八雲に向かって叫ぶ。

たぶん、この少女の母親なのだろう。

206

彼岸

部屋からいなくなった娘を捜していたら、見ず知らずの男と庭に立っていた――といったところだろう。

「危害を加えるつもりはありません。信じられないかもしれませんが、あなたの娘さんには、幽霊が憑依しています」

八雲が鋭く言い放つと、女性は口に手を当てて驚愕の表情を浮かべた。

どうやら、心当たりがあるらしい。ならば話は早い。

「少しだけ、ぼくに時間を下さい。憑依している幽霊を、祓うことができるかもしれません」

女性から返答はなかった。だが、止める素振りを見せないことから、すぐに警察に通報したりすることは無さそうだ。

八雲は、改めて目の前にいる少女と、憑依している女性の霊に向き合った。

何と哀しい目をしているのだろう。単に、自分が死んだことを悲観して、彷徨っているのとは違う。

それでいて、強い意志も感じる。

何か明確な目的があって、この場所にいるに違いない。

「教えて下さい。あなたは、何を訴えようとしているんですか?」

八雲は、改めて女性の幽霊に問う。

「あがぎどぉ……」

――ダメだ。

207

やはり、何を言っているのか判別できない。

毎度のことだが、こういうとき、どうしていいのか分からなくなる。

できれば、死者の魂の想いを正確に汲んでやりたいが、八雲の能力は、あまりに中途半端だ。

そのせいで、酷く遠回りをしなければならなくなる。

「ぎぃぃ」

突然、少女が奇声を発しながら八雲に飛びかかってきた。

回避することはできた。だが、八雲は少女の――幽霊の突進を避けることなく、正面から受け止めた。

「大丈夫です。もう、誰もあなたに危害を加えたりしません。安心して下さい」

八雲は、少女の身体を抱き留めながら、耳許でそっと囁く。

――守らなければ。あの娘を。

声が聞こえた。

鼓膜に届いたのではない。幽霊の意志を、感じ取った。同時に、そういうことか――と納得する。

「大丈夫です。あなたの娘さんは無事です。安心して下さい」

女性が言うあの娘とは、誰のことを指すのか、いったい何から守ろうとしているのか、分からないことだらけだ。

本来なら、無責任なことを口にすべきではないのだが、応急の処置として口にした。

208

彼岸

八雲の言葉を信じたか、否かは定かではないが、少女の身体からふっと力が抜けるのが分かった。

「あの——娘さんを」

八雲が告げると、母親と思しき女性が駆け寄ってきて、少女を抱きかかえると、大慌てで家の中に戻っていった。

それを見送りつつ、八雲は考える。

七瀬美雪が見せたかったのは、さっきの女性の幽霊だろうか？

いや、それだけではないはずだ。

何かもっと重要な意味があるに違いない。

「ハナミズキ——」

八雲は、木を見上げながら呟いた。

学校にも植えられていた。これは、単なる偶然だろうか？　いや、そんなはずはない。となると、考えられることは一つだ——。

「あの。娘は、大丈夫なんでしょうか？」

声をかけられた。

母親が、娘を家の中に入れたあと、戻ってきたようだ。

「ええ。今は、もう幽霊に憑依されてはいません。安心して大丈夫だと思います」

八雲が告げると、母親はふうっと安堵のため息を漏らした。

これまで、娘の異変に胸を痛めてきたのだろう。だが、世の中の母親全てが、子どもに対して無償の愛を注ぐわけではない。

七瀬美雪の母親が、まさにそうであった。

愛情を注ぐどころか、その存在を疎んじた。夫が虐待していることを知っていながら、それを黙認した。

生まれる場所が違えば、七瀬美雪は怪物にはならなかったかもしれない。

――いや、今は考えるのは止そう。

八雲は、感傷を断ち切ると、改めて母親に目を向けた。

「すみませんが、スコップはありますか？」

八雲が訊ねると、母親は困惑した顔で首を傾げた。

十四

「邪魔するぜ」

後藤は、声をかけながら〈未解決事件特別捜査室〉のドアを開けた。

窓がなく、デスクとキャビネットがあるだけの殺風景で、息苦しい部屋のはずなのに、こうして久しぶりに訪れると、懐かしいと感じるから不思議だ。

「おいおい。辞めた人間が、何しに来やがった」

210

彼岸

かつて後藤が座っていたデスクにいた宮川が、これみよがしにため息を吐いた。が、それが本心からでないことは、空気感で分かる。

「宮川さんたちが、モタモタしてるから、仕方なく手伝ってるんですよ」

後藤が言うと、宮川は今度は舌打ちをした。

「お前のような熊が一匹増えたところで、何の足しにもならん」

「それは、お互い様でしょ」

「何だと！」

宮川が席を立ち、後藤の胸倉を摑み上げる。

「ちょっ、落ち着いて下さい」

後から部屋に入ってきた石井が、慌てて止めに入ったが、別に本気で喧嘩をしようというわけではない。軽い挨拶みたいなものだ。

「いちいち慌てるな」

後藤は、石井を引っぱたいてから、近くにある椅子に腰を下ろした。

「お前らに頼まれた件は、調べておいたぞ」

宮川が、腕組みをしつつ煙草に火を点けた。

「署内は禁煙でしょ」

後藤はすかさず突っ込みを入れる。

「警察に限らず、昨今はどこも禁煙だ。喫煙スペースですら、電子煙草オンリーというところ

211

が増えているというのに、堂々と紙巻き煙草を吸おうとするとは――。

「うるせぇ。お前だって気持ちは分かるだろ」

宮川が舌打ちをしてくる。

確かに、元喫煙者としては、煙草が吸いたくなるときに、煙草が吸いたくなる気持ちは理解できる

が、逆に後藤まで吸いたくなるので止めて欲しい。

そのことを主張すると、宮川は携帯灰皿で、しぶしぶ煙草を消した。

「で、調査の結果だが……」

「問題の家では、殺人も事故も起きていなかったんですよね」

後藤は、宮川の説明を遮るように言う。

「分かってんだったら、調べさせるんじゃねえよ」

宮川は憤慨したが、意味が無かったわけではない。山岡の言っていることが、間違いないと

いう裏付けができた。

「それで、石井の方はどうだったんだ?」

後藤が問うと、石井は露骨に苦い顔をした。

「それが――少々、厄介なことになっていまして」

「厄介?」

石井は「はい」と応じつつ、指先でシルバーフレームのメガネの位置を修正してから説明を

始める。

212

彼岸

それによると、山岡から聞いた電話番号は、デタラメで、住所は存在こそしたものの、室井秋恵の娘が住んでいたという事実はないらしい。

「これらの状況から考えて、意図的に姿をくらましたものと推察できます」

石井は、そう締め括ったが、後藤は別の可能性を見出していた。

「山岡が嘘を吐いているって可能性はないのか?」

「ど、どうしてそうなるんですか?」

石井が目を丸くして驚いた顔をする。

別に、それほど突拍子もないことを言った覚えはない。

「山岡もグルで、その娘の消息を摑ませない為に、おれたちに嘘の情報を教えたってこともあり得るだろう」

「いや、さすがに、それは飛躍し過ぎですよ」

ニヤニヤと笑う石井の顔に腹が立ち、「文句あんのか?」と食ってかかったが、すぐに宮川に止められた。

「そんなことより、お前の方はどうだったんだ?」

落ち着いたところで、宮川が訊ねてきた。

「まあ、色々と分かったことはあります」

後藤は、これまでに集めたことを語って聞かせる。

山岡が言っていたように、秋恵が体調を崩し、入院していたことは間違いない。だが、その

213

後、自殺したらしいこと。

さらには、英心が聞き出した、娘の小学校のときのケガのこと。秋恵の男性遍歴なども言い添えた。

その上で、あの家で起きている心霊現象の主は、秋恵ではないかという意見も付け加えた。あの家では死んだ者はいなかったが、秋恵が死後、自分の家に戻り、彷徨っているとすれば筋が通る。

後藤が説明を終えると、石井が難しい顔で俯き、「うーん」と唸った。

何か納得がいっていないといった感じだ。

「どうした？」

後藤が問い質すと、石井が顔を上げた。

「色々と分かったことはあるんですが、本当にこの捜査を続けていて大丈夫なんでしょうか？」

「どういう意味だ？」

「あの家で起きている心霊現象が、七瀬美雪に関係するかもしれないと考え、調査を進めていますが、どうも見当違いな方向に走っている気がして……」

石井は、今にも泣き出しそうな声だった。

情けないと思いはするが、正直、後藤も引っかかりを覚えているのは確かだ。

今、追いかけているこの線は、本当に七瀬美雪に繋がっているのか？　その疑問が常につい

214

彼岸

て回っている。

追いかけているはずの、七瀬美雪の影が、一向に見えて来ないのだ。

気持ちが沈み込んだところで、ゴンッと脳天に衝撃が走った。

はっと顔を上げると、宮川が睨み付けるような視線を後藤に向けていた。どうやら、宮川に

拳骨をお見舞いされたらしい。

「柄にもなく、悩むんじゃねぇよ」

宮川が、吐き捨てるように言う。

「悩みもするでしょう」

「それが、無駄だって言ってんだよ。お前なんかが、いくら考えたところで、答えなんか出る

はずがねぇ」

「じゃあ、どうしろって言うんです?」

「突っ走るしかねぇだろ。石井、お前もだ。思うように、情報が集まらねぇからって、結論も

出てねぇうちに、諦めるんじゃねぇ」

熱い叱責に、後藤は心を揺さぶられた。

最近、歳のせいか、すっかり丸くなったと思っていたが、それは間違いだったようだ。宮川

は、いつだって刑事の本懐を忘れてはいない。

「そうですね」

後藤は、そう応じつつ立ち上がった。

曖昧（あいまい）な情報から始まってはいるが、今は、心霊現象が七瀬美雪に関係していると信じて動く

しかない。

気持ちは固まったが、次は何を調べるかが問題だ。

「取り敢えず……」

言いかけた後藤の言葉を遮るように、石井の携帯電話が鳴った。

「はい。石井雄太郎であります」

相変わらずの調子で、石井が電話に出る。

電話の相手は、真琴だろうと思っていたが、どうも様子がおかしい。

石井は、電話に向かって「落ち着いて下さい。何があったんですか?」としきりに呼びかけ

ている。

石井の緊張が、伝播（でんぱ）してきて、部屋の中が張り詰めた空気で満たされていく。

「分かりました。大至急向かいますので、その場でお待ち下さい——」

石井は、硬い口調で言うと電話を切った。

「何があった?」

後藤が詰め寄ると、石井が真っ青な顔を向けた。が、なかなか口を開こうとしない。

じりじりと嫌な感覚が広がっていく。

「例の家で、死体が発見されたそうです——」

長い沈黙のあと、石井が告げた。

彼岸

「し、死体だと?」

どうして、あの場所から死体が出る?

そもそも、その死体は、いったい誰のものだ?

次々と疑問が浮かび上がり、頭の中がぐちゃぐちゃになっていく。

何にせよ、あの家の幽霊の正体は、自殺した室井秋恵だと思っていたが、その考えを改めな

ければならないかもしれない。

「それだけではないんです」

石井がポツリと言った。

「何だ?」

「話を聞く限り、発見したのは、八雲氏のようなんです──」

「八雲が……」

後藤は、驚きのあまり、それ以上、言葉を続けることができなかった。

217

第三章　怪物

一

仕事が一段落したところで、畠秀吉は自席に座り、冷め切ったお茶を啜った。

今日は、やけに身体が重い。

衰えのせいか、或いは病のせいか——どちらにしても、以前ほど力を発揮できないのは事実だ。

一通り、仕事も片付いているし、今日は帰って休もう。

畠が腰を上げたところで、内線電話が鳴った。聞かなかったことにして、帰ってしまうこともできたが、どうもそれができない性質らしい。

また、新しい死体が見つかったのだろう。

「はいはい」

畠は、ため息交じりに受話器を取り上げた。

〈勤務時間を過ぎているのに、申し訳ありません〉

内線電話を寄越したのは、総合受付を担当する医療事務の女性だった。

「いいよ。また、新しい死体かな?」

〈いえ。斉藤様という方から、お電話が入っていますが——〉

「斉藤、斉藤……」

220

怪物

――誰だったかな？

記憶を辿る。知り合いの刑事に、斉藤という名前の人物はいなかった。個人的な知人を思い

浮かべたが、やはり該当する人物はいない。

知らない人物からの電話なら、別に無理して対応することもない。

緊急の用件でなければ、改めてもらおうと思ったところで、急速に誰のことなのか理解した。

「繋いでもらえるかな」

畠が告げると、受付は、〈かしこまりました〉と口にして、電話を繋いでくれた。

〈八雲です。突然、電話してしまい、申し訳ありません〉

八雲の声が聞こえてきた。

普段から、あまり感情を表に出すタイプではないが、いつにも増して無機質な声だ。まるで、

一昔前に機械で造った合成音のようだ。

「斉藤などと名乗るから、誰のことだか分からんかった」

〈失礼しました〉

やはり、声が沈んでいる。

一週間前の事件のことは、後藤たちから聞き及んでいる。おそらく、それが原因で、彼は苦

しんでいるのだろう。

己の無力さを感じ、自分の選択を後悔しているに違いない。

七瀬美雪によって引き起こされた特殊な事件ではあるが。大切な人を失う悲しみは、誰にと

っても同じだ。

畠にも経験がある。

妻が亡くなったときのことが、ふっと頭を過ぎる。

慰めの言葉をかけるべきなのかもしれないが、畠はそれを呑み込んだ。

他人がとやかく言ったところで、何の意味もない。言われるほどに、自分が惨めになるだけだ。

畠が、そうであったように――。

「それで、お前さんがこうやって連絡してくるなんて、ずいぶん珍しいな。あの熊男がついに死んだか?」

畠は、いつもと変わりない口調で訊ねた。

〈残念ながら健在です〉

畠の軽口に、そう返した八雲だったが、歯切れの良さはない。が、それを指摘するようなことはしなかった。

「で、本題はなんじゃ?」

〈幾つか、畠さんの所見をお伺いしたいと思いまして――〉

「わしは、死体のことしか分からんぞ」

〈その死体のことです〉

いつもなら、死体についての所見を求めるときは、後藤なり石井を通すところだ。それをし

222

怪物

ないということは、おそらく八雲は単独で動いているということだろう。

「現物がなきゃ、何とも言い様がない」

〈現物は、間もなくそちらに届くと思います〉

「ほう。だったら、それを看たあとに、改めて来てくれれば……」

〈口頭で分かる範囲で結構です〉

八雲は、きっぱりと言う。

ここまで頑なということは、後藤や石井たちとは、どうしても顔を合わせたくないようだ。

八雲を諭すことも考えたが、今の彼に、畠の言葉が届くとは思えない。それに、気が済むまで、自由にやらせてやりたいという気持ちもあった。

「何が訊きたいんじゃ？」

畠が問うと、八雲は死体の状況の詳細を語り始めた。さすがに慣れているだけあって、整理され、的確な内容だった。

最近の頭でっかちな研修医たちに、見倣って欲しいものだ──と思いつつ、答えられる範囲で畠の見解を伝えた。

〈ありがとうございます。大変、参考になりました。あと、もう一つお訊きしたいんですが……〉

「なんじゃ？」

〈古いICレコーダーを修理したいのですが、どこか心当たりはありませんか？〉

「ICレコーダーねぇ……機械のことはさっぱりだ。メーカーに問い合わせた方がいいんじゃないのか？」

〈そうですね。お手間を取らせました。では——〉

そう言って、八雲が電話を切ろうとしたが、畠はそれを呼び止めた。

特別に話したいことがあったわけではない。半ば無意識のうちに、声をかけたのだ。

自分で呼び止めておいて、すぐに言葉が出て来ずに、微妙な間が生まれてしまったが、それでも畠は口を開いた。

「お前さんは、死後の世界というのは、どういうものだと思う？」

どうして、急にこんな質問をぶつけたのか、自分でもよく分からなかった。

ただ、兼ねてから、幽霊が見える八雲が、その辺りをどう認識しているのかは気になっていた。

何より、畠が長年に亘って抱え続けてきた疑問でもある。

もし、人間に魂が存在するのだとしたら、肉体が滅ぶことは死ではない。魂が、消滅して、初めて人は死ぬということになる。

そうなると、魂は肉体を離れたあと、いったいどうなるのか？

意識の塊として悠久のときを過ごすのだろうか？

或いは、周囲に溶け込み、消えていくのか？

畠が、そこに強く興味を惹かれるようになったきっかけは、妻の死だった。

怪物

親しい者が、ただの肉塊になったのを見たとき、まるでこれまでのことが、全て嘘だったと言われた気がした。

死んだあと、魂がただ滅びていくのだとしたら、自分たちが生きている意味とは、いったい何なのか？

自分という存在が、何なのか分からなくなった。

だから死体に執着した。いや、畠が執着したのは、死というより、死そのものについてなのだろう。

〈死後の世界——ですか？〉

今、訊いておかなければ、もう二度と八雲の見解を耳にすることはない——そんな漠然とした予感のようなものがあった。

根拠のない感覚ではあるが、得てしてこういうものは当たる。

「お前さんなら分かると思ってな。人はいつか死ぬ。肉体と魂が乖離し、現世を彷徨う。そこまでは分かる。だが、問題はそのあとだ」

これまで八雲は幾度となく、彷徨う魂を祓ってきた。現世を彷徨うことを止めた魂は、姿を消していったが、その後、いったいどこに行き、どうなったのか？

〈残念ながら、それはぼくにも分かりません〉

「そうか」

落胆はなかった。

225

おそらく、そういう答えが返ってくるだろうことは、想像できていた。

八雲に見えているのは、生と死の狭間の世界だ。その先のことは、やはり実際に、死ななけ

れば分からないのだろう。

〈今は分かりませんが、きっと近いうちに、その答えが分かるはずです〉

取り繕ったのではなく、明確な意図をもった言葉であるように畠には聞こえた。

「もし、分かったら、教えて欲しいもんだ」

〈可能であれば、そうします——では〉

今度こそ、八雲が電話を切った。

――死ぬつもりだな。

畠は、八雲の言葉から、そう感じ取っていた。

後藤であれば、必死になってそれを止めるのだろう。だが、畠はそうしなかった。

八雲を説得して、死ぬことを止めさせたところで、それは一時的なものに過ぎず、根本的な

解決にはならない。

彼自身が、己の意志で生きることを強く望まない限り、同じことが繰り返されるだけだ。

畠は、受話器を置いてから、大きくため息を吐いた。

怪物

二

石井が、後藤、宮川と一緒に現場である家に駆けつけると、道路に通報者である涼子が立っていた。

しきりに辺りを見回し、落ち着かない様子だ。

「あの。さっき連絡を頂いた世田町署の石井です」

石井が声をかけると、涼子はビクッと飛び跳ねたあと、必死の形相で駆け寄ってきた。

「早く何とかして下さい。死体が、死体が……」

電話のときもそうだったが、まだ興奮が収まっていないようだ。

「大丈夫ですから、まずは何があったのか教えて下さい」

石井が窘（たしな）めるように言う。

電話で聞き出せたのは、死体があるという話と、八雲に石井の電話番号を教えられ、ここに通報するように——と指示されたということだけだった。

どうして、家に死体があったのか？　そして、なぜ八雲が絡んでくるのか、詳しい状況がまるで分かっていない。

「一度、深呼吸をして、気持ちを落ち着けた方がいい」

宮川が、涼子の許（もと）に歩み寄り、ポンポンと肩を叩（たた）いた。

227

涼子は言われた通り、何度か深呼吸を繰り返してから、改めてこちらに顔を向けた。

さっきまでより、幾分、冷静さを取り戻したようだ。

「それで、何があったんですか？」

石井が改めて問うと、涼子が訥々と語り出した。

それによると、家にいきなり八雲がやって来て、幽霊に憑依されている愛菜と何かを話して

いたらしい。

八雲は、憑依している幽霊を祓うと告げたそうだ。

しばらく様子を見ていると、愛菜は意識を失ってしまったのだという。

その後、八雲は、スコップで庭にあるハナミズキの木の根元を掘り始めた。そして、死体が

発見された。

涼子は、八雲に指示された通り、石井に通報をした――ということだった。

「八雲は今どこにいる？」

後藤が、ずいっと涼子に詰め寄りながら訊ねる。

涼子はすぐに首を左右に振った。

「分かりません。気付いたら、いなくなっていて……」

「クソッ！」

後藤が苛立ちを吐き出すと、涼子がビクッと肩を震わせた。

せっかく落ち着いたというのに、再び涼子の顔が引き攣ってしまった。

怪物

「あの。それで、死体はまだ同じ場所に?」

石井が問うと、涼子はコクリと頷いた。

宮川が、「行くぞ」という風に目で合図してくる。石井は、頷いて応えたものの、一歩が踏み出せなかった。

これから死体と対面すると思うと、どうしても怖さが先に立つ。

そんな石井の心情などお構い無しに、宮川は、ずんずん歩いて行ってしまう。

「ビビってねぇで、さっさと行け」

後藤にドンッと背中を押された。

踏ん張りが利かず、石井はふらふらと歩みを進めることになった。綿の上を歩いているように、足許がふわふわとした。

「こりゃ酷いな……」

宮川が声を上げる。

石井は、おそるおそるではあるが、宮川の背中越しに目を向けた。

涼子が証言した通り、ハナミズキの木の脇に、穴が掘られていて、その穴の中に、白骨化した死体が横たわっていた。

――ひっ!

悲鳴を上げそうになったが、石井は自らの口を押さえて辛うじて耐えた。

「だいぶ経ってるな」

229

宮川が、穴の脇に屈み込み、死体をつぶさに観察しながら言う。

「そ、そうですね……」

臭いがかなり強烈だ。

白骨化した死体を埋葬したのではなく、死体が土の中で白骨化したのだろう。そう思うと、とんでもなく禍々しい存在感を放っているような気がした。

ハナミズキは、この死体を養分に生長を続けたのかもしれない。そう思うと、とんでもなく

「いったい、誰の死体だ？」

後からやって来た後藤が、誰にともなく訊ねた。

「分かりません」

現段階では、そうとしか答えようがない。

白骨化してしまった状態では、年齢はおろか、性別すら判別が難しい。全ては、検死結果を

待って——ということになる。

「ちょっと妙だな」

宮川がポツリと言った。

「何がです？」

「骨が多い気がする」

宮川は、そう言って穴の中を指差した。

怖さを呑み込みつつ、石井は視線を向ける。ぱっと見た感じでは分からなかった。

230

怪物

「ありゃ何だ?」

後藤が、何かを発見したらしく、穴を掘ったときに出来た土の山を指差した。

「何かありましたか?」

石井が問うと、説明するのが面倒になったのか、後藤が舌打ちをする。

「手袋は持ってるか?」

「あ、はい」

「貸せ」

石井が、現場で使用する用の手袋をポケットから取り出すと、後藤はひったくるようにそれを奪い取る。

手袋を嵌めた後藤は、土の山を崩し、中から何かを取りだした。

それは一枚のカードだった。

運転免許証のようだ。

状況からして、土の中に死体と一緒に埋められていたが、掘り起こすときに、気付かれず紛れたのだろう。

「被害者のものですかね?」

石井が訊ねると、後藤が「さあな」と答えつつ、免許証に付着した泥を、丁寧に拭っていった。

免許証に貼り付けてあった写真は、若い男のものだった。

231

人の好さそうな顔立ちをしてはいるが、目だけがやけに冷たく感じられた。

三

闇に包まれた処置室は、凍えるような寒さだった——。

壁に寄りかかるようにして座ると、そのまま身体が凍り付き、硬直してしまいそうだ。

この産婦人科医院が閉鎖されて、二年以上の歳月が経つというのに、未だに消毒液の匂いが残っている。

皮肉なものだと思う。

自分が生を受けたこの場所で、人生最大の選択ミスをした。

あのとき、少女を殺していれば——過去は変えられないと分かっているのに、どうしても考えてしまう。

これまで散々、後悔を抱えている人たちに、過去は変えられないのだから、未来に向かって生きるべきだと説いてきた。

それなのに、いざ自分が同じ立場に置かれるとこの様だ——。

かくも自分が弱かったのかと愕然とする。

いや、そうではない。きっと、後悔の本当の意味を理解していなかったのだろう。

七瀬美雪は、八雲にそれを教えようとしたのかもしれない。

怪物

あなたは、何も分かっていない——と。

まさにその通りだった。

自分で体験したことでなければ、人はそれを自分のこととして受け容れられない。

他人事だからこそ、綺麗事を並べることができるのだ。

彼女を失うことの苦しみが、どれほどのものかを知っていれば、あのとき、八雲は別の選択

をしたのかもしれない。

かつて、この病院の院長だった木下が起こした事件も、まさにそういうものだった。

彼は、娘を失った。

その悲しみと苦しみを知っていたからこそ、自分とは無関係な人の命に対して、冷酷になっ

たのだろう。

心のどこかで、晴香は助かるという根拠のない自信があった。

自分だけは大丈夫だという、誰もが抱くであろう慢心。

不幸や悲劇は、誰にでも平等にやってくる。そのことに気付いたときは、もう手遅れだった。

目を閉じて俯くと、不意に一人の女性の顔が浮かんだ。

それは、忘れかけていた母の顔だった。

——どうして、あなたはぼくを産んだんだ？

心の内で問い掛ける。

八雲の母、梓は、望まぬかたちで八雲を身籠もった。自分を拉致した忌むべき男の子なら、

233

堕胎するという選択もあったはずだ。

それなのに——梓は痛みに耐えて八雲を産んだ。

この病院で——。

おそらく、七瀬美雪も、同じ疑問を抱いたはずだ。

望んでいないのだとしたら、なぜ、自分をこの世に産んだのか——と。

そういう意味では、八雲と七瀬美雪は境遇が似ている。

但し、状況が似ているというだけで、まったくの同一だったわけではない。

梓が、自分に愛情を注いでいてくれたことは、分かっている。七瀬美雪のように、虐待を受

けたりはしなかった。

最後は、錯乱し、八雲の首を絞めて殺そうとしたが、それまでは良き母親だった。

だが、同時に、彼女の目には常に怯えがあったことも知っている。

八雲の赤い左眼を見る度に、梓は拉致されたときの記憶を思い返し、恐怖と闘っていたはず

だ。

それだけではない。やがては、八雲があの男——雲海のようになってしまうのではないかと

いう怯えも抱いていた。

愛してはいたのだろうが、梓にとって、八雲は忌むべき男を想起させる存在でもあった。

そんな梓を支えてくれる人もいた。

彼女の弟の一心と、恋人である武田俊介だ。

怪物

　二人の存在により、梓の精神は、辛うじて平静さを保っていたと言っていいだろう。

　だが——。

　雲海は、それを好ましいとは思わなかった。

　十六年前に起きた七瀬邸の一家惨殺事件の濡れ衣を、武田俊介に着せたのだ。彼を逃亡犯に仕立て上げただけではなく、その命すら奪った。

　そのことをきっかけに、梓は完全に精神を病んでしまった。

　八雲が、雲海と同じようになる——という強迫観念に駆られた。或いは、雲海がそう吹き込んだのかもしれない。

　そして——。

　八雲を殺そうとした。

　きっと梓は、その後、自らの命も絶とうとしたに違いない。

　そうすることで、全てを終わらせようとしたのだ。

　あれは、単に子どもを殺害するという行為ではなく心中だった。

　交番勤務だった後藤が駆けつけたことで、未遂に終わったが、八雲が死んでいれば、負の連鎖はその段階で止められていたかもしれない。

　雲海と梓は、腹違いの兄妹だった。

　同じ父親の血を受けながら、二人はあまりに異なる人生を歩むことになった。

　雲海は、目の前で母親を殺害され、人間の醜さを目の当たりにした。その後も、彼に安住の

235

地はなかった。

両眼が赤いというだけで、奇異の視線に晒され、迫害を受け続けてきた。

児童養護施設で、一度は安らぎを覚えたが、その場所も人の欲に塗れて奪われた。別の養護施設に移ったあとは、激しい虐待を受け続けることになった。

そうして鬱屈した雲海が、復讐の一つの手段として、腹違いの妹である梓を拉致したのだ。

皮肉なことに、復讐の副産物として生を受けた自分の存在が、新たな負の連鎖を生み出す要因となった。

死んだ雲海が、生に執着し、自らの魂の器として、八雲に目を付けたのだ。

もし、梓が八雲を産まないという選択をして、この病院で自分が生を受けなければ――そう思わずにはいられない。

もし、自分が生まれなければ、晴香も一心も、死ぬことはなかった――。

自分が、いかに呪われた存在であるのかを、改めて思い知らされた気がした。

――それは違う。

どこからともなく声がした。

瞼を開き、顔を上げてみたが、人の姿はなかった。もちろん、幽霊の姿も――。

「何が違う？　ぼくは、死ぬべきだった」

八雲は、虚空に向かって声を上げる。

返答はなかった。

あるはずがない。今の声は、おそらくは自分自身の中に、僅かに残っている生に対する未練のようなものだ。

——この期に及んで、まだ生にしがみつこうというのか?

あり得ない。

それは、八雲自身の命でなければならないのだ——。

負の連鎖を止める為には、生け贄が必要だ。

四

「何がどうなってやがる……」

後藤は、思わず呟いた。

さっきまで、静かだった家の周りは、青いビニールシートで囲われている。警察官でごった返し、上を下への大騒ぎになっている。

後藤もブルーシートの内側で、捜査に参加したいところだが、辞めた警察官がウロウロすれば、それだけで問題になる。

こうして、離れた場所で待つことしかできないのが、もどかしい。

「いや。本当に大変なことになりました……」

石井が、頼りない顔をしながら駆け寄ってきた。

「何か分かったか?」

「すみません。まだ、あまり情報がない状態です……」

力なく石井が首を振る。

責めるつもりはない。ついさっき、死体が発見されたばかりなのだ。しかも、白骨化してい

る状態だ。

情報が出てくるまでには、まだまだ時間がかかるだろう。

「宮川さんは?」

「それが……今、ちょっとトラブルというか、何というか」

石井が苦い顔をする。

「トラブル?」

「捜査一課が、我々を締め出そうとしたんです。それで、宮川さんが激怒して暴れているとい

う……」

「ああ」

宮川が憤慨して、捜査一課の連中に、食ってかかっている姿が目に浮かぶ。

在職中、後藤が散々やってきたことでもある。

「捜査一課は、死体の身許の特定を最優先に考えているようです」

被害者の身許を特定しないことには、始まらないだろう。ただ、そこについては、手掛かり

がないわけではない。

怪物

「免許証が見つかってるんだ。その線から動けば、身許の特定はそれほど難しくはないだろう」

「死体は、免許証の人物のものなのでしょうか？」

慎重派の石井らしい意見だ。

「免許証は、かつてここに住んでいた秋恵やその娘のものではなく、別の男のものだった。免許証だけ、そこに埋めたという可能性もないわけではない。それでも――」

「多分、そうだろうな」

「ですよね」

「それより、死因は目星がついているのか？」

それが一番の問題だ。

現状では死体遺棄事件だが、死因のいかんによっては、殺人事件ということになる。その差は大きい。

「それは、まだです。畠さんの検死結果待ちです。しかし、古い死体ですし、死因が特定できるかどうか……」

石井が、自信なさそうに俯く。

「死体が古いほどに、死因の特定が困難になるのは、致し方ないことだ。

「それで、あの親子の様子はどうだ？」

気持ちを切り替え、涼子と愛菜のことを訊ねた。

239

後藤たちが駆けつけたとき、涼子はかなり動揺していた。自分の家の庭から、死体が発見された。

「涼子さんは、だいぶ落ち着いたと思います」

後藤にとっては、そちらの方が気がかりだった。

涼子の話では、八雲が来て、娘の愛菜の除霊をしたということだったが、実際に、霊が祓われたのか、気にかかるところだ。

「かなり落ち着いているみたいです。むしろ、お母さんの方より、元気ですよ」

「そりゃ良かった」

「愛菜ちゃんに憑依していた幽霊の正体は、あの死体の人物なのでしょうか？」

「かもしれんな……」

後藤は、曖昧に答えた。

状況から考えれば、石井が指摘した通り、埋まっていた死体が、幽霊の正体——という可能性も高い。

だが、後藤の中では、何かが違うという感覚が残っていた。

「八雲氏が、愛菜ちゃんに憑依していた幽霊を除霊したんですよね？」

「まあ、そうなるな」

実際に幽霊が見えるわけではないので、除霊されたかどうか定かではないし、そもそも幽霊

240

怪物

が憑依していたという確証すらない。

ただ、状況から鑑みると、八雲氏は、この家で心霊現象が起きていると分かったのでしょうか？」

「どうして、八雲氏は、この家で心霊現象が起きていると分かったのでしょうか？」

石井が投げかけてきた疑問は、後藤も持っていた。

「おそらく八雲は、おれたちとは違うルートで、この家に辿り着いたんだろうよ」

そうとしか考えられない。

「いったいどんなルートなんでしょうか？」

「それは、おれにも分からん。だが、あいつが追っているのは七瀬美雪であることは間違いない」

「つまり、この家の心霊現象は、やはり七瀬美雪に関係している——」

石井の言葉に、後藤は大きく頷いた。

調査に行き詰まっていたこともあり、この家の心霊現象は無関係なのではないか——と疑問を抱いたりもしたが、そうではなかった。

後藤の中に、強い確信が生まれた。

「問題は、これから、どう調査を進めるか——ですね」

「そうだな……」

頷きはしたものの、どうすればいいのか分からないというのが本音だ。

正直、考えることは苦手だ。こういうときこそ、八雲の意見を聞きたいところだが、それが

241

できない。

「一旦、真琴さんの意見を聞いてみるというのは、どうでしょう?」

石井が、ポンッと手を打ちながら提案してくる。

やけに嬉しそうなのが引っかかるが、現状、捜査方針を固める為には、それが最適かもしれない。

「行ってみるか」

後藤が歩き出すと、石井もついてきた。

ここで、ふと気になった。

「おい。石井」

「何でしょう?」

「お前、ブン屋の姉ちゃんとは、いつからだ?」

「何がです?」

「惚けるんじゃねえよ。いつから付き合ってんだ?」

最近の二人の親密ぶりは、かなりのものだ。誰がどう見ても、交際し始めのカップルにしか見えない。

「な、な、何を仰るんですか。わ、私と真琴さんは、そ、そ、そういう仲ではありません」

石井は、今にも泣き出しそうな顔だった。

恥ずかしがって、交際を秘密にするような歳でもない。どうやら、友だち以上、恋人未満と

242

怪物

いう微妙なやつらしい。

「そんなこと言ってると、逃げられちまうぞ」

口にした途端、胸にチクリと痛みが走った。

そう言えば、以前にも同じことを言った覚えがある。石井にではなく、八雲に対して――だ。

後藤は、湧き上がる感傷をぐっと胸の奥に押し込んだ。

五

「お母さん――」

晴香は、ベッド脇で祈りを捧げる母の恵子に向かって呼びかけた。

だが、その声は届いていないらしく、ベッドに横たわった晴香の肉体に目を向けたままだった。

後藤や石井、それに真琴に声をかけたときは、はっきりと会話をすることはなかったが、振り向くなど、反応はしてくれた。

だから、今度こそ恵子に声が届くかもしれないと思ったのだが、ダメだった。

もしかしたら、ベッドに横になっている晴香の姿があるせいで、こちらを知覚できないのかもしれない。

ゆっくりと手を伸ばし、恵子の肩に触れてみたが、何の感触もなかった。

243

擦り抜けるのとは少し違う気がする。

映像として見えているが、自分のいる世界と、恵子のいる世界は、全く別のものであるような気がする。

次元を隔てていて、同じ空間に存在していないという感じだ。

ベッドに横たわったままの自分の身体をじっと見つめているうちに、じわじわと実感が湧いてきた。

きっと、人間には、肉体と魂を繋ぐ糸のようなものがあるのだろう。

目には見えないけれど、神経のように、お互いを結びつけ、一つの個体として存在させる為の糸。

だが、それが切れてしまった──。

機械によって呼吸を促し、心臓も動いているが、魂が抜けてしまえば、それは生きていることにならない。

一心のことが、脳裏を過ぎる。

脳死状態になった一心は、今の晴香と同じだったのかもしれない。

魂だけの存在となり、辺りを彷徨いながら、自分たちを見守ってくれていたような気がする。

八雲は、葬儀のときに「逝ってしまった──」と呟いた。

晴香はその言葉を、一心が成仏したと受け止めていた。だが、成仏とはいったい何だろう？

天国や地獄はあるのだろうか？

244

怪物

　もし、そうした世界があるとしたら、いったいどんな場所なのだろう？　それは、考えてはいけない禁忌の領域だからだろうか？

　いや、違う——。

　自分の存在が、少しずつではあるが、薄くなっていることに気付いた。

　魂が溶けていくような感覚——。

　水に落としたインクが、希釈され、色を失っていくように、じわじわと自分の存在を維持できなくなっている。

　肉体という外殻を持たないが故に、自分という形を維持できずに、周囲と同化していくようだ。

　もしかしたら、これが死ぬということなのかもしれない。

　そう考えると急に怖くなった。

　これまで育んできた自分という存在が、完全に無になってしまうというのは、とてつもなく怖ろしい。

　大切な想い出や、胸に生まれた大切な感情。そうしたものが、最初から存在しなかったかのように、全部なくなってしまうなんて、あまりに悲し過ぎる。

　——晴香。

　耳に優しい声が届いた。

245

心の底まで温め、包み込んでくれるような、慈しみに満ちた声――。

いつの間にか、すぐ目の前に姉の綾香の姿があった。

――お姉ちゃん。

晴香は、綾香に飛びつくようにして抱きついた。だが、綾香を抱き締めることはできなかった。

お互いに肉体を持たない身だ。肌を触れ合わせることが叶わないのは当然だ。

それでも――。

綾香の温もりが伝わってくるような気がした。

思い返すと、綾香が生きていた頃、悲しいことや、辛いことがあると、抱き締めて慰めても

らっていた。

同じ日に生まれた双子なのに、綾香は常に晴香の姉でいてくれた。そして、晴香はそれに甘

えていたように思う。

――晴香。よく頑張ったね。

綾香の優しい声が響く。

嬉しかった。綾香に、そう言ってもらえるのは、何より嬉しかった。

――私、頑張ったよ。お姉ちゃんの分まで、ちゃんと生きようって思って、ずっと頑張って

きたよ。

やっと言えた。

これまで、ずっと抱えてきたが、言葉にすることができなかった想い。

246

怪物

自分のせいで、綾香は交通事故に遭って命を落とした。そのことに、ずっと負い目を感じな
がら生きてきた。

困ったとき、迷ったときは、常に綾香の顔が浮かんだ。

自分の命は綾香の犠牲の上に立っている。

だから、綾香に恥じないように生きようと、ただがむしゃらに走って来た気がする。

心のどこかで、綾香に対して申し訳ないという気持ちもあった。

楽しいことがあっても、本気で笑えなかった。好きな人ができても、近付いてはいけないと
いう思いが働いた。

綾香のことを考えると、必死に生きなければならないが、同時に幸せになってはいけないと
思っていた部分があった。

だからこそ、綾香に「よく頑張ったね」と声をかけられたことが嬉しかった。やっと認めら
れた。赦しを得た。そんな気がした。

──うん。晴香は、本当によく頑張ったよ。

──ゴメンね。もっとちゃんと生きようと思ったのに、こんなことになってゴメンね。

──謝ることじゃないよ。これは、私の人生じゃない。

──え？

──言ったでしょ。私は、晴香のことを恨んでなんかない。私は、晴香にもっと自由に生き
て欲しかった。これは、晴香の人生なの。晴香の物語なの。

247

――お姉ちゃん。

綾香は、晴香を見つめながら、穏やかに笑っていた。綾香は、双子なのに、晴香よりもずっと大人びていて、常に道を示してくれた。

いつもそうだった。

――晴香は、とても頑張ったよ。でも、まだ終わってないでしょ。

綾香が、そう語りかけてくる。

――終わってない？

――うん。晴香には、助けたい人がいるでしょ。

八雲の顔が浮かんだ。

ぶっきらぼうで、偏屈で、斜に構えていて、文句ばかり言う嫌な奴。だけど、晴香が大好きな人。

想像の中の八雲の顔は、次第に歪んでいき、黒い影となって消える。

――八雲君。

口にするのと同時に、晴香の頭の中に眠っていた記憶が、鮮明に蘇ってきた。

霞んだ視界の向こうに、彼女――七瀬美雪がいた。

七瀬美雪は、晴香に向かって語りかけてきた。それは、一方的に、晴香に抱いていた感情を押しつけるものだったが、最後に、彼女はとても重要なことを言った。

それは――七瀬美雪が、今まさに目論んでいること。

怪物

彼女の本当の目的だった。

それを思い出すのと同時に、背筋がゾッとした。彼女の怖ろしい目論みを止めなければならない。

——そうだね。私には、まだやらなきゃいけないことがある。

——うん。ちゃんと伝えないと。それは、晴香にしかできないことだから。

綾香の声が、晴香に勇気を与えてくれた。

死んでしまうのは悲しいし、苦しい。本当は、もっと生きたかった。まだまだやりたいこともたくさんあった。

でも、それはもう叶わない。

だとしたら、最後に何ができるのか。いや、何をすべきなのか、晴香には明確に分かった。

急がなければ——。

自分の魂が溶けて消えてしまう前に、伝えなければならないことがある。

六

「死体ですか……」

真琴は、驚きとともに、後藤と石井の報告を聞いた。

まさか死体が発見される事態になるとは、思いも寄らなかった。いや、そうではない。心霊

249

現象が起きていたのだから、そこに死体があることは想定できた。

「八雲も絡んでいるし、七瀬美雪に関係あることは間違いないが、どう関係してくるのかが分からん」

ベッド脇の丸椅子に座った後藤は、難しい顔で腕組みをする。

確かに、そこが要になるだろう。

「完全に、捜査に行き詰まってしまったので、真琴さんの意見を何か言おうと思ったという訳です」

石井が言う。

こうして頼ってくれるのは嬉しいが、残念なことに、真琴もどうしたらいいのか皆目見当がつかない。

ただ――。

「やはり、消息が摑（つか）めない、娘さんを追ってみるしかないかもしれませんね」

「いや、しかし、捜すのはかなり困難です」

石井が、がっくりと肩を落とす。

「それなんですけど、私も、色々と考えてみたんですが、まずは、学生時代とかの友人たちに話を聞いてみるのはどうでしょう？ 何か知っているかもしれません」

「ああ。確かにそうですね。書類だけを頼りに、消息を追っていた節があります。そもそも、彼女の顔や人となりも分かっていない状態でした」

250

怪物

石井が反省したように、ポリポリと頭を掻く。

仕方ないことだと思う。まだ、調査を始めて一日も経っていない。おまけに、動ける人数も少ない。

それぞれがいっぱいいっぱいになっているのだ。

「死体の身許は、分かっているんですか？」

真琴が訊ねると、「まだだ」と後藤が答える。

「だが、現場で免許証が見つかった。その人物である可能性が高い。おそらく、警察は、この線を追うだろうな」

後藤の言う通り、死体と一緒に埋まっていたのなら、それが被害者の遺留品と考えられる。

警察は、まずは被害者の洗い出しから始めることになるだろう。

「死因はどうなんですか？」

「それもまだだ。このあと、畠の爺のところに、顔を出そうと思っている」

「地道な作業になると思いますけど、それぞれの情報を集めていけば、きっと何か糸口が見つかるはずです」

真琴は、大きく頷きながら言った。これまでは、何をすればいいのか定まらない中での調査だったが、強がったわけではない。

死体が発見されたことにより、目指すべき方向が定まったように思う。

「そうですね。やるべきことが分かっていれば、動きようがあるというものです」

251

石井が、意気揚々と胸を張る。

「こういう時だけ、格好つけんじゃねぇ」

後藤が、すかさず石井の頭を引っぱたいた。

いつものやり取りに、思わず笑ってしまった真琴だが、同時に傷が痛んで顔をしかめた。

「大丈夫ですか？」

すぐに石井が心配して声をかけてくる。

「平気です」

真琴は、笑みを浮かべて答えた。

優しさ故なのだろうが、石井は心配性なところがある。

「本当ですか？」

「本当です。ちょっと痛んだだけですから」

「し、しかし……」

「いちゃつくんなら、おれは席を外すぜ」

後藤が、呆れたようにため息を吐きつつ、口を挟んできた。

そういう見られ方をしていると思うと、急に恥ずかしくなり、顔が熱くなった。

石井は石井で、「いや、あの、その……」と、上擦った声を上げながら、おたおたしている。

妙な空気になってしまった。

「それで、そっちの調査はどうなんだ？」

252

怪物

一区切り付いたところで、後藤が訊ねてきた。

真琴は、今度は別の意味で顔をしかめることになった。

「色々と分かったことはあります。でも、こちらは、七瀬美雪に繋がる線が、全く見えていない状態です」

真琴は、力なく首を左右に振った。

「分かっていることだけでいいから、教えてくれ」

後藤に促され、真琴は、これまでに明らかになっている情報を簡潔に伝えた。

あの廃墟が、〈森野ホスピタル〉という、精神疾患を抱えた患者の療養施設だったこと。そして、院長だった森野が五年ほど前に失踪し、閉鎖に追い込まれたこと。

森野は、精神医学界では、それなりに名の知れた人だったが、二十年ほど前に、都内の大学病院を辞めて、山梨県に〈森野ホスピタル〉を開業した。

森野の失踪については、何か裏がありそうだが、今のところめぼしい情報を得られていない。

それこそ、七瀬美雪に繋がる線が、見つかっていない状態だ。

何か手掛かりになればと、森野の書いた論文などに目を通している最中だが、今のところ発見は得られていない。

七瀬美雪が写真に写り込んでいたのは、偶々、あの場所が廃墟であったので、隠れ場所にしていただけかもしれない――そう思い始めてもいた。

説明を終えると、石井が「なるほど――」と唸った。

253

「おれは、継続して追うべきだと思うぜ」

後藤が言った。

「どうして、そう思うんですか?」

「根拠なんかねぇよ。ただの直感だ」

後藤がおどけたように言った。

どうやら、真琴の背中を押す為の言葉だったようだ。

「そうですね。まだ調査は始まったばかりです。やれるだけのことはやってみます」

「じゃあ、取り敢えず、畠の爺のところに行ってくる」

後藤が椅子から立ち上がり、病室を出て行こうとしたが、はたと動きを止めた。

「石井。お前は、もう少し、ここに残っていいぞ」

そう言って、後藤がニヤリと笑った。

この手の冗談を言う人だとは思わなかった。それ故に、余計に恥ずかしさがこみ上げてくる。

「え? あ、その……」

石井は、意味が理解できていないらしく、オロオロしている。

その間に、後藤は病室を出て行ってしまった。

「行って下さい」

真琴が言うと、石井は「はい!」と返事をして、勢いよく駆け出した。

転んだ──。

七

布団に寝ているのに、ふわふわと浮いているような感覚がした。

宙に浮かび上がり、そのまま飛んで行ってしまいそうな、それでいて、天井はどんどん遠くなっていくような――。

自分の存在が、溶けてしまうのではないかとすら感じる。

普段なら、もうとっくに寝ている時間だ。だが、いくら瞼を閉じたところで、一向に眠気が訪れることはなかった。

奈緒が初めて晴香に会ったのは、お寺の庫裏だった。

眠ろうとするほどに意識が覚醒し、想い出が次々と浮かび上がってくる。

一心と一緒に寺に戻ると、久しぶりに八雲が帰ってきていた。そして、八雲が連れて来たのが晴香だった。

八雲が、誰かを連れて寺までやってくるのは、とても珍しいことだった。

いや、初めてだったかもしれない。

――とても優しい人。

奈緒には、それがひと目で分かった。

顔立ちが優しいというのもあるが、それだけではない。晴香を取り巻く空気が、春風のよう

に暖かかった。

言葉も最初から通じた。

奈緒は耳が聞こえない。声を発することはできるが、それがどんな音になっているのか確かめることができない。

口の形を真似て喋ってみても、相手に通じないことが多い。

きっと、自分が思った通りの言葉にはなっていないのだろう。

何とか気持ちを伝えたい。でも、どうしていいか分からない。そんなとき、一心に心で強く念じてみたらどうだろう——と提案された。

音がなくても、きっと心は通じると一心と八雲には、思いが通じた。本当に嬉しかった。だけど、それを別の誰かに伝えることはできなかった。

そうして念じてみると、一心と八雲には、思いが通じた。本当に嬉しかった。だけど、それを別の誰かに伝えることはできなかった。

保育園でも、小学校でも、色々な人に試してみたけど、伝えることはできなかった。

今でこそ、後藤や敦子にちゃんと伝えることができているが、そのときは、八雲と一心にしか言葉を届けることができなかった。

皆は、当たり前のように言葉を使っているかもしれないけど、奈緒からしてみれば、それは特別なことだった。

その当たり前ができないことで、奈緒は寂しい想いをたくさんしてきた。

一心も八雲も優しかったけど、他の人とかかわりが持てないというのは、隔絶された世界に

怪物

いるみたいで、とても悲しかった。

どうにもならないことだと、諦めるしかない。そんな風に思っていた。

だけど——。

——こんにちは。

ただの挨拶だったけど、ちゃんと伝わった。そして、晴香もそれに返してくれた。

飛び上がるほどに嬉しかった。

初めて、肉親以外の人に、自分の言葉を届けることができた。それは、奈緒にとって大きな

転機だった。

その瞬間から、奈緒にとって晴香は特別な人になった。

それから、幾度となく晴香と顔を合わせた。

八雲は、どういうわけか晴香に冷たかった。それが、奈緒には不思議でならなかった。八雲

が、晴香を大切に想っていることは、言葉にするまでもなく伝わってきていた。

大切な人なら、優しくすればいいのにツンケンする。

どうして、もっと仲良くしないんだろう——と何度も首を傾げた。

八雲の態度はともかく、奈緒は晴香に会う度に、どんどん彼女を好きになった。

晴香といると、何だかほっとする。

ありのままの自分を、全部受け容れてくれるような安心感があった。

257

きっといつか、八雲も素直になって、晴香と笑い合ったりするのだろうと思っていた。そう

なったら、どんなに楽しいか――。

だけど、奈緒の願望は、いとも簡単に打ち砕かれてしまった。

何が起きたのか、詳しいことは分からないが、晴香が入院することになった。その状態が、

あまりよくないことは、周りの空気で感じ取った。

どうしても、一心のことが頭を過ぎる。

泣かないで我慢すれば、一心は目を覚ますと思っていたのに、奈緒の願懸けは叶わなかった。

願っても、どうにもならないことがある――それを、改めて実感させられた。

でも、それでも、晴香には、同じことになって欲しくない。そう願っていた。きっと大丈夫

――と何度も心の内で念じた。

でも――。

病院にお見舞いに行ったとき、奈緒は見てしまった。

晴香の姿を――。

それが、生きた人間として奈緒の前に現れたのではないことが分かってしまった。

あれは――。

晴香の幽霊だった――。

一心のときもそうだった。死んでしまう前に、奈緒には一心の姿が見えた。

何も言ってはくれなかった。ただ、いつもの優しい微笑みを浮かべただけだった。それでも、

怪物

　あのとき、もう二度と一心に会えないのだと分かった。

　大切な人は、いつも唐突にいなくなってしまう。

　もう、二度と晴香に会えないかもしれない——そう思うと、心にぽっかり穴が開いたような感覚に陥り、抑えようとしても、目に涙が浮かぶ。

　それを流してしまったら、本当に晴香に会えなくなると願懸けをしたが、そんなことをしても、悲しい現実がやってくることを、奈緒は知っている。

　——もう嫌だ。

　固く瞼を閉じ、ごろんと横向きになったところで、妙な気配を感じた。

　誰かにじっと見られているような感覚。

　敦子が、様子を見に部屋に入って来たのかと思ったが、それとは異なる気配だった。何だろう？　考えている奈緒に、声が届いた。

　——奈緒ちゃん。

　その声は、耳から聞こえてきたものではない。

　強い意志の塊が、すっと心の奥に届いたあの感覚だった。

　はっと目を開けた奈緒は、声の出所を辿って窓の方に目を向けた。

　そこには——。

　晴香の姿があった。

　薄らと透けていて、この世界と隔絶された存在であることが、ひしひしと伝わってきた。

259

——お姉ちゃん。

奈緒は、晴香に向かって心の内で呼びかけた。

血は繋がっていない。だが、奈緒にとって晴香は、姉のような存在だった。

晴香は、今にも泣き出しそうな顔をしていた。

——お願い。八雲君を止めて。

強く訴えるように言ったあと、晴香の姿はすうっと溶けるように消えてしまった。

——行かないで！

奈緒は、必死に手を伸ばしたが届かなかった。

それが悔しくて、悲しくて、しばらく何も摑めなかった指を見つめていた。

どれくらい時間が経っただろう。じわじわと晴香の言葉が、心の隅々まで染み渡っていく。

晴香は、八雲を止めて欲しいと言っていた。

あれはどういう意味なのだろう？

考えている奈緒の目に、妙なものが映った。

窓の外に、白い紙のようなものが置かれていた。

ベッドから抜け出し、窓を開けて確認してみる。窓枠のレールのところに、その紙は挟まれていた。

二つに折り畳まれた手紙だった。

手に取ってみる。

260

怪物

開いて確認した奈緒は、ぎゅうっと締め付けられるような感覚を味わった。

そこには、文字が書かれていた。

筆跡に見覚えがある。八雲の字だった――。

八

石井は、後藤の背中を追いかけるように、地下にある廊下を歩いていた。

毎度のことではあるが、この廊下を歩くのは怖い。異世界に通じているのではないかと思う

ことすらある。

「邪魔するぜ」

怯える石井とは正反対に、後藤は何の躊躇いもなく畠の部屋のドアを開ける。

ここで突っ立っているわけにもいかない。石井は、勇気を振り絞って「失礼します」と声を

かけながら、中に足を踏み入れた。

穴蔵のような部屋の隅っこに座り、呑気にお茶を啜っていた畠が顔を上げ、ギョロッとした

目をこちらに向ける。

「猟友会を呼ばなきゃならんな」

畠が、ため息交じりに言う。

「猟友会だと?」

261

後藤が食ってかかる。

「うむ。熊が出たからのう。殺処分をしてもらわんと——」

そう言うと、何が可笑しいのか、畑がひっ、ひっ、ひっ、と妖怪じみた薄気味の悪い笑い声を上げた。

——そういうことか。

納得して、石井も思わず声を上げて笑ってしまった。

「何を笑ってやがる」

後藤は、石井の頭を引っぱたきつつ、近くにある椅子に腰を下ろした。

石井は座る場所がないので、後藤の横に陣取った。

「揃いも揃って、何の用じゃ？」

畑が気の抜けた声で訊ねてくる。

死体は、もう運び込まれているだろうから、本当は分かっているはずなのに、こういう言い方をするところが畑らしい。

「家の庭から発見された、白骨死体についてです」

石井が言うと、ようやく畑が「ああ。あれか——」と声を上げる。

「分かったことがあれば、教えて頂きたいんですが……」

「お前さんたちは、本当にせっかちじゃな。そんなに、すぐ分かるわけがなかろう」

畑の言い分はもっともだ。

262

怪物

死体が発見されてから、まだ数時間しか経過していない。詳しいことが分からないのは、当

然のことだ。

それでも――。

「分かっている範囲で構わないので、教えて頂けないでしょうか?」

石井は、身を乗り出すようにして懇願する。

畠は、呆れたように首を左右に振りつつも、説明を始めた。

「あの死体は、三十代から五十代くらいの男性のものだ。死後、五年以上は経っているだろう

な」

「年齢は、免許証の人物と一致しますね」

石井が口にすると、後藤が「ああ」と頷いた。

免許証の人物は、石川正治という名前で、失踪当時の年齢は三十三歳。まさに、畠の死体の

所見と一致する。

「死因は、分かってるのか?」

今度は後藤が訊ねる。

「まだ、はっきりとはせんが、頭蓋骨のこの辺りが、陥没している」

畠が自分の後頭部を撫でながら言う。

「後ろから、鈍器のようなもので、殴られたってことか?」

「その可能性もある。ただ、損傷は一箇所だけではないからな……」

「一箇所じゃない?」

「頚部(けいぶ)にも骨折があるし、側頭部にも陥没がある。鼻骨も折れている」

「交通事故に遭ったのかもしれませんね」

石井は、浮かんだ推論を口にした。

複数箇所の損傷となると、真っ先に思いつくのが交通事故だ。だが、その考えは、すぐに畠に否定された。

「損傷箇所が、顔の周辺に集中している。あくまで、現段階の所見になるが、激しく顔面を殴られ続けた可能性がある」

石井は、血塗れになりながら、幾度も顔を殴られる男の姿を想像し、思わずうっと息を詰まらせる。

「殺人の可能性が高いってことか?」

「わしは、そう見ている」

畠が、ニタッと笑みを浮かべた。

妖怪じみていて、見ているだけでゾッとする。

「やっぱり、あの家で、何が起きたのかを、調べ直す必要があるかもしれんな」

「そうですね」

石井は、後藤の意見に賛同の声を上げた。

部屋を出て行こうとしたところで、畠に呼び止められた。

264

怪物

「相変わらず、お前さんたちは、せっかちじゃな」

「うるせぇ。おれたちは、急いでるんだよ」

後藤は、苛立ちを募らせているようだったが、畠はそれを嘲るように笑った。

「一番、肝心なことを聞かずに行くつもりか？」

意味深長な言い回しだった。

「まだ、何かあるんですか？」

石井が訊ねると、畠の顔からふっと笑みが消えた。

「骨が、少しばかり多いんじゃよ」

「骨が多い……」

反芻すると同時に、石井の中に現場での記憶が蘇ってきた。

宮川も、同じようなことを言っていた気がする。

「骨が多いってのは、どういうことだ？」

後藤が詰め寄るのと同時に、畠がひひっと笑った。

「考えれば分かるじゃろ。あの場所に、埋められていた死体は、一つではなかった。もう一体

あったんじゃよ。見たところ、それは少女のものだ」

畠の発言に、石井は愕然とする。

後藤も、驚愕のあまり言葉を発することができなかったらしく、口をわなわなと震わせてい

る。

265

そんな石井と後藤の様子を見て、畠がまた楽しそうに笑った。

「お前さんたちは、本当に鈍いな。八雲君は、現場を見て、すぐに気付いたぞ──」

「え？」

石井は、聞き間違いかと思い、後藤に目を向ける。

後藤も畠の言葉を、呑み込めていないらしく、しばらく呆然としていた。

「おい。今、何て言った」

後藤が畠に詰め寄る。

「だから、お前さんたちは鈍いと言ったんじゃよ」

「そこじゃねぇ！　八雲が気付いたってのは、どういうことだ？」

興奮するあまり、後藤は畠の胸倉を摑み上げる。

だが、畠は一切動じなかった。

「電話があったんじゃよ。お前さんたちより前に。現場の状況を説明されて、意見を求められたから、分かる範囲で話をした」

畠が、淡々とした調子で答える。

どうやら、八雲は、死体発見と同時に、畠に意見を求める為に、電話をしてきていたらしい。

「八雲は、そのあとどうした？」

威嚇するような勢いで、後藤がさらに畠を追及する。

「電話を切った。それだけじゃ」

怪物

「どうして引き留めなかった？　お前が、引き留めていれば、八雲は……」

「後藤刑事」

石井は、慌てて後藤と畠の間に割って入った。

このままいけば、後藤は畠を殴りかねない勢いだった。気持ちは分かるが、それは八つ当たりというものだ。

畠は、事件のことは知っていても、それにより、八雲がどういう状況に陥っているかは知らない。

「放せ！　おれは、こいつを殴らないと、気が済まねぇ！」

叫ぶ後藤を、何とか畠から引き剥がす。

「落ち着いて下さい。畠さんを責めても、どうにもなりませんよ」

「うるせぇ！」

拳骨を落とされた。

八つ当たりの矛先が、石井に向けられてしまったようだ。かなり痛かったが、それでも、後藤が幾らか落ち着きを取り戻したので良しとしよう。

「あの——」

石井は、落ち着いたところで畠に向き直った。

「何じゃ？」

畠は、これまでの騒ぎが嘘であったかのように、ちょこんと椅子に座っている。

267

「さすがというか、何というか——。

「八雲氏は、事件について、何か言っていませんでしたか?」

「何も」

「では、これから、どこかに行くみたいなことは?」

「言ってなかった」

「そうですか……」

落胆はあったが、仕方のないことだ。

改めて畠にお礼と、騒いでしまったことに対するお詫びを告げ、部屋を出ようとしたが、そこで畠が「そう言えば——」と声を上げた。

「何か思い出しましたか?」

「いや、大したことじゃない。ただ、ICレコーダーを直したいと言っていた。どこか、業者を知らないかと訊ねられた」

「ICレコーダーだと?」

後藤が、怪訝な表情を浮かべる。

石井も気持ちは同じだった。どうして、このタイミングでICレコーダーを直そうとしているのか、その理由が分からない。

「取り敢えず、メーカーに問い合わせたらどうだ? と勧めておいた」

「それだけですか?」

「それだけだ」

畠が、ゆったりとした動作でお茶を啜る。

「もういい。行くぞ」

後藤は、そう告げると、さっさと畠の部屋を出て行った。

「お騒がせしました」

一礼してから石井は畠の部屋を出る。

廊下に出ると、後藤が携帯電話で誰かと話をしていた。

何かが起きたらしく、後藤は「すぐに行く」と告げると、電話を切り、石井には何も説明す

ることなく、走り去って行った。

取り残された石井は、ただ呆然とするしかなかった――。

九

後藤は、寺の山門を潜り、その奥にある庫裏に向かった――。

本来なら、寺の住職が住処として使っている庫裏は、寺の所有物で、後藤のように仏門に入

っていない人間が住むことはできない。

だが、かつてこの寺の住職だった一心の師匠筋でもある英心の特別の計らいで、住まわせて

もらっている。

畠の部屋を出たところで、敦子から電話があった。八雲が、奈緒のところに来たらしいとの連絡を受け、慌てて帰ってきたのだ。

「帰ったぞ」

玄関の戸を開けると、待ちかねていたように、敦子と奈緒が駆け寄ってきた。

「八雲が来たってのは、本当か?」

後藤は、靴を脱ぐ間も惜しんで訊ねた。

「ええ。姿は見てないけど、ここに来たのは間違いないわ」

敦子の説明を聞き、後藤は違和感を覚えた。

「会ってないのに、どうして来たって分かるんだ?」

「これを見て欲しいの――」

敦子が、二つに折り畳まれた紙を差し出してきた。

紙を開いてみる。そこには、丁寧な文字で、次のように書かれていた――。

奈緒へ――

ちゃんとお別れが言えなくてごめん。

ただ、どうしても行かなければならない。誰の手も借りず、自分自身で決着をつけなければならないことなんだ。どうか分かって欲しい。

もう会えなくなるけど、悲しむ必要はない。ぼくは、ずっと奈緒のことを見ているから。

怪物

それに、奈緒には家族がいる。

後藤さんは、何があっても奈緒を守ってくれるはずだ。

せめて、奈緒だけは幸せになって欲しい。

それがぼくのたった一つの願いだ。

斉藤　八雲

「あのバカ……」

後藤は、思わずそう漏らした。

心の奥底からの言葉だ。

八雲は、いつもそうだ。こうやって、全てを一人で抱え込み、自分を追い込んで行ってしまう。

それだけじゃない。昔からずっと感じていたことだが、八雲には、死に場所を探しているような、危うさが付きまとっていた。

破滅願望とでも言うのだろうか――。

辛いのは分かる。苦しいことも理解できる。誰かを巻き込みたくないという、八雲の優しさも知っている。

だが、それでも、頼って欲しかった。

「これをどこで？」

271

後藤が訊ねると、奈緒が身振り手振りを交えて、必死に訴えてくるが、慌てているせいもあってか、全く伝わってこない。

「奈緒の部屋の窓のところに、差してあったらしいの」

敦子が、代わって説明をする。

「なるほど……」

状況から考えて、確かに八雲はこの庫裏に足を運んだようだ。

そして、誰に会うこともなく、奈緒の部屋の窓に、別れの手紙だけ残していった。

こんな近くにいながら、見つけることができなかったことに苛立ちが募る。心霊現象が起きた家でも行き違いになっていた。

「手紙の内容って、かなり拙いわよね？ まるで……」

敦子が途中で言葉を呑み込んだ。その先を言うのが、憚られたのだろう。

だが、わざわざ口にしなくても、敦子が何を言おうとしたのかは分かる。この手紙を見れば、誰もが同じことを考えるだろう。

八雲は、自殺しようとしている――と。

はっきりと文字として記されているわけではないが、手紙からは、自ら命を絶とうとしている意志が、ひしひしと伝わってくる。

八雲が、七瀬美雪を殺そうとしていることは、感じ取っていた。

だが――。

272

怪物

　まさか、自ら命を絶とうとしているとまでは、思っていなかった。

　いや、そうではない。考えないようにしていただけだ。七瀬美雪を殺し、自ら命を絶つ。八雲らしい考え方だ。

　相手が誰であれ、一線を越えた以上、その罪を自らの命で償うつもりなのだろう。晴香の父親である一裕に、病院を追い出されたあの日、後を追いかけなかったことが悔やまれる。

　いや、今さら、そんなことを悔やんでも仕方ない。

　何としても、八雲を見つけ出すしかない。ただ、肝心の手掛かりがない。

「クソッ！」

　後藤は、吐き捨てるように言うと、ぎゅっと手紙を握り締めた。

　そのまま、ビリビリに破り捨てたい気分だった。そんなことをしても、何一つ変わらないのに、昂（たか）ぶる感情を抑えることができなかった。

「八雲君は、まだ見つからないの？」

　敦子の問いに、後藤は「ああ」と答えて項垂（うなだ）れるしかなかった。

　奈緒が、空気を察してか、ひっくひっくと肩を揺らしながら嗚咽（おえつ）を始めた。

「大丈夫だ！」

　後藤は、力強く奈緒を抱き締める。

　苛立ってばかりいても仕方ない。今は、やれるだけのことをやるしかない。だから——。

273

「泣くな。おれが、必ず八雲を連れ戻すから」

後藤が言うと、奈緒は腕の中で小さく頷いた。

以前にも、こんなことがあった。あれは、いつだっただろう――確か、一心が刺された事件のときだ。

あのときも、こうやって奈緒に泣くのを我慢させた。

――その結果、どうなった？

考えると同時に、ずぶずぶと心が沈み込んでいく。結局、あのとき後藤は何もできず、一心は死んでしまった。

また、同じ想いをさせてしまうのか――そう思うとやり切れない。

――おれは、あまりに無力だ。

「ちょっと。何て顔してんの。ただでさえ、怖いのに、そんな顔しないでよ」

敦子が、後藤を蹴った。

「痛っ」

「あなたは、知性派じゃないの。考えたり、悩んだりしたって、意味がないわよ。そんなことしてる暇があるなら、さっさと行きなさい」

そう行って、外を指差した。

敦子の言う通りだ。自分でも気付かぬうちに、ネガティブな思考に流されてしまっていたようだ。

274

そんなのは、自分の流儀に反する。

まだ見えてもいない最悪の結果を想定して、うじうじとしたところで、何も解決しない。

猪突猛進——今は、真っ直ぐ前に進むことだけを考える。

「分かってる。必ず八雲は連れ戻すから、安心して待ってろ」

後藤は、奈緒の頭を撫でつつ、視線で敦子に礼を言った。

彼女はいつもそうだ。普段は一歩下がって見ているのだが、いざというときは、真っ先に後藤の背中を押してくれる。

——おれには、もったいない女房だ。

急に湧き上がった敦子への感情を追いやり、後藤はすぐに踵を返して外に出た。

吹きつける冷たい風が、後藤を押し戻そうとする。

だが、それでも——。

後藤は、力強く足を踏みしめながら歩き出した。

　　　　十

畠は、解剖台の上に置かれた死体に、改めて目を向けた。

白骨化して、もう動かなくなった肉体。いや、かつて肉体であったもの——と言った方がいいかもしれない。

後藤たちは、八雲を捜しているようだ。彼らの絆は非常に強い。それは、大きな力であることは間違いない。

だが――。

どんなに強い絆を駆使しようとも、どうにもならないこともある。

現実というものは、どこまでも容赦がない。より大きな力となって、いとも簡単に絆を断ち切ってしまうだろう。

後藤たちには言わなかったが、電話で話をしたとき、八雲はすでに死を覚悟していることが、ひしひしと伝わってきた。

いや、そうではない。

あれは、覚悟をしているのではなく、死を望んでいる者の声だった。

彼は、あまりに多くのものを失い過ぎた。そして、心に取り返しのつかない傷を負っている。

きっと、あの傷が癒えることはないだろう。

人間の魂が、もし心だというなら、八雲は不治の病にかかっているのと同じだ。

仮に肉体だけ助かったとしても、心が死んでしまっているのだとしたら、それは生きていると言えるのだろうか？

八雲が死にたいと願うのも無理からぬことだ。

だが――。

死者の魂が見える彼ならば分かっているはずだ。

276

怪物

人間に魂があるのだとしたら、肉体の死は、決して安息ではない。魂に受けた傷は、肉体が

死んだあとも、残り続けるのだから——。

そうなると、八雲は永遠に癒えない傷を抱え続けることになる。

それは——。

さぞかし苦しい拷問だろう。

思えば、現世を彷徨っている魂たちは、そうした者ではなかったのか？

魂に傷を負い、肉体が滅びてもなお、苦しみ続けた者たちこそが、彷徨える幽霊なのではな

いか？

いや、しかし——。

魂は永遠なのだろうか？

死後の世界があるとは思わない。極楽浄土も地獄も、現世での行いを改めさせる為の方便に

過ぎないだろう。

では、魂はどこに行くのか？

八雲にそのことを訊ねたが、明確な答えは返ってこなかった。

最近、こんなことばかりを考えている。

もちろん、兼ねてからの興味の対象であったのは事実だが、これまでにも増して、そうした

ことを考えるようになった。

それは、おそらく、畠自身の死期が、近付いているからに他ならない。

277

薬で痛みを緩和させているが、本当であれば、こうやって仕事をしているような状態にない。

いずれにせよ、自分が死ねば、長年の疑問の答えが出る。

不思議なものだ。長年追い続けていた謎の答えは、自分の死をもって、必ず知ることができる。

それなのに、どうしてあれほどまでに、没頭していたのだろう？

などと考えていると、携帯電話にメールが届いた。

確認する前から、誰なのか分かった。畠の携帯電話にメールを送ってくる人物は、一人しかいない。

畠には、歳の離れた妹がいる。その娘——つまり姪っ子の美鶴だ。

〈試験受かったよ〉

絵文字付きの短い文章を見て、思わず顔をほころばせる。

美鶴は畠の目から見ても、変わった子だった。

絵本より図鑑に、人形より人体模型に興味を示し、ことあるごとに、畠にあれこれと人間の身体について質問をしてきた。

畠は、問われたことは、全部答えたが、妹はそのことを快く思っていなかった。

悪い影響が出るから、余計なことは教えるな——と言われもした。

278

怪物

人間が自らの肉体に興味を示すことの、いったい何が悪影響なのか、畠には理解できなかった。

だが、妹からすれば、幼い我が子が、他の子と違って、可愛い人形より、人体模型の方に、興味を示すことは、異常なことに思えたのだろう。

妹が、美鶴を他の子と同じように育てようとすればするほど、彼女はより一層、人体について研究するようになり、ついには医者を志すようになった。

人を助けたいという志なら、妹も喜んだのだろうが、美鶴の場合は、人間の構造を徹底的に研究したいという思いが強い。

畠などからしてみれば、非常に納得できるのだが、周囲はそういうわけにはいかない。

猛反対に遭いながらも美鶴は諦めなかった。

とことん勉強し、奨学金を使って医学部に進学し、無事に課程を修了し、試験をパスした。

今、その連絡が届いたのだ。

〈おめでとう〉

畠は小さく笑みを浮かべながら、そう返した。

姪っ子の美鶴を導いて、手助けをしてやらなければならない。そう思うと、まだまだ死ねないな。

279

十一

ネクタイを緩めた石井は、ふうっと息を吐いた。

やはり、息苦しく感じてしまう。

宮川も出ているので、〈未解決事件特別捜査室〉にいるのは、石井一人のはずなのに、それでも、空気が薄いような気がする。

ただ、ここでへこたれている場合ではない。

何としても、消息を絶っている室井秋恵の娘である、紗月を捜し出さなければならない。

色々と調べを進め、彼女の経歴だけは分かってきた。

紗月の戸籍上の父親は、飯島和久という人物だった。現在何をしているのか不明だが、和久と秋恵は、紗月が三歳のときに離婚している。

その後、秋恵は再婚していないが、後藤が集めた近隣住人の話では、何人か交際していた人物がいた節がある。

庭で発見された死体──石川正治も、そんな中の一人だったのではないだろうか？

紗月は、次々と男が入れ替わる母親を見て、どんな想いを抱いていたのだろう？

「もしかして──」

石井の中に、一つの推理が浮かんだ。

怪物

石川が、秋恵の恋人だったと仮定して、男女間の諍いから、殺害してしまったということは

ないだろうか？

或いは、娘の紗月が、そんな生活に嫌気が差し、殺害したとか――。

「ダメだ」

石井は、口に出して言いながら首を左右に振った。

まだ、圧倒的に情報が足りていない。その段階で、あれこれ推理すれば先入観が生まれ、真

実を見誤ることになる。

常々、八雲が言っていたことだ。

今になって、改めて八雲の存在の大きさを知る。

知らず知らずのうちに、事件と向き合うとき、八雲の思考をなぞるようになっていた。石井

にとって八雲は、年齢は下だが、師匠のようなものだったのかもしれない。

――感傷に浸っている場合ではないぞ。

自分自身を叱咤しつつ、石井は思考を切り替えた。

ともかく、紗月は、その後、小学校四年生までは、公立小学校に通っていた。見覚えのある

学校名だが、近隣なのだから頭に残っていても不思議ではない。

学校の関係者に連絡を入れて確認を取ったところによると、紗月は、小学校四年生のときに

休学している。

理由は病気療養の為――ということだった。

281

小学校五年生になったとき、紗月は公立小学校に復学したのではなく、離れた場所にある私立の学校に編入している。

病み上がりであれば、通うのに楽な近くの公立の方がいい気がするが、何か特別な事情があったのかもしれない。

例えば、病気というのが、精神的なものだった――という可能性もある。

学校で苛めなどを受けていて、不登校になったと考えると、筋が通るような気がするが、今は憶測を働かせるのは止めておこう。

その後、同じ系列の中学校、高校と進学しているが、大学には行かなかったようだ。

ただ、彼女が高校を卒業した八年前は、秋恵が病気を患ったという時期と一致する。看病の為に、進学を諦めたということは、充分に考えられる。

そうなると、秋恵の病気が何であったのかが気になるところだ。

その辺の事情を知る為にも、高校時代の友人などに、話を聞いてみるのは、ありかもしれない。

ただ、それをしたところで、得られる情報はあまりないだろう。

「邪魔するぜ!」

いきなりドアが開き、後藤が部屋の中に入ってきた。

「ご、後藤刑事!」

石井は、ぴっと背筋を伸ばして立ち上がる。

282

怪物

「何か分かったか?」

後藤が、近くにある椅子にドカッと腰を下ろしながら訊ねてくる。

「あっ、はい」

石井は、これまでに分かっている範囲のことを、後藤に説明した。

「なるほど」

そう言って頷いた後藤だったが、表情は険しい。今のところ、七瀬美雪に繋がる手掛かりは、全くと言っていいほどないのだ。

そうなるのは頷ける。

「八雲氏は、どうして、あの家に興味を持ったんでしょう」

石井は、呟くように言った。

正直、それが一番引っかかるところだ。八雲が、どうしてあの家に足を運んだのかが分かれば、一気に色々なことが繋がる気がする。

「それは分からん。ただ、何かあるはずだ。おれたちの知らない何かを、あいつは知っている。それがあの女——七瀬美雪に繋がっているはずだ」

「そうですね……」

口にしたところで、石井の中に一つの閃きがあった。

——もしかして。

石井は、慌ててさっきまで見ていた手帳に目を向ける。

283

そのあと、デスクの隅に積んであった七瀬美雪の資料を引っ張り出した。その拍子に、書類のタワーが崩れたが、そんなものに構っている余裕はない。

「どうした？」

後藤が訊ねてきたが、石井は答えなかった。

確認が取れるまでは口に出すわけにはいかない。そう感じたからだ。

震える手で、資料を捲り、目当ての箇所を見つけ、石井は愕然とした。やっぱりそうだった

——。

どうして、今まで気付かなかったのか。自分を殴ってやりたい衝動に駆られた。

「おい。石井。何をしてんだ？」

後藤が石井の肩を摑んだ。

「私たちは、とんでもないことを見落としていました……」

石井は、絞り出すように言う。

「何のことだ？」

「私たちは、現在の紗月さんの行方を追ってしまったんです。それが、間違いでした」

「何？」

「これを見て下さい。紗月さんと、七瀬美雪は、同じ小学校に通っています。同い年なので、面識があった可能性があります」

口にしながらも、冷や汗がボタボタと垂れてくる。

怪物

着目すべきは、今ではなく過去だった。十六年前。まだ、七瀬邸での惨劇が起きる前にこそ、接点があったのだ。

自分たちは、事件以降の七瀬美雪しか見ていなかった。

だから、この事実を見落としたのだ。

「何てことだ……」

絞り出す後藤の声が、狭い部屋に反響した。

十二

「おう。また部外者が勝手に入り込んでやがる」

沈滞していた空気を振り払うように、宮川が部屋に入ってきた。

いつもなら、「うるせぇ」と返すところだが、後藤は、喉が痞えて言葉が出て来なかった。

「何だ。何だ。揃って辛気くさい顔して」

宮川が、後藤と石井を交互に見ながら口にする。

何も知らずに入ってきて、この空気に晒されたら、誰でも困惑するだろう。何か喋らなければと思うのだが、そうすればするほど、言葉が出てこない。

「じ、実は、とんでもないことに気付いてしまったんです」

何も喋らない後藤に代わって、石井が口を開く。

285

「とんでもないこと?」

宮川は、眉を顰めながらドカッと椅子に座った。

「以前に、あの家に住んでいた紗月という少女が、七瀬美雪と同じ小学校だったんです」

石井は興奮気味に告げるが、宮川の反応は薄かった。

「だろうな」

「え?」

「同じ学区なんだから、そりゃ同じ小学校でも、不思議はねぇだろ」

「いや、しかし……」

「お前ら、七瀬美雪を意識し過ぎなんじゃねぇのか? だいたい、同じ学校に通ってた生徒が、何人いると思ってんだ」

宮川の指摘で、後藤も目が覚めた気がした。

まさに言う通りだ。具体的な人数は知らないが、件の学校は、そこそこの規模だった。おそらく、同学年に百人はいただろう。

現状では、同じ学校だったという以外に、接点は見つかっていない。

「そうですね。少しばかり、先走っていたかもしれません」

石井は、まだ何か言いたそうだったが、後藤は素直に反省の弁を述べた。

「宮川さんの方は、何か分かったんですか?」

後藤は、気分を切り替えるように訊ねた。

怪物

宮川は「ああ」と頷くと、すぐに説明を始める。

「現場で免許証が見つかった、石川正治だが、八年ほど前に行方不明者届が出されていたことが分かった。死体の背格好とも一致する」

「つまり、あの死体は、石川って男である可能性が高いってことですね」

後藤が言うと、宮川が頷いた。

詳しくはＤＮＡ鑑定の結果を待たなければ断定はできないが、状況から考えればそういうことになる。

「まず、間違いないな。これが、石川の写真だ」

宮川が一枚の写真をデスクの上に置いた。

細身で、いかにも柔和そうな顔立ちをした男だった。大学でこっちに来て、その後、高校の教師になったらしい」

「石川ってのは、元々は福岡の出でな。免許証の写真と一致する。

「高校の先生ですか」

そう言われてみると、教師っぽい感じがしてしまうから不思議だ。

「だが、失踪した年の冬休み明けになっても、出勤して来なかったそうだ。住んでいたアパートに足を運んでみたが、蛻の殻だった。そこで、同僚が警察に行方不明者届を提出したというわけだ」

「そのときには、すでに死体となって埋まっていた……」

後藤が口にすると、宮川が渋い顔で頷いた。

「まあ、そういうことになるな」

石井は、どうして死体になって、あの家の庭に埋まっていたのか——考えてみたが、これと

いった考えは浮かばなかった。

「あっ!」

急に石井がデカい声を上げた。

「何だよ。うるせえな」

「あ、あの。石川さんの勤務先だった学校は分かりますか?」

石井が興奮した調子で訊ねる。

「資料を見ろ」

宮川が資料を差し出すと、石井は貪りつくように、資料に目を通し始めた。

「何をそんなに興奮してんだ?」

後藤が訊ねるのと同時に、石井が「やっぱりそうだ!」と叫びながら、資料から顔を上げた。

いちいち動作が大げさな野郎だ。

「だから、何を騒いでるんだ?」

「石川さんが勤務していた高校は、室井紗月さんの通っていた高校と同じなんです」

「何!」

石井の挙動は、別に大げさでも何でもなかった。

288

怪物

死んでいた石川と、室井家との接点が生まれたことになる。

「なるほど。その線は調べてみる価値はありそうだな」

宮川が目を輝かせながら言う。

「早速、取りかかりましょう」

意気揚々と声を上げた後藤だったが、それを宮川が制した。

「石川とは別件だが、もう一つ分かったことがある」

「何です?」

「室井秋恵って女は、近所の公園で自殺したって話だっただろ」

「ええ」

後藤が、近隣の噂話を聞いた範囲では、そういうことになっていた。

「どうやら、それはただの噂のようだ」

「生きているんですか?」

後藤は、身を乗り出すようにして問う。

もし、本人が生きているのであれば、直接、話を聞くのが手っ取り早い。

「いや。死んではいるんだが、状況が違う」

「もしかして、他殺だったんですか?」

「違う。交通事故だったそうだ」

妙な期待を持っていた分、少しばかり拍子抜けしてしまう。

289

「どうして、自殺なんて話にすり替わってしまったんでしょうね？」

「事故の状況からじゃねぇのか。何でも、深夜に山道をふらふらと歩いていて、トラックに撥は

ねられたらしい。これに詳しいことが書いてある」

宮川が、デスクの上に資料を置くと、石井が飛びつくようにして、それに目を通していく。

事故の状況から、自殺の可能性もある——という話に尾ヒレびれがつき、公園で首吊り自殺をし

たという話にすり替わってしまったのだろう。

人の噂話というのは、実に曖昧なものだ。

「ちょっと待って下さい。これって……」

石井が、自分の髪を掻き毟むるようにしながら口にする。

「どうした？」

「いや、あの……何か引っかかるんです」

「何が？」

「それが、分からないんです」

聞いている方は、もっと分からない。

「整理してから喋れ」

後藤は、石井の頭を引っぱたいた。

普段なら、大げさに痛がるはずの石井が、無反応のまま資料を睨にらみ付けている。

「どうした？」

290

訊ねる後藤を無視して、石井は近くにあった紙を引き寄せると、そこに年表のようなものを書き始めた。

——こいつは、いったい何をやっているんだ？

疑問に思いながらも、後藤はこれまでにない胸騒ぎを感じていた。

十三

朝日が眩しかった。

目を細めつつ、真琴はベッドから身体を起こす。

頭に、ずんずんと響くような痛みがあった。

昨晩は、滝沢にも協力してもらいつつ、あの廃墟の院長であった、森野の経歴について調べを進めていて、ほとんど眠っていない。

調べた範囲では、森野は非常に優秀な精神科医だったようだ。

大学を卒業し、都内の大学病院に勤務。幾つも論文を発表し、順調に経験を積んでいった。

だが、四十歳になったとき、突如として大学病院を辞め、山梨県に〈森野ホスピタル〉を開業している。

その理由について、仲川から興味深い証言を得ることができた。

森野の失踪の原因が分かれば、七瀬美雪に繋がる何かが見つかると思ったからだ。

森野には妻と子どもがいた。

今から、二十年ほど前のことらしい。詳しい状況までは分からないが、森野の妻と、その娘は、買い物に出ていた。

妻が目を離した隙に、娘が車に撥ねられてしまったのだ。

それを目の前で見てしまった。

その時の母親の心情は、想像を絶するものだっただろう。

森野の妻は、自分を責め続け、心を病み、鬱病になってしまった。

治療を受けていたが、その甲斐なく、森野の妻は、自ら命を絶ってしまったそうだ。

精神科医でありながら、妻を救えなかった森野の自責の念は、計り知れないものだっただろう。

それをきっかけに、森野は大学病院を辞め、〈森野ホスピタル〉を開業することになった。

妻を救えなかった理由の一つに、大病院のシステム的な欠陥もあると考えていたのかもしれない。

森野は、自分の病院を開業しつつ、PTSDの治療方法の研究を始める。

〈森野ホスピタル〉が、リハビリをメインにした施設であったのは、やはり妻のことがあったからだろう。

救えなかった妻に対する、贖罪の意味もあったようで、その没頭ぶりは凄まじかったと仲川が語っていた。

292

怪物

PTSDの治療法は、大きく二つある。

薬物療法と、心理療法的アプローチだ。

薬物療法は言葉のまま、抗うつ薬や、安定薬などの服用によって、その症状を軽減させると
いうものだ。

心理療法的なアプローチは、敢えて患者にトラウマの原因となった事象を想起させ、身の危
険がないことを自覚させたり、患者同士が集まり、悩みを共有する集団セラピーのような手法
を採ったりする。

どちらの方法も、思ったような成果を上げられていないのが実情だ。

そこで、森野はこれまでと全く違う方法を思いつく。そのときの研究データを、仲川が持っ
ていたので、メールで送ってもらい目を通した。

実に興味深いものだった。

ひと言で言えば、トラウマとなっている患者の記憶を消す――というものだ。

もし、記憶を消去できるなら、PTSDの患者にとって、画期的な治療になることは間違い
がない。

研究データによると、森野は、最初、催眠療法で記憶を消すことを試したようだが、これは、
失敗に終わった。

催眠療法では、記憶を消去することはできない。ただ、潜在意識の中に眠らせ、過去の出来
事を自覚させないだけだ。

293

本人は、そのときの記憶を思い出すことができなくなっていても、潜在意識の中にトラウマは残り続けるので、症状が改善することはなかったようだ。

他にも、投薬など色々と試したが、全て失敗に終わっていた。

「森野さんは、記憶を消すことに、とり憑かれていたみたいでしたね。まるで、自分自身の記憶を消し去りたいと思っているようでした」

仲川は、当時を振り返り、そう語っていた。

その見立ては、正しかったのかもしれない。それが証拠に、催眠療法が上手く行かなくなると、森野はより過激な方法を考案する。

脳に直接刺激を与え、記憶を消すことを考えたのだ。

理論的には、記憶を喪失させることは可能だ。現に、二〇〇八年にアメリカと中国の研究チームが、マウスを使って、記憶分子と呼ばれるタンパク質の一種を操作して、特定の記憶を消去することに成功しており、軍関係者も注目している。

だが、この方法は、まだ人間に対して実証実験が行われていない。

あまりにリスクが高いからだ。下手をすれば、トラウマ以外の記憶を喪失する怖れもあり、やり方を一つ間違えば、命を落とす危険すら孕んでいる。

仲川によると、森野もリスクが高いことから、この方法は、途中で諦めたらしい。

ただ、これこそが、七瀬美雪と森野を繋ぐ線なのではないだろうか？

七瀬美雪、或いは雲海が、この方法に目を付け、森野を利用して、何かを目論んでいたとし

294

怪物

たら？

　ただ、その何かが何なのかが分からない。

「真琴さん！」

　勢いよく病室のドアが開いたかと思うと、石井が駆け込んできた。

　額にびっしょり汗を浮かべている。

　それだけでなく、顔色が真っ青で、今にも卒倒してしまいそうな感じだ。

「おう」

　後から、後藤も病室に入ってきた。

　石井と同じように、顔色が悪い。二人とも寝てないのだろうか——と思いはしたが、そうい

うこととは、少し違う気がした。

「何かあったんですか？」

　訊ねてみたが、石井も後藤も、何も答えなかった。

　沈黙の中で、真琴は自らの鼓動が速くなっていくのを感じた。

十四

「実は、真琴さんに意見を伺いたいと思ったんです——」

　いつまでも黙って突っ立っているわけにはいかない。石井は、意を決して、そう切り出した。

「私で良ければ——」

真琴が、困惑した表情を浮かべつつも頷いてくれた。

だが、これから石井が話すことは、より一層、真琴を混乱させることになるだろう。それだけ、荒唐無稽で、突拍子もない話なのだ。

「昨晩、これまで集まった情報を、徹底的に検証した結果、私は一つの推論を導き出しました。しかし、それは、あまりに……」

「前置きはいい」

後藤に頭を引っぱたかれた。

確かにその通りだ。もったいをつけるような真似をすれば、それだけ先入観に繋がる。できるだけ、フラットな意見が欲しいと思ったからこそ、真琴の許に足を運んだのだ。

「すみません。実は、あの家の周辺で起きた出来事を、時系列として纏めたので、見て頂きたいのです」

石井は、そう告げると、用意してきた時系列を書き記した紙を真琴に手渡した。

無言のまま受け取った真琴は、丹念に目を通していく。

「今し方、聞き込みに行っていた捜査一課が確認したところによると、死体と一緒に埋まっていた免許証の所有者である石川正治と、秋恵さんが交際していたという証言が取れました」

「そうですか」

真琴が、一瞬だけ視線をこちらに向けた。

296

怪物

頭の回転の速い真琴のことだ。これから、石井が何を言わんとしているのか、すでに察しているのかもしれない。

石井は、咳払いをしてから説明を続ける。

「秋恵さんの娘の紗月さんは、小学校四年生のときに、病気療養の為に——ということで、通っていた小学校を休学しています。入院した紗月さんに付き添うかたちで、秋恵さんも、半年ほど姿を見せなかったそうです」

「かなり、重い病気だったそうです」

「何の病気だったのかは、まだ分かっていません。入院していた病院などについても、現在調査中です。ただ、退院後に、顔に包帯を巻いている紗月さんの姿を近所の住人が目撃しています」

「そうですか……」

呟くように言った真琴の目が、不安に苛まれているように見える。

「その後、紗月さんは、公立ではなく、離れた地域にある私立の学校に編入することになったそうです」

「私立に？」

真琴が眉を顰める。

やはり、この部分に違和感を持ったようだ。理由について、石井には一つの推測があったが、それを口に出さなかった。

297

「紗月さんが、高校三年生のとき、今度は母親の秋恵さんが病に倒れて入院することになった

そうです」

「秋恵さんの病名は？」

「今のところ不明です」

石井は、首を左右に振ったあと、話を再開する。

「石川さんは、娘の紗月さんの高校三年生のときの、担任教師でした」

「自分の教え子の母親と……」

「はい。そして、石川さんが、行方不明になったのは、秋恵さんが病気で入院されたという時

期と合致するんです」

「そのとき、石川さんが殺害されて埋められた可能性が高い──」

「おそらくは」

石井は、一つ大きく頷いた。

石川を殺害したのが誰なのかは、まだ判明していない。しかし、少なくとも秋恵はそのこと

を知っていたはずだ。

まるで、その事実から逃げるように、入院するという名目で自宅を離れている。

「もしかして……」

石井は、真琴の言葉を途中で制した。

まだ、意見を聞くのは早すぎる。話には、続きがあるのだ。

298

怪物

「秋恵さんが入院したとされる半年後に、彼女は、山梨県の山中を歩いているところを、トラックに撥ねられて死亡しています」

「どうして山梨県に?」

真琴が、真っ青な顔で訊ねてくる。

「分かりません。全てを知るはずの紗月さんは、現在に至るも、消息が摑めていません」

「それって……」

石井は、再び真琴の言葉を制した。

「もう一つ――」

「何です?」

「あの家に埋められていた死体は、一体ではありませんでした。別の人物の骨の一部が、一緒に埋められていたそうです」

「別の人物?」

「はい。その人物の身許は不明ですが、畠さんの所見によると、おそらく少女ではないか――」

と、

「少女……」

真琴が虚ろな目で反芻する。

石井は、それに頷いて応えてから話を続ける。

「もう一つ。その少女の骨は、石川さんよりも、前に埋められていたと考えられるそうです。

299

「骨の一部だと言っていましたよね。どうして一部だけ残ったんですか？」

真琴が訊ねてくる。

「推測でしかありませんが、最近になって、掘り起こされ、少女の死体だけ持ち去った人物がいる。その際、骨の一部が残ってしまったのではないか――と」

石井が告げると、真琴は目を伏せた。

言葉は発しなかったが、必死に思考を働かせているのが、その表情から分かった。

石井は、じっと真琴が口を開くのを待った。

隣にいる後藤も、険しい表情のまま、じっとしている。

「今の話を聞いて、私もとんでもないことを思いついてしまいました――」

やがて、ゆっくりと顔を上げた真琴が言った。

「何でしょう？」

訊ねつつも、石井は真琴が辿り着いた答えが分かってしまった――。

十五

少なくとも、十年以上前――

電車は、山の間を縫うように進んで行く――。

乗客はあまり多くはない。

300

怪物

連なる山の稜線は美しかったが、同時に不穏な空気を纏っていた。

八雲が、これから向かおうとしているのは、二度と戻ることのできない深い闇の中だ。

後悔もなければ、怖さもない。

ようやく、長い旅を終わらせることができるという悦びすらあった。

八雲は、小さく笑みを浮かべつつ、ポケットの中から古いICレコーダーを取り出した。

死体を掘り出したとき、ビニールの袋に包まれた、この古いICレコーダーも見つけた。すぐに再生しようとしたが、故障していて、再生することができなかった。

何とか修理してくれる業者を見つけ、必死に頼み込み、修理を依頼できたが、直ったのは朝になってからだった。

かなり時間を浪費することになったが、収録されている内容は、それに見合うものだった。

八雲は、ICレコーダーとイヤホンを繋ぎ、改めて再生ボタンを押す。

私は、娘を殺しました——。

女性の声が告げる。

声の主は、さっちゃん——室井紗月の母親だろう。

これは罪の告白だ——。

301

私は、昔から男運がなかった。

いいえ。違うわね。私は、男に依存してしまう。あの娘の――紗月の父親のときもそうだった。

依存して、尽くして、ダメにしてしまう。

結局、最後は重いと言われて捨てられてしまう。

懲りればいいのに、私は、一人でいると不安になってしまう。だから、すぐに別の男にすがってしまう。

その繰り返しだった。

間違いだと分かっていた。私は、女ではなく、母親でなければならなかった。それなのに、どうしても、女を捨てられなかった。

きっと、私の育った環境が、私にそうさせたのだと思う――いいえ。違うわね。そんなのは、ただの言い訳よ。

そこで、一度言葉が途切れる。

深呼吸するような呼吸音が聞こえる。昂ぶる感情を、必死に落ち着けようとしているのだろう。

しばらくして、再び声の主が喋り始めた。

怪物

あの男と出会ったのは、アルバイト先のスーパーだった。

生活に困窮してバイトをしていたわけじゃないの。遺産があったから、生活はできた。けど、

紗月が学校に行っている間、一人で家にいるのが怖かったの。

とにかく、そこであの男と出会った。

役者という夢を追いかける若い男に惹かれた。いいえ。本当は、誰でも良かったんだと思う。

側にいてくれる人であれば、誰でも――。

アパートを追い出されて、友人宅に身を寄せているという男の話を聞き、すぐにうちに招き

入れた。

最初は、紗月とも上手くやっていた。

それは前の男たちも同じだ。

でも――時間が経つうちに、男は、バイトを休んでは、家でごろごろとして過ごすようにな

った。

私は、それを嬉しいと感じてしまった。

一人で家にいなくてすむから。

そういう考えが、きっと男をダメにしてしまうのだと思う。

あいつは、酒に浸るようになった。

普段は大人しいのだが、酔うと、延々と役者論を語り、売れている役者を、商業主義に迎合

した屑だと罵る。

まだ、そうした批判をしているうちは良かったのだけれど、そのうち、私に当たり散らすようになった。

目つきが気に入らない。おれのことをバカにしている——と難癖をつけて、暴力を振るう。

そういう鬱憤の吐き出し方しかできないあいつを、かわいそうだと思っていた。

毅然と振る舞うべきだったのに、捨てられるのが——一人になるのが怖くて、あいつにすがりついた。

本当は、私は一人なんかじゃなかった。

紗月がいたのに、それに気付くことができなかった。

そのうち、あいつの暴力はエスカレートして、紗月を殴ったり、蹴ったりするようになった。

止めようとすると、あいつは、これは躾けだ——とさらに激高した。

あんなものは、躾けでも何でもない。分かっているはずなのに、私は、それなら仕方ないと納得して、黙って見ているようになった。

やがて、あいつは、出かけることが多くなった。外に、女がいることは、薄々感じていたけれど、それを咎めて、あいつがいなくなるのが怖くて、知らないふりをした。

私が小遣いを渡すと、他の女に会いに行き、何日か帰ってこない。しばらくして、ふらっと戻ってきたかと思うと、酒を呑んで暴力を振るう。

その繰り返しだった。

紗月は、苦しかっただろうに、辛かっただろうに、私が泣いていると、慰めてくれた。本当

怪物

に優しい娘だった……。

再び言葉が途切れ、嗚咽が響いた。

後悔の念に、耐えきれなくなったのだろう。

しばらくして、再び話を始める。

リビングで……紗月が、ぐったりとしていた。首が、あらぬ方向に曲がっていて……。

何だかとてつもなくいやな予感がした。

ある日、私が外出した先から戻ると、あいつが家にいた。

ここで、また彼女は泣いた。

そのあと、あいつは、自分がやったんじゃないと言い始めた。

もう手遅れだから、呼ぶ必要はないって——。

救急車を呼ぼうとしたら、あいつがそれを止めた。息もしてない。

必死に紗月の名前を呼んだけど、返事はなかった。

帰ってきたら、もう紗月は死んでいたのだ——と。

そんなの嘘に決まっている。きっと、この男が、いつものように、躾けと称して紗月に暴力

305

を振るい殺したのだ。

本当なら、そこですぐに警察を呼ぶべきだった。だけど、私にはできなかった。

紗月が死んだのは、自分のせいだと気付いてしまったからだ。

直接、手を下したのは、この男かもしれない。だけど、そういう状況を作り出してしまった

のは、私だった。

私は一人じゃなかった。紗月がいた。それなのに、こんな男にすがったばかりに、紗月は死

んでしまった。

紗月を殺したのは、私のそういう弱さだ。

私は、ただ泣きじゃくることしかできなかった。

呆然としていると、あいつはスコップを持ってきて、庭にあるハナミズキの木の根元に穴を

掘り始めた。

止めて——と叫ぶ私を無視して、あいつは穴の中に紗月を埋めた。

そして、このことは、誰にも言うなと念押しした。もし、バレれば、お前も同罪だ。娘を殺

したのは、お前なんだ——そう何度も言われた。

あいつは、そのまま逃げるように出て行った。

私は、全てを失った。

男のことなど、どうでもいい。紗月こそが、私の全てだった。それを失ってしまった。

だけど、今さら、どんなに後悔を重ねても失われたものは戻らない。

306

怪物

それから、私は何日も家の中で泣き続けた。ハナミズキの木を見つめながら、途方に暮れ、ただ泣いていた。

今さら、警察に行って事情を話す気にもなれなかった。そんなことをしても、紗月は生き返らない。

紗月のあとを追って死のうと思ったとき、一人の男が訪ねてきた。

黒いスーツを着た、怪しげな男だった。

人の格好をしているが、中身は全く違う。まるで、神であるかのような圧倒的な存在感と、神秘的な空気を纏った男だった。

男は、一人の少女を連れていた。

紗月と同じくらいの歳の少女。見覚えがあった。

紗月の友だちの美雪ちゃんだった。

もし、望むなら、やり直すことができる――。

男が言った。

話を聞く前から、それが許されない行為であることは分かっていた。分かっていたのに、私は、その誘いに乗ることにした。

偽りだと自覚しながら、私は――。

307

悪魔に魂を売った。

何の為に？

分からない。だけど、もう後戻りはできない——。

私が、全てを忘れてしまう前に、真実をこのレコーダーに吹き込んでおく。誰も聞くことは

ないかもしれないけど、どこかに、紗月が生きていた証が欲しかった。

本物の紗月が——。

音声は、そこで途切れている。

小さくため息を吐いたあと、八雲は瞼を閉じた。

十六

後藤は、腕組みをして深いため息を吐いた。

室井紗月と、七瀬美雪が、同一人物かもしれない——最初に石井から、その推理を聞かされ

たときは、正直、頭がおかしくなったのかと思った。

だが、説明を聞くうちに、石井の推理が正しいのではないかと思い始めていった。

穴の中で見つかった少女の骨の一部というのが、紗月のものではないか——というのが石井

の考えだった。

怪物

つまり、十六年前、自らの家族を殺害した七瀬美雪は、その後、紗月と入れ替わって生活していたというのだ。

確かに、紗月が病気の為に、学校を休学した時期は、七瀬美雪が事件を起こし、失踪した直後だ。

小学校時代の写真で確認したが、元々、紗月と七瀬美雪はよく似ていた。

休学期間に、整形手術を施した。小学校を変えたのは、同級生たちに見破られない為だと考えれば、確かに辻褄は合う。

紗月が顔に包帯を巻いてる姿を見たという、近隣の住民の証言とも一致する。

そうなると、後藤たちの前に最初に現れたときの七瀬美雪は、自らの昔の顔を参考に、さらに整形をした姿——ということになる。

「お前さんは、どうしてそんな怖い顔をしている。ここは場末のバーではなく、ファミリーレストランだぞ」

隣に座っていた英心が、ため息交じりに言う。

確かに、親子連れが和やかに食事をしているファミリーレストランに不釣り合いな顔をしていたのは認める。だが——。

「他人のことが言えた義理か?」

後藤は吐き捨てるように言った。

自分が強面であることは自覚しているが、英心だってそう大して変わらない。

309

「わしは、お前さんとは違って、いつもスマイルだからな」

これみよがしに、英心がニコッと笑ってみせる。はっきり言って気色悪い。

「何がスマイルだ。こんなときに、笑っていられるか」

石井の考えが正しいなら、それこそ大変なことになる。

これまで謎に包まれていた、失踪後の七瀬美雪の行動が明らかになるのだ。

それに、晴香のこともある。彼女はまだ、生死の境を彷徨っている。近いうちに、脳死判定が行われるという話だ。

大丈夫だと信じたいが、結果を考えると、いてもたってもいられない。

何より、八雲の行方が未だに分かっていない。奈緒に残したあの手紙からして、八雲が死のうとしているのは明らかだ。

いち早く見つけなければ、手遅れになる。

「こんなときだからこそ——だ」

英心が言った。

「あん？」

「険しい顔をしていたら、悪いことしか考えなくなる。こんなときだからこそ、気持ちを緩めることも大事だぞ」

英心の言っていることは、正しいのかもしれない。

切羽詰まれば詰まるほど、人の思考というのはネガティブに引っ張られるところがある。こ

怪物

んなときだからこそ、ある程度のゆとりは大事なのだろう。だが――。

「大丈夫だ。あの娘は助かる。八雲も、道を踏み外したりはしない。わしらが、まずそれを信じてやろうじゃないか」

英心は、にこやかに笑みを浮かべながら胸を張る。

一応は励ましてくれているらしい。僧侶なら、もっと器用に諭せばいいものを――と思いはしたが、英心なりの気遣いなのだろう。

「分かってるよ」

後藤は、ぶっきらぼうに返事をしつつ、大きく深呼吸をした。

確かに色々とあり過ぎて、思考が悪い方向に引っ張られ、表情が固まっていたかもしれない。

英心の言うように、こんなときだからこそ、楽観視する部分も必要かもしれない。などと考えているときに、「あの――」と声をかけられた。

目の前に、二十代半ばと思しき女性が立っていた。

小柄でショートカット。どこか、晴香に似た雰囲気のある女性だった。

「江藤真奈実と申します。英心さんでしょうか?」

真奈実と名乗った女性が、おずおずと口にすると、英心が満面の笑みを浮かべて立ち上がった。

「はい。よく来て下さいました。英心です。で、こちらは弟子の熊吉です」

適当な紹介をする英心に腹は立ったが、ここでいがみ合っていても、何も始まらない。後藤

311

は否定せずに、「どうも」と会釈するに留めた。

真奈実が向かいの席に座り、落ち着いたところで、英心が視線を送ってきた。

あとは任せた——ということらしい。

真奈実は、中学、高校と紗月の同級生だった人物だ。英心の人脈を駆使して、こうして話を聞く機会を得たという訳だ。

「早速だが、室井紗月さんのことについて、色々と訊きたい」

「はい」

「紗月さんとは、親しかったのか？」

「ええ。中学高校と一緒でしたから」

「どんなタイプの女性だった？」

「そうですね……大人しいというか、物静かな人でした。外ではしゃいだりするより、本を読むのが好きで、頭が良かったですね。成績も上位でしたし」

真奈実が、昔を懐かしむように目を細めた。

しかし、後藤には違和感がある。

後藤の知っている七瀬美雪は、自意識過剰で、容赦がなく、冷徹な女だ。真奈実の語るイメージとはかけ離れている。

「他に覚えていることは？」

「凄く優しい人でした」

312

怪物

「優しい？」

思わず聞き返してしまった。

優しいなど、七瀬美雪のイメージと、もっともかけ離れているような気がする。

「はい。物静かでしたけど、お母さん想いだったし、彼女が他人の悪口を言っているのを聞い
たことがありません」

「それは、本当に紗月さんのことか？」

納得できずに詰め寄ると、意外にも真奈実は心外だという顔をした。

「本当です。紗月さんは、凄く穏やかな人だったんです。みんなの嫌がることも率先してやっ
ていたし、ちょっといい娘過ぎるくらいです」

「し、しかし……」

「あっ、でも、少し天然なところがありました」

「天然？」

これまた、七瀬美雪のイメージとかけ離れている。

「はい。何か、ぼうっとしているというか。鈍いというか」

真奈実は、当時のことを思い出したのか、クスクスと笑い始めた。

——ダメだ。

話が全然噛み合っていない。

真奈実の話は、どれも七瀬美雪の人物像に当て嵌まらない。猫を被っていたということだろ

313

うか？

　もし、そうだとしても、何年も隠し続けることは、困難だったはずだ。

どこかに粗があるに違いない。

「七瀬――いや、紗月さんは、急に激高したり、意味不明なことを口走ったりすることはなか

ったか？」

「ありませんよ。さっきも言ったじゃないですか。彼女から、他人の悪口を聞いたことがない

って……」

「誰かに、暴力を振るうようなことは？」

「無いですって！　信じないなら、他の娘に訊いてみて下さい。きっと、みんな同じだと思い

ますよ」

　真奈実が強い口調で言う。

　いい加減にしてくれといった感じだ。このまま、話を続けたところで、別の側面を引き出す

ことは難しそうだ。

　後藤は、別の質問を投げかけてみることにした。

「高校を卒業してから、紗月さんと会ったことは？」

　その問いに、真奈実の表情が曇った。

「いいえ。連絡は取ってみたんですけど、音沙汰が無くて……。お母さんが病気だって言って

たし、少しくらい力になれればって思ったんですけど……」

314

怪物

真奈実の顔に悔しさが滲む。

「そうか……」

「あの。彼女の居場所知りませんか?」

逆に、真奈実の方から訊ねられた。

「残念だが……」

「そうですか……」

これ以上、情報は引き出せそうにない。話を打ち切ろうとした後藤だったが、それに待ったをかけたのが英心だった。

「わしからも、一ついいかな?」

目を細めてにっこりと笑ってみせた英心だったが、どういう訳か、笑っているように見えなかった。

まるで、威圧しているかのようだ。

「な、何でしょう?」

真奈実も、それを察したらしく、引き攣った表情を浮かべる。

「真奈実さん。あんまり嘘は吐くもんじゃない」

英心が、諭すような口調で言った。

「え?」

「長いこと僧侶をやっているとな。嘘を吐いている人間と、そうでない人間の区別がつくんじ

ゃよ」

「何のことですか？」

真奈実は、英心の眼力に、すっかり怯えてしまっているようだった。

「君の話は、どうも解せんのだよ。紗月さんのことを良く言っているようで、その実、まったく親愛の情が感じられない。それが証拠に、具体的なエピソードが一つも出て来ない。一緒に遊んだとか、どこかに行ったとか」

「な、何が言いたいんです？」

「本当のことを言いなさい。君たちは、彼女を苛めていたんだろ。違うかな？」

真奈実は答えなかった。

ただ、驚愕の表情を浮かべたまま、固まってしまっていた。

その表情だけで充分だ。おそらく英心の言葉は正しいのだろう。真奈実たちは、紗月を苛めていた。

「わ、私が悪いんじゃないんです。だって、みんなが……」

真奈実は、何とか言葉を発したものの、途中からは嗚咽に変わってしまった。

後藤は、改めて英心に目を向けた。

飄々とした爺だが、しっかり見るべきところは見ている。後藤のように表面ではなく、本質を見抜く力があるのだろう。

刑事になっていたら、相当な腕利きになっていたはずだ。

316

怪物

まあ、何にしても真奈実には、まだまだ色々と訊かなければならないようだ。

十七

八雲は、大月駅で中央線から富士急行大月線に乗り継ぎ、目的の駅で下車した――。

無人改札で人の姿はない。

八雲の他に、この駅で降りる人の姿もなかった。そもそも、電車に乗っていたのも、数えるほどの人数だった。

商店街があるわけでもなく、人通りも少ない。町が沈み込んでいるように見える。

冷たい風に逆らうように、八雲が足を踏み出したところで、それを遮るように何者かが立ち塞がった。

確認するまでもなく、誰なのかは察しがついた。

顔を上げると、案の定、そこには雲海が立っていた。

赤く染まった瞳で、真っ直ぐに八雲を見据える。睨んでいるらしかったが、存在が消えかかっているせいか、そこに力は感じられなかった。

生に執着し、多くの人を混乱に陥れた雲海も、こうなってしまっては、憐れとしか言い様がない。

「どこに行くつもりだ?」

雲海が問う。

その声は、どこか弱々しい。

益々、憐れではあるが、心の内で燻るこの男に対する憎しみが消えたわけではない。

諸悪の根源は、雲海に他ならない。雲海さえ存在しなければ、運命を狂わされる人もいなかっただろう。

もしかしたら、七瀬美雪も、雲海と出会わなければ、あんな怪物にはならなかったかもしれない。

「あなたが、死んでいることが、本当に残念だ」

八雲は、ポケットの中に手を突っ込み、手でナイフの感触を確かめながら告げた。

「どんなに抗おうと、お前が私の子であるという事実は、変えられない」

「分かっている」

そんなことは、分かりきっている。

だからこそ、余計に許せない。切っても切れない縁で結ばれてしまっている。一度は、それを受け容れたはずだった。

自らのことを、呪われた存在ではなく、一人の人間として、その宿命もひっくるめて、自分なのだと――。

そう思わせてくれたのは、晴香だった。

彼女が、道標となり八雲を導いてくれたのだ。

怪物

だが、今はその道標を失った。再び、自らの存在に対する嫌悪が湧き上がるのは、自然の道理だ。

「ならば、答えろ。お前は、どこに行くつもりだ？」

「決着を付ける。あなたが生み出した怪物を、葬り去る」

「憎しみからは何も生まれない——そう説いたのは、お前ではなかったのか？」

雲海の物言いに心底、怒りが沸き上がった。

——今さら、何を言う？

「これまで、散々、憎しみの火種をばらまいて来た男が、言うことか？」

声を張った八雲だったが、すぐに深呼吸をして気持ちを落ち着かせた。雲海に怒声を浴びせたところで、何かが変わるわけではない。

こちらが動揺すれば、雲海を喜ばせるだけのことだ。

それに——。

「これは、憎しみではない。あなたが生み出した負の連鎖を断ち切る為の犠牲だ」

自らに言い聞かせるように、八雲は宣言した。

七瀬美雪を殺し、自分自身が死ねば、負の宿命は途絶える。それこそが、八雲の目的に他ならない。

「ならば、ここで引き返せ」

感情的になったのではない。理知的に導き出した結論だ——。

319

雲海が告げる。

この期に及んで、まだ七瀬美雪を庇うつもりなのだろう。

「そのつもりはない」

八雲は、強い口調で言うと真っ直ぐに歩き出した。

肉体を持たない雲海は、八雲を止めることなどできないのだ。向こうに合わせて、わざわざ

立ち止まってやる理由などない。

「その先には、何もないぞ?」

雲海が尚も口にするが、八雲は無視して歩みを進める。

そのまま、雲海の身体を擦り抜ける。

何の感触も抵抗もない。目視することはできているが、肉体から離れた魂が存在するのは、

現世と隔絶された世界なのだと改めて知る。

「お前に、彼女を救えるか?」

八雲の背中に、雲海の声が届いた。

だが、その問いに答えることも、振り返ることもしなかった。

彼女に──七瀬美雪に、救いなど与えるものか。

もっとも残酷な方法を使い、たっぷり後悔を与えた上で、その命を奪う。

彼女が、悶え苦しむ姿を想像すると、自然と腹の底から、ぬらぬらとした黒い感情が湧き上

がってくる。

320

怪物

不快ではなかった。

むしろ、八雲はそこに悦びを見出していた。

さっきまで、理知的な判断による選択だと思っていたが、どうやら違ったらしい。

八雲の心の内に、嗜虐性が芽生えていた――。

十八

「どうだった?」

石井が、宮川と一緒に、〈未解決事件特別捜査室〉の部屋に戻ると、先に来ていた後藤に訊ねられた。

「いや、それが……色々と話を聞いてみたんですが、七瀬美雪との共通点が見出せませんでした」

答えるのと同時に、疲労がどっと押し寄せてきた。

石井と宮川は、紗月の中学高校の担任教師などに話を聞きに行った。

紗月は、中学高校と吹奏楽部に所属していた。フルートをやっていて、部活に熱心で、勉強もできた。

明るく快活ではなかったが、暗かったわけではなく、物静かで穏やかな女性だったのだとい う。

中学の教師も、高校の教師も、判で押したように同じ回答だった。石井がそのことを説明している間、後藤は複雑な表情を浮かべていた。

そうなるのも当然だ。七瀬美雪と重なる部分が、何一つない。

自分の推理が間違っていたかもしれない。そう思い始めている。いや、まだだ──。

「後藤刑事の方はどうだったんですか?」

後藤が話を聞きに行っていたのは、当時の同級生たちだ。教師たちの目線より近い。隠された一面を引き出せた可能性もある。

「残念ながら、ほとんどお前の話と同じだ」

「そ、そうなんですか?」

「ああ。ただ、学生時代に苛められていたらしいってことは分かった」

「それは収穫じゃないですか」

興奮気味に声を上げた石井だったが、後藤の反応は芳しくなかった。

「収穫は、収穫だが、お前の推理とは合致しねぇ」

後藤がため息交じりに言う。

石井も、つられてため息を吐いてしまった。

確かにその通りだ。七瀬美雪が、苛めを受けるようなタイプには見えない。いや、仮に苛められていたとしても、それを甘受することはないだろう。

「何を凹んでやがる。捜査は、まだ始まったばかりだろうが」

怪物

見かねたらしく、宮川が叱咤する。

だが、気持ちは一向に上がらなかった。

「そもそも、石井の推理には、無理があったのかもしれねぇな」

後藤が、ポツリと言った。

「え?」

「仮に娘が入れ替わっていたとして、母親である秋恵は、どうしてそれを受け容れたんだ?」

後藤の疑問はもっともだ。

娘が別人になって、一緒に生活している母親が、気付かないはずがない。気付いていて、一緒に生活していたとしたら?

いや、あり得ない。

別人だと分かっていながら、平然と生活するなんて、いくら何でも無理がある。

やはり、自分の推理は破綻していたのかもしれない。

「だから凹むんじゃねぇよ!」

宮川に尻を蹴られた。

「痛っ」

「後藤! お前もだ! 揃いも揃って、もう終わったみてぇな顔しやがって! お前らの想いってのは、その程度のものかよ!」

「いや、しかし……」

323

「しかしも、へったくれもあるか！」

もう一発蹴られた。

さっきより強い。あまりの衝撃に、思わず前に倒れ込んでしまう。

「推理が外れたくらい何だ。あのガキを助けてやれるのは、お前らだけなんだろうが！　ここ

で諦めるってことは、見捨てるってことなんだぞ！　推理が外れたなら、足跡を辿ってでも、

見つけ出せばいいだろうが！」

宮川が顔を真っ赤にして叫ぶ。

言葉は乱暴だが、どこまでも温かく、そして力強い言葉だった。

「そうでしたね。おれたちは、どうかしてました」

後藤が声を上げた。

声の張りが戻っている。それだけではない。心の中にある闘志に、再び火が点いたといった

感じだ。

「そうですね。何としても、八雲氏を見つけ出しましょう」

石井も、そう言いながら立ち上がった。

苦しく辛い状況ではあるが、今ここで諦めるわけにはいかない。宮川が言ったように、それ

は八雲を見捨てるのと同じだ。

いや、八雲だけではない。晴香をも見殺しにするようなものだ。

そんなことは、絶対にあってはならない。

324

怪物

不思議なもので、さっきまでドン詰まりだと思っていたのに、気持ちが切り替わったことで、八雲を追跡する為の方法が、次々と浮かんできた。

「宮川さん。八雲氏の携帯の電波を追いたいです。携帯電話のキャリアに協力要請をすることはできますか？」

「あいつは、電源を切ってんだ。難しいんじゃねぇのか？」

石井の意見に、反論したのは後藤だった。

「ずっと切り続けているわけではありません。畠さんに連絡していますし……」

八雲は、死体の状況を確かめる為に、畠に携帯電話で連絡を入れている。切りっぱなしではなく、必要なときに電源を入れているはずだ。

「そうだな」

後藤が同意する。

他にもやれることはたくさんある。

八雲が、死体の発見された家に足を運んだのは間違いない。周辺にある防犯カメラの映像を調べれば、その足取りを追跡することができる。

宮川が言ったように、足跡を辿る作業だ。

もちろん、調べる為にそれなりの人数は必要になるが、宮川の人脈を使って、捜査一課に働きかければ、どうにかなるかもしれない。

石井の思考を遮るように、後藤の携帯電話が鳴った。

325

「誰だ？」

例の如く、ぶっきらぼうに電話に出た後藤だったが、みるみるその表情が強張っていく。電話の内容は聞こえないし、相手が誰なのかも分からないが、嫌な予感がみるみる広がっていく。

「何てことだ……」

電話を切った後藤が、深いため息を吐いた。

「な、何があったんですか？」

石井は、おそるおそる訊ねる。

後藤がこちらに顔を向けた。まるで、死人のように生気のない目をしていた。

「晴香ちゃんが……」

「は、晴香ちゃんがどうしたんですか？」

石井は、訊ねながらも、意識が遠のいていくのを感じた。

「明日、脳死の判定を受けることになったそうだ」

後藤の声が、部屋に響いた。

おそらく、さっきの電話は、敦子からのものだったのだろう。晴香の母の恵子から聞かされた話に違いない。

「…………」

石井は、言葉を発することができなかった。

326

怪物

代わりに、目から涙が零れ落ちる。

晴香は、絶対に大丈夫だ。そう思おうとしたが、ダメだった。心のどこかで分かっている。

晴香はもう——。

やはり、あのとき、石井が聞いたのは、晴香の幽霊の声だったのだろう。

「クソッ！　八雲の野郎は、こんなときに何をやってやがるんだ！」

後藤が携帯電話で、どこかに電話をかけ始めた。

十九

バスやタクシーもなく、駅から目的の場所に辿り着くまでに、一時間以上かかってしまった。

息を切らしつつ、建物を見上げる。

元々の色がそうなのか、或いは劣化のせいなのか、外壁の色はくすんでいた。まるで、今の

八雲の心を映し出しているようだ。

八雲は、雑草の生い茂った庭を抜け、建物の玄関の前に立つ。

死体と一緒に埋められていたのは、ICレコーダーだけではなかった。一緒に、〈森野クリ

ニック〉という病院のパンフレットが入っていた。

それは、次にここに来いという、七瀬美雪からのメッセージ以外に考えられなかった。

事前に調べたところによると、〈森野クリニック〉は、精神疾患を抱えた患者たちの療養施

327

設で、すでに閉鎖されていた。

心霊スポットとしても、有名な場所らしかった。

どうして、こんな場所に八雲を呼び出すのか、その意図は不明だが、七瀬美雪を捕まえる為には、彼女の指示に従うしかない。

八雲は気持ちを切り替え、建物の中に足を踏み入れた。

ガラスの破片を踏み、バリッと砕ける音がする。

静寂に包まれた空間では、その音が異様に響いた。八雲には、それが心の割れる音に聞こえた。

入ってすぐ広い空間になっていて、カウンターのようなものが設置されていた。

おそらく、受付か何かだったのだろう。

そこから長い廊下が延びていて、それに沿って左右に二つずつ部屋がある。

人里離れ、風雨を凌げるこの空間は、潜伏場所にもってこいだ。もしかしたら、ここに七瀬美雪が潜んでいる可能性もある。

八雲は、慎重に歩みを進めた。

沈滞していた空気が、ふっと揺らいだような気がした。

何者かの気配を感じる。

ふと目を向けると、廊下の奥に人の姿があった。

男だ――。

怪物

その男が、生きた人間でないことはひと目で分かった。

確認の為に左眼を掌で隠すと、案の定、その姿はふっと消えた。

うつ伏せに倒れているその男は、八雲の存在に気付いたのか、ゆっくりと顔を上げた。

顔中傷だらけで、血に塗れていた。

大きく見開いた目は、充血していて、鬼気迫るものがあった。

だが——。

不思議とその目に秘められた感情は、怒りや憎しみとは異なるものである気がした。

男は、うぅぅ——と呻き声を上げながら、八雲に向かって匍匐前進してくる。

ズルズルと身体を引き摺りながら、必死に——。

八雲は、男の許に歩み寄り、その傍らに屈み込んだ。

男の顔に、安堵の表情が浮かんだ気がした。

——すまない。

男は、苦しそうな息をしながらも、そう口にした。

八雲は、この男と面識はない。当然、謝罪の言葉は、自分に向けられたものではない。では、

いったい誰に対して、何を詫びているのか?

——私は、間違えていた。

男は、もう一度口にすると、充血した目から、ぽろっと涙を零した。

感情が読み取れるわけではないので、受けた印象でしかないが、この男は、耐え難い後悔と

悲しみを抱えているような気がした。

まるで、今の自分と同じように──。

同調しかけた気持ちを振り払い、男に何を訴えているのか問おうとしたが、その前に男がゆっくりと右手を挙げ、すっと指をある方向に向ける。

示されたのは、廊下の奥にあるドアだった。

「あなたは、何を伝えたいのですか?」

八雲が訊ねたときには、男の姿はもう消えていた。

いつもこうだ。中途半端で、肝心なことはいつも分からない。もっとはっきり見えていれば、色々と分かるだろうに──。

八雲は、苛立ちを嚙み殺し、ゆっくりと立ち上がると、男が指し示したドアに向かった。

金属製のドアだった。

幸いなことに鍵はかかっていなかった。

八雲は、ゆっくりとドアを引き開けた。錆び付いた蝶番が、ぎぃっと音を立てる。

中は、小さな部屋になっていた。

一つだけある窓には鉄格子が嵌められ、中央にはパイプベッドが置かれていた。

視線を落とすと、床にベッドを引き摺ったような痕が残っている。状況から鑑みて、最近のものだろう。

八雲は、ベッドを壁の隅まで移動させる。

330

怪物

さっきまで、ベッドに隠れていた床に、四角いパネルのようなものが現れた。おそらくは、地下室へと通じるドアなのだろう。

――前にも、こんなことがあったな。

八雲は、思わずほくそ笑んだ。

忘れもしない。初めて、晴香と一緒に追いかけた廃屋での事件――。

こんな風に、閉ざされた部屋に足を踏み入れたときに、鉄パイプを持った男から襲撃を受けたのだ。

八雲は、咄嗟(とっさ)に晴香を庇った。

その結果として、頭部にダメージを負い、赤い左眼を隠していたコンタクトレンズを落としてしまった。

何とか、〈映画研究同好会〉の部屋に逃げ込んだとき、八雲の赤い左眼を見て、晴香が言った。

「綺麗」

あの瞬間の記憶は、鮮明に八雲の脳裏に焼き付いている。

表情には出さなかったが、八雲の心は震えた。

最大のコンプレックスを、ただ純粋に褒められるなんて、思いもしなかった。

八雲にとって、晴香のあの言葉は、「生きていていいよ――」と言われたのと同じだった。

望まれることなく、この世に生まれ、赤い左眼のせいで忌み嫌われ、虐げられてきた。

そんな八雲にとって、あの言葉は、まさに希望の光だった。

きっと、あの瞬間から、八雲にとって晴香は特別だったのだろう——。

「今は止そう」

八雲は、首を左右に振って気分を改めた。

いくら過去を回想したところで、現実が変わるわけではない。自分の犯した過ちが、許されることもない。

八雲は、床にあるパネルを持ち上げる。

想像していた通り、地下へと通じる穴が現れた。

錆び付いた鉄の梯子が設置されている。

八雲は、ポケットからペンライトを取り出し、それを口に咥え、梯子に足をかけた。

地下の空間は、真っ暗だった。

ペンライトを使って、ぐるりと見回してみる。

上の部屋よりも、さらに狭い空間だった。壁際に、建材と思しき、セメントの袋が積み上げられていて、つるはしや、スコップといった道具が立てかけられていた。

——なるほど。

あまりに露骨だ。おそらく、七瀬美雪が、八雲がここに辿り着くことを想定して、わざと置いたのだろう。

そうやって見ると、部屋を取り囲む壁の一角だけ、色が違っている。後から、造られたもの

332

怪物

であることが明白だ。

八雲は、ペンライトを床に置き、立てかけてあったつるはしを手に取った。

壁を叩き、音を確かめたあと、つるはしを大きく振りかぶり、壁に向かって突き立てる。

コンクリートの壁の一部が、ガラガラと音を立てて崩れた。

――やっぱりそうか。

壁には空洞が出来ている。

八雲は、中に隠されたものを傷付けないように注意をしながら、つるはしを使って壁を壊していく。

やがて、壁に出来た空洞から、人間のものと思われる頭蓋骨が現れた。

立った姿勢のまま、壁の中に封印されていたようだ。

おそらく、これをやったのは雲海だろう。あの男は、死体を壁の中に隠すのが好きらしい。

母である梓の死体も、山荘の壁の中に隠されていた。

八雲は、死体の胸の辺りまで壁を崩したところで、つるはしを置き、ペンライトを持って隙間を覗き込む。

死体の他に、バッグが一つ入っていた。

手を突っ込んで引っ張り出す。埃に塗れたそれは、革製の診療鞄のようだった。

開けてみると、手帳や資料がぎっしり詰まっていた。財布もある。中には、現金やカード類が収められている。それと、免許証――。

免許証には、〈森野晃成〉という名前が確認できる。写真の顔は、廊下で見た幽霊の男によく似ていた。

資料や手帳に目を通したいところだが、それは後でもできる。

何れにせよ、もし、廊下で彷徨っている幽霊が、自らの死体を見つけてもらうことを望んでいたとしたら、このまま放置するのは忍びない。

せめて、警察に通報するくらいのことは、しておいた方がいいだろう。

八雲は携帯電話を取り出し、電源を入れた。

携帯電話は、不在着信やメッセージの通知で溢れ返っていた。

後藤や石井、そして真琴たちのものがほとんどだった。彼らが、八雲を気遣い、心配してくれていることは分かる。だが、もう巻き込むわけにはいかない。

そうした通知の中に、一つだけあり得ない人物からの着信履歴を見つけた。

晴香からのものだった――。

留守電も入っていた。

もしかしたら、彼女が急速に回復して、連絡を寄越したのかもしれない。頭では違うと分かっていても、湧き上がる願望を抑えることができなかった。

留守番電話のメッセージを再生する。

怪物

〈晴香の携帯を借りて連絡しています。母の恵子です。

この前は、本当にごめんなさい。あなたには、本当に酷いことを言ってしまいました。

晴香の状態が、あまり良くありません。

今さら、こんなことを言うのはお門違いだと分かっています。

でも――。

晴香に会ってやって欲しい。ひと目でいいから――〉

留守番電話は、そこで切れていた。

涙に濡れた声で訴える恵子の声は、八雲の心を大きく揺さぶった。

こうやって、連絡をしてきてくれたことで、ほんの少しだけだが、心が救われた気がした。

だが、今さら会いに行ったところで現実は何も変わらない。

八雲は医師ではない。　自分が行ったところで、できることは一つもない。　それに、晴香はも

う――。

さっさと警察に通報しよう。　そう思ったところで、タイミング悪く、携帯電話に着信があっ

た。

モニターに表示されたのは、後藤の名前だった。

八雲は、無言のまま携帯電話を見つめる。

そのうち、留守番電話に切り替わるはずだ。　そうなれば、諦めるだろう。

留守番電話に切り替わり、一旦、コール音が止んだ。だが、一秒と経たずに、再び後藤から電話がかかってくる。

同じことを二度、三度と繰り返したが、それでも電話をかけ続けてくる。

しつこいとは思っていたが、想像していた以上だ。

八雲はため息交じりに電話に出た。

後藤と会話する気になった訳ではない。ただ、後藤に死体の対処を丸投げする手もあると考えたからだ。

〈おい！　八雲！　お前、今どこにいるんだ！〉

耳に突き刺さる後藤のがなり声が、とても懐かしく感じられた。

たった一週間しか経っていないのに──。

「山梨県の都留市にある廃墟に、死体があります。対処をお願いします」

八雲は、感傷を断ち切り、ただ事実だけを告げると〈待て！〉と叫ぶ後藤の制止を無視して携帯の電源を切った。

決意が揺らがぬように、携帯電話をその場に捨てると、八雲は、それを踏み潰して破壊した。

336

第四章

深淵

一

七瀬美雪は、暖炉の中で揺れる小さい火を見つめていた——。

持っていた写真の束を放り込むと、小さかった火が、ぽっと音を立て、みるみる炎へと変貌した。

心の内にある憎しみを象徴しているようだ。

今、投げ込んだのは、七瀬美雪——いや、室井紗月だった頃の記憶だ。

七瀬美雪にとって、室井紗月は、たった一人の友だちであり、文字通り自分自身でもあった。

似た境遇に育った二人が、友人になるのは必然だったような気がする。

お互いを慰め合い、寄り添うようにして生きてきた。

七瀬美雪は、ゆっくりと部屋の隅に移動した。

そこには、椅子が一脚置かれていて、白骨化した少女が座っている。

紗月だ——。

左腕がない。元々、なかったのではなく、あの家から死体を掘り起こしたとき、わざと残してきたのだ。

彼が——斉藤八雲が異変に気付くように。

「さっちゃん。私のさっちゃん……」

深淵

七瀬美雪は、頭蓋骨をそっと撫でながら呟く。

同じ境遇に置かれた親友のはずだったが、二人の間には、決定的に違うものがあった。

七瀬美雪は、母親にすら、この世に生まれてくることを、望まれなかった存在だ。ところが、

紗月はそうではなかった。

紗月の母親は男に流される弱い女ではあったが、娘である紗月のことを愛していた。

彼女は望まれて、この世に生を受けたのだ。

似ているように見えて、その根底にあるものは、全く違っていた。

それに気付いたときの絶望は、計り知れないものだった。裏切られたような気分だった。こ

れまで友人だと思っていた紗月の存在が、穢らわしくも思えた。

だから、心の奥底で、紗月の不幸を望むようになった――。

そして――紗月が死んだ。

哀しかったが、同時に、嬉しくもあった。

雲海の計らいにより、七瀬美雪は、紗月として生きることになった。

ずっと求めていた安息を手に入れたのだ。

だが――。

それらは、まるで幻であったかのように跡形もなく消えた。

人生を変えることはできなかった。

望まれなかった子どもは、やはり、誰にも望まれない。呪われた宿命を背負うことになるの

だ。

「あなたも、それは分かっているでしょ──」

呟いた七瀬美雪の脳裏に、八雲の顔が浮かんだ。

彼は、紗月とは違う。母親に望まれることなく、この世に生を受けた。自分と同類だ。

「彼がもうすぐ、ここにやってくる」

口にするのと同時に、笑みが零れた。

いったいどんな顔で現れるのだろうか？　それを想像するだけで、身体の芯から歓喜に震える。

彼が──斉藤八雲が、何を抱えてここに現れようと、運命は変わらない。

七瀬美雪は、テーブルの上に置かれたナイフを手に取った。

柄の部分には、装飾を施してあり、二十センチほどある刃の部分は、細く研ぎ澄ませてある。

これなら、皮膚を破り、肉の奥深くまで突き刺さるはずだ。

この日の為に、七瀬美雪自身で作ったナイフだ。

七瀬美雪は、ナイフをポケットの中に仕舞うと、テーブルの上に目を向けた。

そこには、円筒型の瓶が置かれている。ホルマリンに満たされていて、中に人間の頭部が収まっている。

あの人の──雲海の頭部だ。

七瀬美雪は、瓶を抱えると、安楽椅子に深く腰掛けた。

340

深淵

　もう、動くことはないし、喋ることもない。魂は離れ、ただの肉塊と化した生首だが、それでも愛おしい。

　この世で、たった一人、自分を愛してくれた人。

　七瀬美雪は、瓶を指で撫でながら、ふと窓の外に目を向ける。

　さっきまで、晴れていたはずの空が、今はぶ厚い雲に覆われている。湿気を帯びた空気が漂っていた。

　雨の予感がする。

「私は誰？」

　窓に薄らと映る自分の姿を見て、七瀬美雪は呟いた。

　幾度となく整形手術を繰り返してきた。一番初めは、十歳のときだ。それから、何度も顔にメスを入れてきた。

　今も変わっていないのは、それこそ眼球くらいだ。

　自分自身でさえ、本当の自分の顔が分からない。瓶の中の生首と同じだ。

　顔を変えることで、いったい何を手に入れようとしたのだろう？　その答えは、今も出ていない。

　ただ、はっきりしているのは、全てが消えてしまったということだけだ。

　あの人でさえも――。

　七瀬美雪は、改めて暖炉に目を向ける。

写真は、跡形も無く灰になっていた。そして——。

二

ようやく電話が繋がったと思ったのに、八雲は、一方的に死体があるという旨だけ告げて切ってしまった。

改めて電話をしてみたが、コール音は鳴らず、すぐに自動音声に切り替わってしまった。

居場所を摑めると思っていたのに、これでは——いや、そうではない。死体を発見したということは、その場所に八雲がいるということだ。

それに、八雲が口にしていた場所は、聞き覚えがあった。

「石井！ 例の廃墟の場所は分かるか？」

後藤が問うと、石井は「あ、はい」と戸惑いつつも手帳を取り出し、住所を読み上げる。間違いない。八雲が指示したのと同じ場所だ。

「石井！ 行くぞ！」

後藤は、急いで部屋を出ようとしたが、それを石井が呼び止めた。

「行くって、どちらに行くんですか？」

「だから、その廃墟だよ！」

「待って下さい。どうして、廃墟に行くんですか？」

深淵

石井は電話の内容を聞いていない。　混乱するのは当然だろう。　詳しく話してやりたいところ
だが、今は時間が惜しい。

「移動中に説明する。いいから行くぞ！」

後藤は急いで部屋を出る。が、石井がついて来ない。

振り返ると、部屋の中で宮川と話をしていた。

色々と引き継ぐこともあるのだろう。だが、今はそれを悠長に待っていられない。

「石井！　急げ！」

後藤が声を上げると、石井がビクッと肩を震わせてから駆け出した。

──転んだ。

走る度に、転ぶとは、いったいどういう運動神経をしているんだ。文句を言ってやろうかと
思ったが止めておいた。

とにかく、すぐにでも移動したい。

「さっさと行くぞ」

後藤は、そう告げて足早に歩き出した。

そのまま駐車場に移動する。石井が運転席、後藤は助手席に収まった。

「元、〈森野ホスピタル〉に向かえばいいんですね」

「ああ」

後藤が答えると、石井が車を発進させた。

343

「さっき、八雲氏と電話が繋がったんですよね。彼は何と言っていたんですか?」

運転しながらも、石井が訊ねてきた。

「例の廃墟に、死体があると言っていた。それだけ言って、電話を切りやがった」

後藤は、苦々しい思いとともに吐き出した。

「し、死体ですか!」

石井が、今さらのように驚きの声を上げる。

「声がデカい!」

後藤は石井の頭を引っぱたく。

「す、すみません。しかし、どうして、そんなところに死体が?」

「おれが知るか」

「だから、知らねぇよ。だが、何にせよ、わざわざ電話してきたってことは、死体を発見した

のは、八雲ってことになる」

「つまり、その場所に八雲氏がいるということですね」

「そうだ」

「八雲氏は、どんな様子でしたか?」

石井が、横目で後藤を見た。

すぐに答えを返すことができなかった。

344

八雲は、あまり感情を表に出すタイプじゃない。常に、淡々としている。分かり難いというだけで、八雲にも感情

だが、それでも、その裏にある感情は読み取れた。

はあった。

ところが、さっきの八雲の声からは、何も感じ取ることができなかった。

母親に殺されかけた幼い八雲の顔が、ふっと脳裏に浮かぶ。

あのときの声とよく似ている。

全ての感情を排除して、ただ死を待っている。そんな声だった。

「あいつは、死にたがっている……」

後藤が告げると、石井が驚愕したように、メガネの奥で目を見開いた。

が、すぐに頭を振って表情を引き締め直した。

「そんなこと、させません」

「何?」

「何としても、連れ戻しましょう。晴香ちゃんの為にも——」

石井が、こんな風に、熱い気持ちを出すのは珍しい。

後藤も同じ気持ちのはずだが、すぐに返事をすることができなかった。

仮に、八雲を見つけ出し、連れ戻すことができたとしても、晴香が無事だとは限らない。敦

子の話では、晴香は明日にも脳死判定を受けることになっているらしい。

その結果次第で八雲は——いや、今は考えるのは止めよう。まだ確定していない未来を、悲

345

観的に想像したところで、いいことなんて一つもない。

「そうだな」

「それで、後藤刑事。地元警察にも、死体のことは連絡しておいた方がいいかもしれませんね？」

「いや。おれたちの目で確認する方が先だ」

セオリーで言えば、そうすることが正しいのだろう。だが——。

今、地元の警察にそんな連絡をしたところで、混乱するのが目に見えている。

そもそも、死体があるかどうかも分からないのだ。

何より、地元警察が先に現場に行って、八雲に繋がる手掛かりを押収されたりしたら、厄介なことになる。

「あとから報告したら、余計にトラブルになったりしませんか？」

「そのときは、そのときだ」

後藤が、吐き捨てるように言うと、石井が「そうですね」と応じた。

車は、一般道から高速道路に入っていく。

中央道を飛ばせば、現場まで二時間かからずに到着できるはずだ。

「ひと雨来そうですね」

石井が、目を細めながらポツリと言った。

空一面を灰色の雲が覆っていた。

346

「嫌な感じだよ」

言った側から、ボツボツと音を立てて、フロントガラスに雨粒が弾ける。

雨は、次第に激しさを増していく。

まるで、後藤たちの行く手を阻むかのように——。

三

七瀬美雪と室井紗月が、同一人物だった——。

石井の推理は、突拍子もないものだったが、真琴はその可能性はあると考えた。

そうであった場合、色々なことの辻褄が合う。その裏付けを取る為に、石井と後藤は聞き込みに向かった。

ただ、さっき石井から受けた報告では、紗月の学生時代の評判は、自分たちの知る七瀬美雪とはかけ離れたものだったそうだ。

石井は、自分の推理が間違っていたせいで、時間を浪費したと、痛く落ち込んでいた。

真琴も同じだった。

だが——。

思いついてしまった。石井の推理の穴を埋めるアイデアを——。

真琴は、携帯電話を手に取り、石井に連絡を入れる。

しばらくのコール音のあと、留守番電話に切り替わってしまった。

「お伝えしたいことがあります。メッセージを聞いたら、連絡を下さい」

真琴は、伝言を残して電話を切る。

ただ、待っていても仕方ない。自分の考えが正しいかどうか、裏付けを取る必要がある。真琴は、今度は仲川に連絡を入れた。

こちらは、すぐに電話に出てくれた。

〈今度は何です？〉

昨日から、幾度となく連絡を入れていた。さすがに、呆れているといった感じだ。

ただ、遠慮していても、事件は解決しない。

「実は、患者さんのリストのようなものがあれば、見せて頂きたいと思ったのですが……」

〈また無茶なことを言いますね。個人情報保護法はご存じですよね？〉

もちろん、重々承知している。

病院の通院歴などは、まさに個人情報に他ならない。

「分かっています。しかし、もしかしたら、殺人事件に関係する重要な証拠になるかもしれないんです」

真琴が早口に言うと、電話の向こうで仲川がため息を吐いた。

〈どうして、そこまで必死になるんです？〉

「人の命がかかっているんです」

深淵

真琴は、そう訴えた。

嘘ではない。自分たちが、八雲を見つけなければ、彼は七瀬美雪に殺されるだろう。仮に、

八雲がそれを回避したとしても、今度は、彼が七瀬美雪を殺す。

そのあとは、自ら死を選ぶに違いない。

死体が一つになるか、二つになるか――何れ（いず）にせよ、人が死ぬのは間違いない。

〈それを言われちゃうと、医者の端くれとしては、無視できなくなりますね〉

「お願いです。私は、どうしても助けたいんです」

晴香のことは、助けることができなかった。だから、せめて八雲だけは助けたい。

そうまでして生き残った命に、果たして意味はあるのか？

真琴の中に、ふとそんな疑問が浮かんだ。

死を望んでいる人間を、無理矢理思いとどまらせても、それは根本的な解決にならない。

だが、それでも――。

〈分かりました。データで残ってると思いますので、お送りします。但し、絶対に外には出さ

ないで下さいよ〉

「分かりました。仲川さんから頂いたということも、絶対に口外しません」

真琴は、改めて礼を言ってから電話を切った。

ふっと息を吐いたところで、石井から折り返しの連絡が入った。

「土方です」

〈石井雄太郎であります〉

「知ってます。今、お時間いいですか?」

〈はい〉

石井の声が、いつもより響いて聞こえる。微かにではあるが、エンジン音もしている。

「運転中ですか?」

〈ええ。そうですけど、イヤホンを使っているので大丈夫です〉

「そうですか」

〈それで、どうしたんですか?〉

「実は、七瀬美雪と室井紗月が、同一人物だって話ですけど――」

〈ああ。はい〉

返事に力がない。石井は、もうその推理を捨ててしまっているのだろう。

さっきまでの真琴も、似たようなものだ。

「私の仮説を聞いて頂けますか?」

〈ええ。それはもちろん〉

「以前、森野さんが、精神疾患の治療方法について研究していた――という話をしましたよね」

〈はい。記憶を消すことで、PTSDなどの精神疾患を治療しようというやつですよね?〉

「はい。まさにそれなんです」

350

〈何がです?〉

「今、確認を取っているところなんですけど、紗月さんが入院していた時期がありましたよね」

〈はい〉

「病名や入院していた先は、まだ分かっていないんですよね?」

〈残念ながら、それはまだ——〉

真琴は、大きく息を吸い込み、気持ちを整えてから口を開く。

「もし、紗月さんの入院先が、〈森野クリニック〉だったとしたら?」

そう言うのと同時に、電話の向こうで、石井が息を呑む音がした。どうやら、瞬時に真琴が言わんとしていることを、理解してくれたらしい。

〈もしかして、紗月さん——いや、七瀬美雪は、その期間に、森野さんによって記憶を消去されていた——と?〉

「はい。記憶を失っていたことで、彼女が持つ凶暴性や、嗜虐性が表面化することはなかったと考えると、辻褄が合うと思います」

石井が沈黙した。

頭の中で考えを整理しているのだろう。

〈し、しかし、そうだとすると、今の七瀬美雪は、どういうことなんですか?〉

「森野さんの研究は、まだ完成していなかったんです。それで、何かの拍子に記憶が戻り、元

の彼女に戻ってしまったとは考えられないでしょうか？」

〈いや、まさか、そんな……しかし……〉

石井がぶつぶつと言葉を口にする。

頭の中が整理できていないのだろう。それは、真琴も同じだ。そもそも、まだ何の証拠もな

い。憶測に過ぎないのだ。

ただ――。

「もし、そうだったとすると、旧室井家の事件と、〈森野クリニック〉が繋がるんです」

〈そうですね。可能性は、あるかもしれませんね――〉

しばらくして、石井が言った。

「今、当時の患者のリストを取り寄せているところです。もし、そこに紗月さんの名前があれ

ば、推測の裏付けになります」

〈分かりました。私と後藤刑事は、今、山梨県に向かっているんです。現地に着いたら、色々

と調べてみます〉

「え？ 山梨に向かっているんですか？」

真琴が驚きつつ訊ねると、石井が簡単に経緯を説明してくれた。

それは、件の廃墟に死体があるという衝撃的なものだった。しかも、それを伝えたのが八雲

だという。

「もしかして、その死体というのは、森野さんでしょうか？」

352

真っ先に浮かんだのは、その名前だった。

何者かに殺害され、その死体が隠されていたのだとしたら、行方不明になっている理由にもなる。

〈見てみないことには分かりません。取り敢えず、着いたら一度連絡します〉

「お願いします」

真琴は、電話を切った。

勢いに任せて自分の推理を口にしたものの、今になって様々なことが脳裏を過ぎる。

もし、本当に七瀬美雪が意図的に記憶を喪失して、紗月として生きていたのだとしたら、彼女はいったい何者なのだろう？

穏やかで、平穏な生活を送っていたのに、ある日、突然、それが偽りだと報されたとき、人はどれほどの絶望に駆られるのだろう？

しかも、呼び覚まされた記憶は、家族による虐待と、それを殺害した、殺人者としての感触なのだ。

今まで生きてきた自分の人生が、全て否定されるだけでなく、思い出したくもないおぞましい過去が、一気に襲いかかってくる。

七瀬美雪は、そのとき、いったい何を感じたのだろう？

考えるほどに、心が深い闇の中に沈んでいくような気がした――。

四

路線バスに乗り込んだ八雲は、一番後ろにあるシートに腰掛けた。

バス停に雨避けの屋根はあったが、それでも、だいぶ濡れてしまった。

八雲の他に、乗客は中年の女性が一人だけだった。見知らぬ顔が珍しいのか、八雲の顔をじ

ろじろと見てきたが、気付かないふりをした。

「発車します」

運転手の声とともに、バスが動き出した。

ようやくか——とため息が漏れる。

本当は、もっと早く移動したかったのだが、田舎ではその手段がない。バス停で一時間以上、

待つ羽目になってしまった。

バスを待っている間、パトカーのサイレンの音は聞こえてこなかった。

後藤には、状況を伝えてある。そのまま、地元警察に連絡していれば、すぐに騒ぎになるだ

ろうが、それがなかったということは、まずは自分たちの目で死体を確かめるという選択をし

たのだろう。

何でも、自分でやろうとする後藤らしい判断だ。まあ、八雲も他人のことを言えた義理では

ない。

354

深淵

電話に出たときの後藤の声が、脳裏を過（よ）ぎる。

切迫した調子で、訴えかけてくる声に、心を揺さぶられたのは事実だ。

あの日——。

もし、あのとき、止めに入ったのが後藤でなかったら、自分の人生は、いったいどうなって

いただろう？

八雲が母である梓に殺されそうになったあの日も、あんな風に必死になっていた気がする。

事件捜査の為に、八雲の赤い左眼を利用している——最初は、そう思っていた。

だから、冷たく対応したし、邪険にもした。敢えて、礼を欠く態度を取り、激昂（げきこう）させたりも

した。

奇妙な宿縁から再会したあと、後藤は、しつこいくらいに八雲にかかわろうとしてきた。

その瞬間は、本気で腹を立て「てめぇの顔なんざ、二度と見たくない！」とか「ぶち殺す

ぞ！」と叫んだりするのだが、それで縁を切るようなことはなかった。

時間が経つと、またひょっこりと顔を出すのだ。

晴香と出会ってしばらくして、後藤が〈未解決事件特別捜査室〉に左遷された辺りから、後

藤の行動がより不思議に感じられた。

八雲の赤い左眼を利用し、事件を解決して出世の足がかりにでもしていると思っていたのに、

後藤は出世どころか、左遷されたのだ。

つまり、事件を解決することが、後藤の出世に何の役にも立っていなかったのだ。

355

にもかかわらず、後藤は八雲に事件を持ち込み続けた。

それで、自分の評価が上がるわけでも、給与が上がるわけでもないのに――。

後藤は、情に厚い男だ。困っている人を、放っておけなかったというのもあるだろう。だが、一番放っておけなかったのは、八雲のことだったのかもしれない。

事件を口実にして、後藤は、彼なりのやり方で、八雲を見守り続けていたのだろう。

一心のように、包容力で包み込むのではなく、事件を一緒に解決するという不器用なやり方で――。

そのことを思い知らされたのは、一心が命を落とした事件のときだった。

一心の死後、後藤は奈緒を養女として引き取ると言い出した。

何の得もないのに、自分の人生を捧げてまで、奈緒を自らの子どもとして受け容れたのだ。

その想いが偽善やまやかしでないことは、奈緒が失踪した事件のときに証明された。

後藤は、車に轢かれそうになった奈緒を守る為、躊躇うことなく、自らの身体を盾にして守ったのだ。

後藤は、ずっとそういう男だった。

彼が警察を辞めた理由は、殺人事件の容疑者となった八雲を守る為だった。

長年仕えてきた警察組織に背いてまで、八雲の無実を信じ、奔走してくれたのだ。

どんなことがあっても、後藤は決して裏切らず、ひたすらに八雲を見守り続けてくれた。言葉にしたことはないが、その熱い気持ちに、何度助けられたか分からない。

356

深淵

晴香が、事件の容疑者になったときも、八雲を力尽くで奮い立たせてくれたのは、誰あろう後藤だった。

今になって思えば、後藤は八雲にとって、父であり、兄のような存在だったのかもしれない。

さっきの電話も、八雲が、何をしようとしているのか、分かっているからこそ、必死に繋ぎ止めようとしていたのだろう。

自分の為ではない。八雲自身の為に――。

きっと後藤は正しい。これからの自分の人生を考えたら、引き返すべきなのだろう。それは分かる。

だが――。

逃れられない宿命がある。

悲劇を繰り返さない為にも、八雲自身が人柱となって、この負の連鎖を止めなければならないのだ。

これ以上、後藤に甘えるわけにはいかない。

いつの間にか、八雲の目に涙が浮かんでいた。この涙は、いったいどういう類いのものなのか、自分でも分からなかった。

八雲は、指先で涙を拭うと、地下室で回収した鞄を開けて中の資料を取り出し、感傷を断ち切るように、それに目を通し始めた。

五

到着したときには、雨は本降りになっていた。

ざあざあと音を立てて降る雨は、地面に茶色い水飛沫を上げていた。

「石井。行くぞ」

後藤が、声をかけながら車を降りると、そのまま建物に向かって歩いて行く。

「はい」

返事をしたものの、石井は運転席に座ったまま動くことができなかった。

雨に濡れるのを拒んでいるわけではない。

ただ——怖いのだ。

今さらのように、この廃墟が心霊現象が起きた場所だということを思い出した。それだけで

はない。八雲の話が本当だとすると、ここには死体があるのだ。

意気揚々と中に入る気にはなれない。

車の中では、後藤を励ますような台詞を口にしておいて、いざ目の前にすると怖くなる。そ

んな自分が、つくづく嫌になる。

などと考えていると、ドンッと車のサイドガラスが叩かれた。

「ひぃやぁ！」

深淵

石井は、悲鳴を上げながら飛び跳ねる。

「何してやがる！　さっさと来い！」

ずぶ濡れの状態の後藤が、サイドガラスに顔を付けるようにして怒声を上げる。

石井は、「は、はい」と返事をしつつ、慌てて車から降りた。

何だかんだ、後藤が一番怖いかもしれない。

石井は、後藤の背中に隠れるようにしながら、泥濘んだ地面を歩き、廃墟の中に足を踏み入れた。

エントランスを入ると、雨の音が小さくなった。

だが、同時に明るさも奪われる。

後藤が、懐中電灯を点け、ぐるりと周囲を見回す。受付のカウンターやソファーといった什器が、そのまま残されている。

「いったい、どこに死体があるんでしょうか？」

この廃墟に死体があることは聞かされているが、その詳しい場所については不明なままだ。

広さもそれなりにあるし、探すのは大変そうだ。

「手分けするぞ。おれは、二階を見るから、お前は一階を確認しろ」

「いや、ちょっと待って下さい」

石井は、反射的に後藤の腕を摑んだ。

「何だよ」

359

「い、いや、その……一緒に探した方が、いいかと思いまして」

「どうしてだ？　分かれた方が効率がいいだろう」

後藤の言う通りだが、一人でこの廃墟の中を歩き回るのは、やはり怖い。ただ、それを口に

出そうものなら、めちゃくちゃ怒られそうだ。

何か言い訳はないか——と辺りを見回した石井の目に、掲示板に貼られたメモ用紙が入った。

最近、貼られたものであることは明らかだ。

「後藤刑事。あれ——」

石井が指差すと、後藤がそのメモを懐中電灯で照らす。

そこには、次のように記されていた。

〈死体は、一番奥の部屋の地下室です〉

名前などは記されていなかったが、八雲が書いたのは間違いない。

「行くぞ」

「は、はい」

後藤が合図をして歩き始める。

死体の場所が分かったとはいえ、怖さが和らぐわけではない。とはいえ、突っ立っているこ

ともできない。

360

深淵

石井は、覚悟を決めて歩き始めた。

廊下を進むごとに、どんどん暗さが増していく。恐怖もそれに比例し、足がガクガクと震え始めた。

やがて、ドアの前に辿り着く。

半開きになったドアの向こうは、廊下より一層、暗かった。

後藤が、目で合図してから、部屋の中に足を踏み入れる。石井も、そのあとに続いた。

そして、床には、地下へと通じる穴がぽっかりと空いていた。

ベッドが置いてあるだけの狭い部屋は、異様な臭いがした。腐臭に違いない。

「先に行け」

後藤が、懐中電灯を石井に渡してきた。

「い、いや。ここは後藤刑事が行くのが望ましいかと——」

「ごちゃごちゃ言ってねぇで、さっさと行け」

拳骨を落とされた。

こうなっては、行かざるを得ない。

石井は、懐中電灯を手に、錆び付いた鉄の梯子を降りて行く。上の階より、さらに狭い部屋だった。

「ひゃぁ！」

懐中電灯で室内を見回した石井は、すぐに頭蓋骨と対面することになった。

361

死んでから、かなりの時間が経過しているようだが、完全に白骨化してはおらず、肉や皮が張り付いていて、木乃伊のような状態だった。

「いったい、誰の死体だ?」

後から入ってきた後藤が、死体の顔をじっと見つめながら言う。

「お、おそらくは、行方不明になった森野院長ではないかと思います」

憶測で言うべきではないが、状況から考えると、そういうことになる気がする。

「なぜ、殺されたんだ?」

「分かりません。ただ、七瀬美雪が絡んでいることは、間違いないでしょう」

「そうだな」

呟いた後藤は、何かを見つけたらしく、床に屈み込んだ。

そこには、携帯電話が落ちていた。激しく破損している。

「これって……」

「八雲のだ」

「八雲氏の……」

後藤が、携帯電話を手に取りながら、苦々しく口にする。

おそらく、八雲がここに携帯電話を置いていったのは、わざとだろう。もう、誰とも連絡を取るつもりがないという意思を込めて、わざわざ壊していったに違いない。

「あの野郎……本当に死ぬつもりか」

362

そう呟く後藤の背中が、哀しかった。

「そんなことさせません。ここで諦めたら、全部終わりです。絶対に見つけ出しましょう」

石井が口にすると、後藤はすっと立ち上がった。

「お前なんかに言われなくても、分かってる」

後藤が、石井の頭を引っぱたいた。

かなり痛いが、後藤が気持ちを奮い立たせてくれたなら、それで良しとしよう。

「取り敢えず、地元警察に連絡を入れます」

死体を発見した以上、放置するわけにはいかない。

石井は、梯子を上って地下室を出ると、エントランスまで移動してから、携帯電話で通報を入れた。

電話を切ったところで、後藤もエントランスに戻ってきた。

「問題は、八雲がどこに向かったか——だな」

後藤が舌打ち交じりに言う。

「それは……」

正直、石井にも分からない。

すでに、この場所にいないことは、ある程度想定していた。だが、次にどこに行ったのか、その手掛かりが皆無だ。

「クソッ!」

後藤が、受付のカウンターを蹴る。

ドンッという音とともに埃が舞った。ここまで来たのに、完全に手詰まりだ――。

重苦しい空気を打ち破るように、石井の携帯電話が鳴った。

六

「あった……」

メールで送られてきた患者のリストをチェックしていた真琴は、思わず声を漏らした。

室井秋恵と紗月の二人の名前が記載されているのが確認できる。

日付は、十六年前になっている。

それだけではない。今から八年前――秋恵が体調を崩したという時期に、再入院しているこ
とが分かった。

しかし、リストなので、詳細については記されていない。

真琴はすぐに携帯電話を手に取り、仲川に連絡を入れた。電話してくることが分かっていた
のか、すぐに仲川が電話に出る。

「何度もすみません。確認したいことがあって……」

〈何です?〉

「十六年前に入院した、室井さんという母娘のことを覚えていらっしゃいますか?」

かなり年月が経過しているし、覚えていないだろうと思っていたが、仲川から意外にも、

〈覚えてますよ〉という回答があった。

「ご存じなんですか？」

〈ええ。何せ、母と娘の二人同時ですからね。印象に残っていますよ。それに、色々とあり
ましたからね〉

——なるほど。

母と娘が同時にというのは珍しいケースだ。特異なケースというのは、人の記憶に残るもの
だ。

「二人が、入院した理由はご存じでしょうか？」

〈確か鬱病（うつびょう）だったと思いますよ。といっても、私は担当ではありませんでしたけど〉

「担当は、森野院長ですか？」

〈よく分かりましたね。その通りです〉

——やはりそうだ。

森野が、室井母娘の治療を行っていた。そのときに、森野は二人を自分の研究の実験に使っ
たのではないだろうか？

記憶を消し、過去のトラウマから回復させるという実験——。

「二人は、どんな治療を受けていたのか、ご存じですか？」

〈いえ。そこまでは分かりませんね。森野さん以外は、病室に入ることも禁じられていたんで

365

すよ〉

仲川の話は、真琴の推測を裏付けるものだった。

「八年前に、お母様の秋恵さんだけが、再入院しているようですが、そのことについては、何かご存じですか?」

〈ああ。あれね……〉

仲川が言い淀んだ。

「何かあったんですね」

〈病状については、詳しいことは知りませんが、入院したあと、錯乱状態に陥ってしまって、施設を抜け出すって事件がありました〉

「もしかして、そのあと、交通事故に遭われたとか——」

〈そうです。知ってたんですか?〉

——やはりそうだ。

秋恵は、山梨県の山中を歩いていたとき、トラックに撥ねられて亡くなっている。

夜に山道をふらふらと歩き回っていたというのが、どうにも解せなかったが、二回目の入院で、錯乱状態に陥っていたのだとすると納得できる。

「いえ。詳しいことは知りません。ただ、室井さんが交通事故で亡くなったという話は、聞いていたので……」

〈あのときは大変でした。抜け出したことが分かり、職員が捜しに出ました。でも、なかなか

366

深淵

見つけることができなくて……〉

山奥にある施設だ。夜に抜け出されたりしたら、捜すのは至難の業だっただろう。

「仲川さんも、捜しに行ったのですか?」

〈ええ。実は、室井さんを見つけたのは、私と一緒に行動していた看護師なんです〉

「そうでしたか」

「それで、どうなったんですか?」

〈ええ。道路をふらふら歩いている姿を見つけました。声を掛けても、全然反応がありません

でした。それで、もう一人の医師と一緒に、道の端に連れて行きました〉

〈譫言のように、「娘を助けなきゃ」って繰り返し呟いていましてね……〉

仲川の声が、どんどん沈んでいく。

「娘を?」

〈ええ。妙な話でしょ。娘さんは、看病の為に病院にいたんですよ。娘さんがいるから、病院

に戻りましょうって声をかけても、あれは娘じゃないって……〉

「娘じゃない……」

〈ええ。そのあと、施設に見つかったって連絡を入れて、連れ帰ろうとしていたところ、隙を

見て、また逃げ出されてしまいました〉

「…………」

〈暗かったこともあって、なかなか姿を見つけることができなくて——発見したときは、トラ

367

ックに撥ねられた後でした〉

そこまで言ったあと、仲川が深いため息を吐いた。

仲川にとっては、大きな後悔を抱えることになっただろうし、悲惨な事件ではあったが、今の話の内容は、真琴たちの推理を裏付けるものでもあった。

十六年前、秋恵は何らかの理由で、娘の紗月を失った。その後、〈森野ホスピタル〉に入院し、森野の手によって記憶を消去された。

このとき、一緒に入院した紗月とされる人物は、七瀬美雪だったのだろう。

記憶を消去したあと、七瀬美雪を、娘の紗月だと思い込まされたに違いない。そうやって、偽りの親子が完成した。

だが、何かの拍子に、その記憶が戻ってしまった。

庭で発見された死体の人物——石川正治が関係しているのかもしれない。

記憶を取り戻したことで、秋恵は、自分がこれまで娘だと思っていた人物が、全くの別人だったと知ったのではないだろうか。

再び、記憶を消す為に、〈森野クリニック〉に入院したものの、上手く(うま)いかずに錯乱してしまった。

記憶がごっちゃになり、本物の娘を助けようと病院を抜け出すことになった。

だから、仲川の呼びかけに、あれは娘ではないと答えた。

かなり強引ではあるが、辻褄は合う。

368

深淵

「その後、娘の紗月さんは、どうされたんですか?」

〈そこまでは、私にも分かりません〉

「そうですか……」

仲川が行き先を知っていれば、更なる手掛かりになると思っていたが、ことはそう簡単には

いかないようだ。

ただ、収穫は非常に大きい。

「ありがとうございました——」

礼を言って電話を切ろうとした真琴だったが、仲川に呼び止められた。

〈実は、さっきの話をしていて、当時のことについて、一つ思い出したことがあるんです〉

「思い出したこと?」

〈ええ。そちらが調べていることに、関係あるかどうか分かりませんが、秋恵さんの事件のあ

と、森野さんが妙な宗教に傾倒するようになりましてね……〉

「宗教?」

〈ええ。何ていったかな……〉

しばらく考えを巡らせるように、ぶつぶつと言っていた仲川だったが、思い出したらしく、

その宗教団体の名前を口にした。

その名を聞き、真琴は戦慄した——。

369

七

八雲は、目的のバス停でバスを下車した――。

雄大な河口湖の湖面に、雨が幾重にも波紋を作り出している。

八雲は、湖とは反対の高台に向かって歩き始めた。

打ち付ける雨が、体温を奪っていくが、不思議と寒いとは感じなかった。心の底にある憎しみが、身体の感覚を麻痺させているのかもしれない。

――もうすぐだ。

その高揚感が、腹の底から湧き上がり、八雲の足を前へ、前へと進めている。

死体と一緒に隠されていたのは、森野という医師が残した研究ノートと、懺悔ともいえる手記だった。

森野は、子どもを交通事故で失った。

それだけではなく、妻も、事故を目の前で見ていながら、子どもを救うことができなかったことから、自らを責め、鬱病を患った。

妻は治療を受けていたが、その甲斐虚しく、やがて自ら命を絶ってしまった。

森野は、激しく自分を責めた。

精神科医でありながら、苦しんでいる妻を救うことができなかった。

深淵

その後悔の念は、徐々に彼から冷静な判断を奪っていったのだろう。

今の八雲には、当時の森野が抱えた想いが、痛いほどに分かる。

愛する者を救えなかったという後悔は、深く心に根を張り、やがて森野を徐々に蝕んでいったに違いない。

そして——。

森野は妻と同じように、心に傷を抱えた者たちの治療法の研究に没頭し始める。

そうやって辿り着いたのが、記憶を消すという方法だ。

最初は、催眠暗示などを使ってみたが、上手くはいかなかった。その方法では、記憶は消去されるのではなく、潜在意識の中に眠るだけなのだ。

何かの拍子に、顕在意識に浮上してくる可能性がある。それに、潜在意識の中の記憶は、精神に影響を及ぼす。

そこで、森野はトラウマに関わる記憶を、完全に消去するしかないという結論に至り、その方法を模索する。

彼が考案したのは、光に反応して活性酵素を出す物質を、脳に注入したあと、脳に直接光ファイバーを当て、トラウマ形成に関わるタンパク質を、活性酵素により破壊するという方法だ。

マウスでの実験は行われ、成功したという報告はあるものの、生きた人間での実証実験は行われていなかった。

森野は、十六年前にこれを実践した。

371

対象となったのは、室井秋恵と七瀬美雪の二人だ。

男に依存したせいで、娘を失い、後悔の念に苛まれていた秋恵。歪んだ家庭環境の中で、憎悪を爆発させ、自らの家族を殺害した七瀬美雪。

二人の記憶の消去を行い、催眠療法により、偽の記憶を植え付けることで、家族として再生させようとしたのだ。

そして、両者を結びつけたのは、他ならない雲海だったのだろう。

実験を実行した森野もまた、秋恵と七瀬美雪に、自らが失った妻と子どもを重ね合わせていたのかもしれない。

偽りの家族――。

だが、正直、八雲には分からない。

それが本当に偽りだったのか？

形こそ偽りだったのかもしれないが、そこには、確かに愛情があったように思えてならない。

秋恵が亡き今、それを確かめる術はないが――。

ただ、一つだけはっきりしているのは、その偽りの家族が、長くは続かなかったということだ。

森野の記述によると、秋恵は八年ほど前に、一人の男と交際を始める。

紗月の担任教師だった男だ。

最初は、良好な関係だったが、次第に暴力を振るうようになった。それだけではなく、娘に

深淵

性的な暴行を加えようとしたらしい。

それがきっかけとなり、秋恵は過去の記憶を取り戻してしまった。

この男というのは、おそらく庭に埋まっていた白骨死体だ。

森野は、彼女たちが人を殺したことまでは、知らなかった可能性が高い。

何れにせよ、性的暴行を加えようとしたことで、紗月――七瀬美雪の忌まわしい記憶まで、

呼び覚ますことになったのだろう。

その結果として、自己を防衛しようとした七瀬美雪、あるいは、娘を守ろうとした秋恵によ

って殺害された。

二人は、単に記憶を呼び覚ましただけではない。

これまで一緒に生活してきたのが、赤の他人だという現実を突きつけられたのだ。

かりそめの平穏は打ち砕かれた――。

この段階になって、森野は自らの実験が失敗していることに気付いた。

記憶を完全に消すことは、できていなかったのだ。

森野は、秋恵と七瀬美雪に、別の方法で治療を施そうと試みたが、上手くいかなかった。結

果として、秋恵は錯乱して車に撥ねられて死亡した。

あの家にいた幽霊は、秋恵だった――。

彼女は、死んだあとも、幽霊となって彷徨い、自らの家に帰り、過去の過ちを正そうとした。

忘れるのではなく、娘を守るという行動で――。

373

偶々、あの家にいた愛菜という子を、紗月に重ね合わせ、守ろうとして行動したのだ。

一方で、七瀬美雪は、自らの記憶を再び消去することを望んだ。

森野にそれを迫ったが、彼は承諾しなかった。

結果として、森野は七瀬美雪に殺害されることになった――。

おそらく、七瀬美雪は安息を欲していたのだろう。

家族から愛情を受けず、虐げられて生きてきた。そんな彼女にとって、唯一の安息は、秋恵

と暮らした日々だった。

偽りであったとしても、七瀬美雪にとっては、それが真実だった。

だが、秋恵はそれを拒絶した。

七瀬美雪を突き放した。

だから、全てを忘れてしまいたかった。

なかったことにしたかった――。

だが――。

できなかった。

どんなに足掻こうと、過去は変えられない。

絶望の淵に足掻いた七瀬美雪は、そこで雲海と再会することになった――。

ふと顔を上げると、目当ての建物の前まで来ていた。

朽ち果てた木造の建物。ここに来るのは、二度目だ。かつて、この場所は〈慈光降神会〉と

374

深淵

いう新興宗教団体の本部だった場所だ。

森野の死体と一緒に、〈慈光降神会〉のバッジが残されていた。これみよがしに──。

七瀬美雪からのメッセージに違いない。

ここに来いというメッセージ。

七瀬美雪と雲海は、〈慈光降神会〉の創設の段階から関与していた。かつて本部であったこ

の場所を、拠点にしていた可能性は高い。

──いよいよだ。

八雲は、ポケットに手を突っ込み、ナイフの柄をぎゅっと握り締める。

今度は、迷うことはない。

七瀬美雪の人生を終わりにする──。

八雲は、意を決して建物の中に足を踏み入れた。

ぎしっと床が軋む。

屋根に落ちる雨の音が、やけに大きく響いている。

警戒しながら、建物の中を歩き回る。

前にも、こんな風に、この建物の中を調べたことがあった。

蒼井兄妹の事件のときだ。

あのとき、八雲は青木ヶ原樹海で、この世に未練を残したまま死んだ、数多の自殺者の霊を

目にした。

強い憎しみ、恨み、辛み――負の感情の渦に巻き込まれ、自我が崩壊する寸前だった。

そんな八雲を救い出してくれたのも、やはり晴香だった。

彼女が名前を呼んでくれた――。

その声が、八雲をギリギリのところで踏み留まらせた。

晴香は、いつもそうだった。

どんなときも、逃げることなく、正面から八雲を受け止めようとしてくれた。八雲にとって、晴香は道標だった。

本当は、こんな風に七瀬美雪を追いかけるのではなく、彼女の――晴香の側にいるべきなのかもしれない。

――ダメだ。

固めたはずの決意が揺らぐ。

留守電に残された、恵子の悲痛な声が脳裏に蘇った。

これ以上、悲劇を繰り返さない為にも、あの怪物を打ち倒さなければならない。何を犠牲にしても――。

八雲は、再びポケットの中にあるナイフの柄を強く握り、気持ちを奮い立たせる。

建物の中を一通り調べたが、七瀬美雪の姿はなかった。彼女だけではない。誰もいない。蛻の殻だった。

八雲は、思わず舌打ちをする。

深淵

てっきり、ここがゴールだと思っていたのだが、彼女は、まだゲームを続けるつもりらしい。

幾らこんなことを繰り返そうと、結果は覆らないというのに――。

八雲は、苛立ちを呑み込みつつも、改めて建物の中を見て回る。ここにいないのであれば、

七瀬美雪は何かしらのヒントを残しているはずだ。

一通り見て回ったが、ヒントと思しきものは、何一つ見つからなかった。

もしかしたら、〈慈光降神会〉のバッジが、八雲を惑わす為のフェイクだったのかもしれない。

或いは、重要なヒントを見落としているのか？

八雲は落胆を抱えたまま外に出た。

相変わらず、強い雨が降っている。冷たい雨だ――。

歩きだそうとしたところで、妙なことに気付いた。建物の郵便受けに、白い封筒が差してあった。

何年も前に閉鎖され、廃墟となったこの場所に、郵便配達やポスティングをしていく者がいるとは思えない。

八雲は、郵便受けに手を突っ込み、封筒を取り出した。

宛先も差出人も書いていない、真っ白な封筒。

中を開けると、そこには一枚の地図が入っていた――。

377

八

さっきまで闇に沈み、無人だった廃墟の周りは、あっという間に警察官で埋め尽くされることになった。

後藤は、睨み付けるようにして鑑識作業を続ける警察官たちを見ていた。

ここに来れば、八雲の行き先に繋がるヒントが得られると思っていた。だが、その考えは甘かったようだ。

完全に行き詰まった状態だ。

「石井！」

声をかけてみたが、返事はなかった。

見ると、少し離れたところで、電話をしている。おそらく、相手は真琴だろう。何か、耳よりな情報を得られることを祈るばかりだ。

そんな後藤の許に、スーツを着た四十代と思しき男が歩み寄ってきた。

三人ほど若い男たちを従えている。

「捜査一課の山川です。死体の第一発見者は、あなたたちですね」

地元警察のキャリアのお出ましといったところだ。

高圧的な言い様に腹は立ったが、トラブルになるのも面倒なので、特に指摘することなく、

378

深淵

「そうだ」と答えた。

「署までご同行願います」

「は？」

「あなたには、色々と訊きたいことがある」

山川が言うのと同時に、付き従っていた警察官たちが、後藤の周りを取り囲んだ。

強制連行も辞さない構えだ。

「おいおい。冗談は止めてくれ。おれたちは、通報した善良な市民だぜ」

「私は、そうは思わない。見れば、死体はコンクリートの壁の中に隠されていた。元々、あの場所に死体があると分かっていない限り、発見するのは難しいんじゃないかね？」

――厄介なのが出てきた。

色々と訊きたいなんて言ってはいるが、こいつらは後藤たちを容疑者と見なしているようだ。

そもそも、通報したのが管轄外の刑事である石井だ。嫌がらせの意味もあるのだろう。

そう簡単に帰すつもりはないはずだ。

暇を持て余しているなら、相手をしてやらないでもないが、八雲をいち早く見つけなければならないこのタイミングで、警察に足止めされるのだけは避けたい。

そもそも、発見した経緯を順序立てて説明したところで、理解はされないだろう。

相手は山川を入れて四人だ。石井は戦力にならないし、すぐに捕まるのがオチだ。

強引に逃亡することも考えたが、相手は山川を入れて四人だ。石井は戦力にならないし、すぐに捕まるのがオチだ。

379

公務執行妨害も追加され、下手をすれば勾留されることになる。

──通報なんてするんじゃなかった。

「事情なら、後で幾らでも説明してやる。だが、おれたちは、今急いでいるんだ」

「それは仕方ない──なんて逃がすと思うか？」

山川が、ずいっと詰め寄ってくる。

一対一だとしたら、ここまで横柄な態度は取らないだろう。取り巻きがいなければ、粋がれないようなヘタレであることは、その口調から分かる。

だが、この状況では抗う術がない。

八雲を見つける為に、必死で駆け回ったというのに、こんな形で終わりを迎えるとは──悔しさがこみ上げる。

やはり、一か八か、山川をぶん殴って現場から逃亡するしかない。

拳を固く握ったところで声がした。

「誰かと思えば、まさかこんなところで出会すとはな」

嫌みったらしい声を響かせながら、猫背の男がこちらに向かって歩いてきた。

向こうは、後藤のことを認識しているようだが、後藤の方は、誰だかさっぱり分からない。

「誰だ？」

問いに答えることなく、男はニヤニヤと笑みを浮かべたまま、山川を押し退けて後藤の前に立った。

380

ようやく、後藤は、この男が誰なのか分かった。

「若林……」

驚きとともに、その名を口にした。

「思い出したか」

若林が肩を竦める。

長野の事件のとき、顔を合わせた刑事だ。

長野県警の所属だったはずの男が、どうして山梨県にいる？　後藤がそのことを問うと、若林は苦い顔をした。

「色々あってな。こっちに単身赴任している」

口ぶりからして、その異動は出世に絡むものではないようだ。もしかしたら、長野での一件が関係しているかもしれないが、それを訊ねるほど陰険ではない。

「そうか。まさか、お前とこんな形で再会するとはな」

後藤はため息を吐く。

正直、若林にあまりいい印象はない。長野の事件のときも、相当にやり合った覚えがある。

「そう邪険にするなよ」

「うるせぇ」

「そういえば、お前、警察をクビになったらしいな」

「どうして知ってる？」

「殺人事件の容疑者を庇って逃走幇助した刑事なんて、そうそういるもんじゃねえ。嫌でも噂になる」

若林の言う通りだ。

そんなバカなことをする刑事は、まさに後藤くらいのものだ。

「わざわざ笑いに来たのか？　暇な野郎だ」

「そんなに目くじら立てるな。聞けば、死体を発見したのは、お前たちらしいな」

「ああ」

「例の幽霊が見えるってガキが絡んでるのか？」

若林が小声で後藤に訊ねてきた。

「ああ」

「なるほど。で、お前たちは、急いでいるってわけだ」

「そういうことだ」

「分かった。おれに任せろ」

若林は、そう言うと山川に向き直った。

「こいつらの事情聴取は、おれにやらせてもらえませんか？」

「何を言う。重要参考人だぞ」

山川が威圧するように言う。

この感じからして、若林と山川の関係は、日頃から良好なものではないのだろう。

深淵

「知ってますよ。でも、事情聴取するって言ったって、相手は元刑事と現職の刑事でしょ。しかも、警視庁の。粗相があったとき、責任を取らされるかもしれませんよ。それでも、いいんですか?」

若林の言い様に、山川がうっと息を詰まらせた。

上手い言い方だ。プライドの高い山川のようなタイプは、失敗することを過剰に怖れる傾向がある。

「その点、おれみたいな老いぼれなら、後で色々言われても、どうってことないです。こんな田舎で事件があったから気張るのは分かりますが、わざわざキャリアに傷が付くようなことをする必要もないでしょ」

若林が、そう続けたあと、ポンポンッと山川の肩を叩く。

怒りを滲ませた表情を浮かべた山川だったが、若林の言うように、キャリアに傷を付けることを怖れたのか「何かあれば、あなたの責任になりますよ」と捨て台詞を残して、歩き去って行った。

「すまねぇ」

まさか、若林に助けられるとは思ってもみなかった。

「いいってことよ。これで、貸し借りはチャラだ」

若林がニタッと笑った。

どうやら、長野での一件を借りだと思っていたらしい。

383

だが、若林は本当に貸し借りの問題だけで、後藤を助けてくれたのだろうか？　気にはなっ

たが、今は訊くことではない気がした。

「あの。後藤刑事。いったい何が……」

電話を終えた石井が、おどおどしながら歩み寄ってきた。

「いい。もう済んだ」

「そ、そうですか。あの、こちらは？」

石井が、困惑した表情のまま若林に目を向ける。

そういえば、石井は長野に行っていないから、若林と顔を合わせるのは初めてだ。とはいえ、

いちいち説明するのも億劫だ。

「昔ちょっとな」

「はあ」

「また、因縁つけられる前に、さっさと行けよ。急いでるんだろ」

若林が促すように言った。

「そうだったな」

立ち去ろうとした後藤だったが、ふと足を止めた。

「おれたちがいなくなったら、お前の立場が悪くなるんじゃねぇのか？」

山川は、相当に執念深そうだ。

後藤と石井が現場から立ち去ったことが分かれば、若林が面倒なことになるのは明らかだ。

384

深淵

「今さら、どうってことねぇよ。ただ、用が終わったら、戻ってきて、きっちり説明してもら

うからな」

「分かった。必ず——」

後藤は、そう告げると足早に車に向かった。

「本当に大丈夫なんでしょうか？」

後を追いかけてきた石井が、不安げに口にする。

「大丈夫だ」

長野の一件が、こんなかたちで功を奏するとは、思ってもみなかった。とにかく、今は先を

急ぐべきだ。

車に乗り込んだ後藤だったが、そこではっと我に返る。

窮地を脱したのはいいが、八雲がどこに向かったのか分かっていない状態だ。それでは、身

動きのしようがない。

「石井。何か情報は摑めたか？」

運転席に乗り込んできた石井に訊ねる。

「はい。真琴さんから、有力な情報を入手しました」

「何だ？」

「この廃病院の院長だった森野さんは、新興宗教団体に傾倒していたそうです」

「新興宗教団体？」

「後藤刑事も、ご存じだと思います。慈光降神会です――」

その名称を耳にして、後藤の中に嫌な記憶が蘇った。

だが、納得する部分もある。

全ては繋がっていたというわけだ――。

九

ワイパーはひっきりなしに動いているが、その側からフロントガラスに当たる雨粒が視界を遮る。

この雨では、思うようにスピードが出せない。

苛立つ気持ちはあったが、石井はそれをぐっと呑み込んだ。

焦って事故でも起こそうものなら、それだけで全てがふいになる。

「あの女は、いったい何者だったんだろうな……」

助手席の後藤が、ポツリと言った。

あの女とは、もちろん七瀬美雪のことだろう。

僅か十歳にして、自分の家族を惨殺した。

その後、記憶を消し、クラスメイトだった紗月として生活していた女――。

何らかの理由で、記憶を取り戻し、今は七瀬美雪に戻り、雲海とともに、数々の事件を引き

386

起こしてきた。

自分たちには理解し難い怪物だと決めつけてしまうのは簡単だ。

実際、石井はこれまで、そう認識してきた。

だが――。

今は少し違う。

「何者だったんでしょうね……」

石井は、呟くように言った。

小学校時代がどうだったかは、定かではないが、中学、高校の彼女は、穏やかで物静かだっ

たという。

記憶を失ったことで、人格が変貌したというなら、殺人鬼としての彼女を作り出したのは、

環境だということになる。

本当は、心優しい女性だったが、それを周囲の悪意が歪ませた。

だが、そうだとしたら、記憶が戻ったあとも、紗月として穏やかに暮らすことができたはず

だ。

全てを忘れ、別の人生を歩むという選択肢があった。

だが、彼女はそうしなかった。

「あの女のやったことは許せない。だが、望んでああなったのではないとすると、いったい誰

に裁きを受けさせればいいんだ?」

387

後藤にしては珍しく感傷的になっているようだ。

ただ、気持ちは分かる。石井も、同じようなことを考えていたからだ。それでも――。

「確かに、七瀬美雪が劣悪な環境にあったのは事実です」

自らの望みとは関係なく、歪んだ家庭環境に生まれ、諍いが絶えない家の中で、虐待を受けてきた。

可哀相だと思うし、同情すべき点は多々ある。

「それでも、そういう環境にあった人、全てが、人を殺すわけではありません。やはり、最後は、自分で選んだ道だと思います」

石井が、そう主張すると、後藤が驚いたように目を丸くした。

「自分で選んだ道ねぇ……」

「はい。彼女は、自分で家族を殺すという選択をしたんです。その後、紗月として生きる道もあったのに、それを捨てて、再び七瀬美雪に戻り、数多の事件を起こしてきたのもまた、彼女自身の選択です」

「だが、憎しみを捨てて生きるというのは、案外難しいことかもしれない」

後藤が呟く。

らしからぬ発言ではあるが、同時に納得する部分もある。

大切なものを奪われたりしたら、それに対して強い怒りや憎しみを抱くのが普通だ。許すのは、簡単なことではない。

388

深淵

今の八雲がそうだ。

晴香を救えなかったことで、七瀬美雪を憎み、そして自分自身をも憎んでいる。

あの八雲でさえ、憎しみに囚われているのだ。

——そうか。

後藤は、八雲と七瀬美雪とを重ねているからこそ、今のような言葉を発したのだと、今さらのように納得する。

「そうかもしれませんね」

「あいつは、七瀬美雪と同じように、自分を見失っちまうのかもしれねぇな……」

後藤の声は弱々しかった。

もう、全てが手遅れだと諦めてしまっているように聞こえる。

「ダメです！　そんなの！」

自分でも、ビックリするくらい大きな声が出た。

後藤も驚いたらしく、見開いた目を石井に向けてくる。

「そんなのダメですよ」

石井は改めて口にした。

後藤は、どんなときも、相手が誰であれ、決して自分の信念を曲げることなく、真っ直ぐにぶつかっていく。

その姿に、何度も助けられ、奮い立たされてきた。

389

ああなりたい――石井は、後藤を目標にしながら突き進んできた。

だから――。

「今、諦めたらダメです」

もう一度、声に出して言った。

「諦めちゃいないさ。だが、八雲が、七瀬美雪みたいになっちまったとき、おれはどうすれば

いいのか、それが分からない」

「いつもみたいに、ぶん殴ればいいんじゃないですか？」

石井が言うと、後藤がぶはっと声を上げて笑った。

「おれが、いつも八雲を殴ってるみたいに言うんじゃねぇよ」

後藤がふんっと鼻を鳴らす。

確かにそうだ。後藤は、「ぶん殴る」とか「ぶっ飛ばす」とか、幾度となく八雲に言い放っ

ているが、実際に、それを実行に移したりはしない。

「そ、そうでしたね」

「まったく。お前は、おれを何だと思ってやがる」

「す、すみません。で、でも、八雲氏は、七瀬美雪のようにはなりませんよ」

「どうしてだ？」

「後藤刑事がいるからです。それに、微力ながら私もいます。それだけじゃありません。真琴

さんも、奈緒ちゃんも、英心和尚も――何より、晴香ちゃんがいます」

390

深淵

口に出して言うことで、石井は八雲と七瀬美雪の決定的な違いに気付いた。

八雲も、劣悪な環境の中で育ってきた。自らの母親に殺されかけ、その赤い左眼のせいで、暗い青春時代を過ごしてきた。

幽霊が見えるせいで、見なくてもいいことを見て、知らなくてもいいことを知り、苦しみの中で人生を歩んできた。

それでも、これまで八雲は道を踏み外さなかった。

それはきっと、彼が一人ではなかったからだ。後藤がいて、晴香がいて——八雲を取り巻く人たちが、彼を支え、手を差し伸べてきた。

だから、八雲は道を間違えなかった。

石井にとって、後藤が目標であるように、向かうべき場所があったのだ。

「偶にはいいことを言うじゃねえか」

「いや、私は……」

珍しく褒められたので、どう反応していいのか分からず、石井は思わず視線を落とした。

と、次の瞬間、脳天に拳骨が落ちた。

「前を見ろ。前を——」

「す、すみません」

運転中に照れたりしていたら、事故を起こし兼ねない。

石井は、背筋を伸ばして運転に集中する。

391

「まあ、何にしても、石井の言う通りだ。あいつには──八雲には、必死になってくれる仲間がいる」

そう呟いた後藤の目に、強い光が宿った気がした。

＋

ベッドの上でノートパソコンを開いた真琴は、地図のアプリを起動させ、〈慈光降神会〉の場所を表示させる。

後藤たちは、今この場所に向かっている。森野が、傾倒していた新興宗教が〈慈光降神会〉だった。

今回の調査は、まるで七瀬美雪の人生を辿っているかのようだった。

自らの家族を殺害したあと、森野によって記憶を消去された七瀬美雪は、紗月として生きてきた。

平穏と思われたその人生は、安息とは言い難かった。

彼女は、学校で苛めに遭っていた。陰湿で、執拗な苛めを受けながら、真っ新だったはずの心に、再び憎しみを募らせていったことだろう。

そして──。

母親である秋恵は、担任教師である石川と親密な関係になる。男に依存するタイプの女性だ

392

深淵

ったのだろう。

推測でしかないが、石川を殺害したのは、七瀬美雪のはずだ。

母親である秋恵を奪われ、孤独になったことが、その引き金となったのか、或いは、女癖の悪い石川が、秋恵だけでなく、彼女をも自分のものにしようとしたのか。

何れにせよ、紗月としての生活は、終わりを告げることになったのだろう。

運命とは、あまりに残酷だ。

別人になって、平穏に生きようとしたのに、そこでも過去と同じような運命を引き寄せてしまった。

不運な巡り合わせか、それとも、彼女自身がそれを招いたのか──。

真琴には判断できない。ただ、彼女──七瀬美雪は、人間の奥に潜む闇を見たに違いない。

深く、どこまでも真っ暗な人の心の深淵を──。

その結果、彼女は狂ってしまった。

こうして、七瀬美雪の人生を辿ることになった。

導かれたのは偶然ではない。彼女の手によって、そうなるように導かれたのだ。

ただ、導かれたのは真琴たちではない。おそらく、彼女が導こうとしているのは八雲だけのはずだ。

だからこそ、旅のゴールは〈慈光降神会〉ではないと真琴は考えていた。

推測でしかないが、七瀬美雪は、その先に本当のゴールを用意している。そして、そこで八

393

雲と対峙するはずだ。

八雲と七瀬美雪を見つける為には、もう一つ先に行かなければならない。

おそらく、七瀬美雪は、秋恵の死後、どこかに身を潜めていたはずだ。雲海と一緒に、ひっ

そりと――。

つまり〈慈光降神会〉の旧本部の近くに、雲海と一緒に過ごした潜伏先があるはずだ。

雲海は、どうして七瀬美雪の記憶を消そうとしたのだろう？

地図を検索しつつ、ふとそんな疑問が浮かんだ。

幼かった彼女は、足手まといになったはずだ。その場で殺すこともできた。だが、そうはし

なかった。

わざわざ、紗月という新しい人生を与えようとした。

――それはなぜか？

考えられる可能性としては、実験をしたということだろう。

ベクトルこそ違うが、森野と同じで、記憶を消去した上で、別人として人生を歩ませること

ができるのか――それを七瀬美雪を使って実験した。

人の人格が、経験によって作られるのだとしたら、七瀬美雪の記憶を消去することで、その

人格がどのように変化するのか、試したかったというのもあるのかもしれない。

だが――。

そうなると、一つだけ分からないことがある。

394

深淵

七瀬美雪が記憶を取り戻したあと、どうして一緒に行動することを選んだのか？

放置しても良かった。

それなのに、雲海はそうしなかった。

自分がやったことへの責任を感じたのだろうか？

いや、そんなはずはない。自分の実の息子である八雲の肉体を乗っ取ることで、生にしがみつこうとした男だ。

――では、どうして？

考えを巡らせるうちに、真琴は一つの答えに行き当たった。

十一

川沿いの山道をひたすら登り続ける八雲の視界に、小さな光が見えた――。

近付いていくにつれて、それが建物の窓から漏れる光であることが分かった。丸太を組み合わせて造ったログハウスだった。

「ようやくか……」

八雲は、雨に濡れた髪を掻き上げた。

僅か二日程度だったが、八雲には、それがとてつもなく長い時間に感じられた。終わりが来ないのではないのか――とすら思ったほどだ。

395

今度こそ、あの建物の中に七瀬美雪がいるはずだ。そう思うと、なんともいえない高揚感があった。

八雲は、力を込めて歩みを進め、建物の前に立った。

人の気配がする。

やはり、七瀬美雪がいるのだろう。

ノックが必要な間柄ではない。今さら、いきなり襲いかかってくるような無粋な真似もしないだろう。

八雲は、ゆっくりと玄関のドアを開けた。

広いリビングになっていた。

天井には室内灯がぶら下がっていたが、明かりは灯っていなかった。電気そのものが来ていないのかもしれない。

部屋の隅にある暖炉の炎が、唯一の明かりだった。

暖炉の対角には、椅子が一脚置かれていて、そこに少女のものと思われる白骨死体が座っていた。

おそらくは、あれが室井紗月だろう。

ディスプレイするように、白骨死体を置いておくなど、悪趣味としか言い様がない。

リビングの中央には、ラグマットが敷かれ、その上に安楽椅子と、それに向かい合うかたちでソファーが置かれていた。

396

深淵

高い背もたれのせいで、肩の辺りしか見えないが、七瀬美雪は安楽椅子に座っているらしい。

「いらっしゃい」

七瀬美雪が、僅かに手を挙げながら言った。

返事はしなかった。招かれたわけでもないし、遊びに来たわけでもない。八雲は、七瀬美雪を殺す為に、ここにいるのだ――。

「ここはね。私とあの人の安らぎの場所なの。他人を入れたのは、初めてよ」

七瀬美雪が、一方的に言葉を並べる。

人里離れたロッジは、潜伏場所としては、もってこいだっただろう。こんな場所まで、わざわざ足を運ぶ人間はいない。

願わくは、そのままこの場所で雲海と二人揃って朽ち果てて欲しかった。

だが、そうはならなかった。

おそらく、二人が穏やかな生活を捨てたのは、雲海の病が原因だろう。

彼は、自らの死期を悟り、生に執着した。

自分が生き延びる為の方策を探り、その実験をするかのように、様々な事件を引き起こしてきた。

死んだ娘を生き返らせようとした木下の事件など、いい例だ。

そうやって多くの人を巻き込み、自らの願望を成就させようとした。その結果、たくさんの人が命を落とし、そして人の道を踏み外した。

397

「そんなところに突っ立ってないで、座ったらどう？」

七瀬美雪が言った。

一瞬、躊躇ったものの、八雲は回り込むようにして、安楽椅子の向かいにあるソファーの前に立った。

暖炉の赤い光に照らされて、七瀬美雪の姿が浮かび上がる。

人間の生首の入った瓶を抱えていた。

長い時間、ホルマリンに浸され続けたせいで、ふやけ、膨張していて、その人相を確かめることはできないが、まず間違いなく、あの中に入っているのは雲海だ。

「いい部屋でしょ」

七瀬美雪が小さく笑みを浮かべた。

幾度となく整形を繰り返し、原形を留めていないが、その目だけは最初に会ったときから変わらない。

暗く淀んだ目——。

「悪趣味としか言い様がない」

八雲が答えると、七瀬美雪は不満そうに顔を歪めた。

「意外と自制が利いているのね」

「どういう意味だ？」

「いきなり、襲いかかってくると思っていたわ」

深淵

「それが、お望みなら——」

八雲が答えると、七瀬美雪は声を上げて笑った。

自分が命を狙われていることは、分かっているはずだ。それでも尚、これだけ余裕を見せて

いるということは、何か策があるに違いない。

心の中は、憎しみと怒りで満たされているが、感情に任せて暴れたのでは、返り討ちに遭う

可能性が高い。

冷静に状況を判断し、確実に殺す必要がある。

「取り敢えず、座ったらどう？　あなたと話すのは、これが最後になるだろうから——」

そう言って七瀬美雪は、視線をソファーに向けた。

八雲は、言われるままにソファーに腰掛けた。身体がずぶずぶと沈み込んでいくような気が

した。

ソファーが柔らかかったというのもあるが、それ以上に、肉体が疲労しているようだ。

「さて、何から話しましょうか？」

七瀬美雪が、笑みを浮かべつつ、自らの唇を舐める。

「どうして、こんな回りくどいことをした？　ぼくに会うなら、堂々と姿を現せばいい」

こうした手法は、七瀬美雪らしいのだが、それにしても、今回は手が込んでいた。

「見て欲しかったの」

「何を？」

「あなたは、見たんでしょ。私の人生を——」

——やはり、そうだった。

七瀬美雪を追ううちに、八雲は彼女の歩んで来た人生を見せられることになった。どう育ち、

なぜ、こうなったのか——を。

「見た」

「どう思ったの？　あなたは、何を感じたの？」

七瀬美雪が、ずいっと身を乗り出して顔を近付けてきた。

淀んだ視線が、八雲をからめ捕る。

「どうして、わざわざ、こんなことをした？　同情でもして欲しかったのか？」

七瀬美雪の人生が、同情すべきものであったことは確かだ。

望まれぬ子どもとして生まれ、家族からの虐待を受け続けた。十歳にして、父親から性的暴

行を受けるほど、悲惨な家庭環境だった。

小学校のとき、ようやく彼女にも友だちができた。

紗月という名の友だち。

彼女もまた、母親の情夫に虐待を受けていた。

傷付いた少女が二人、お互いにシンパシーを感じ、唯一無二の親友になった。だが、その親

友も命を落とした。

推測でしかないが、七瀬美雪が、自らの家族を惨殺したのは、紗月が殺されたことを知って

400

深淵

いたからだろう。

親友の死を知り、このままでは、自分も同じ目に遭うと考えた。

だから、殺害した。

そして──雲海と出会ってしまった。

雲海は、森野の研究していた記憶の消去方法を使い、秋恵と七瀬美雪の記憶を消した。そう

することで、二人を真の親子に仕立てたのだ。

高校を卒業するまでは、普通の親子として生活を続けることができた。だが、一つの事件が

起きる。

担任教師だった石川と、秋恵が恋愛関係に陥った──。

それだけであれば、喜ぶべきことなのかもしれないが、そうはいかなかった。

石川は、紗月に──七瀬美雪に、性的暴行を加えようとした。

それがきっかけで、秋恵も七瀬美雪も、本来の記憶を取り戻すことになった。

自分たちが生きてきた人生が、偽りのものであると知ったときの絶望は、計り知れないもの

だっただろう。

真実を知ったあと、秋恵は錯乱した。その結果、トラックに撥ねられ、死亡してしまった。

絶望的な現実を突きつけられた七瀬美雪は、雲海にすがるより他に、生きる道がなかったの

も事実だ。

雲海と森野によって行われた実験の被害者だと言っていい。

401

「室井紗月だったとき、私は学校で苛めを受けていたの」

七瀬美雪が、ポツリと言った。

その事実は初耳だ。

「ただ、真面目に生きていただけなのに、あの女たちは、私を罵り、暴力を振るった。あなたにも経験があるでしょ？」

「…………」

返事はしなかったが、八雲も苛めを受けた経験がある。

当人たちからしてみれば、遊びの延長かもしれないが、浴びせられる残酷な言葉は、容赦なく心を傷付ける。

そして、心に負った傷は、そう簡単には治らない。

「人間は、相手が抵抗しないと分かると、徹底的に攻撃するのよ。日々のストレスを発散するみたいに、他人を傷付けるの。苛められている側は、自分を責め始める。こうなったのは、自分のせいだと思い、自分の存在を呪い、否定する」

「…………」

彼女の言う通りだ。人間に、そういう一面があることは、認めなければならない。

人は、自分より弱い者を徹底的に攻撃する嗜虐性を秘めている。残酷なまでに、冷酷になる。

そうした攻撃を受けた側は、自分に自信が持てなくなる。

自らの存在が矮小に思え、その価値を自分自身で否定してしまう。やがては、必要がないと

すら思うようになる。

「七瀬美雪としての記憶が戻ったとき、私は悟ったの。生きる為には、抵抗しなければならないって——」

「そんなこと……」

「違うというなら、教えてちょうだい。私は、どうすればよかったの？　家族から虐待を受け続ければよかった？　担任教師に暴行されて、殺されれば良かった？」

答えが返せなかった。

七瀬美雪は、自分から何かを奪おうとしたわけではない。理不尽な暴力から、自らを防衛しただけなのだ。

人が死んだことは、あくまで結果に過ぎない。

金や欲に目が眩んで、他人から奪う為に人を殺そうとしたわけではない。

「どうして、そんな悲しそうな目をするの？」

七瀬美雪に問われ、八雲は思考を止め、はっと顔を上げる。

同情すべきではない。そう思っていたのに、知らぬ間に引き摺られてしまっていたのかもしれない。

「ぼくは、あなたを許さない」

敢えて口にすることで、揺れ動く自らの意志を繋ぎ止めた。

始まりは、偶発的なものだったかもしれない。自己防衛の結果だったかもしれない。だが

403

——少なくとも、晴香のことに関しては違う。

「それは、本当かしら？　私には、あなたが迷っているように見えるけど」

七瀬美雪は、嬉しそうに笑みを浮かべる。

「迷ってなどいない。迷う理由がない」

「嘘。あなただって分かっているでしょ。私とあなたは、よく似ているの」

「あなたなんかに……」

「否定してもダメよ。私の人生を見て、あなたもそれを感じたはずよ。自らの親に愛されず、大切なものは奪われた。虐げられ、蔑まれ、屈辱に塗れて生きるしかなかった。違うかしら？」

確かに、似ている部分はある。

望まれぬかたちでこの世に生を受け、自らの存在を呪いながら生きてきた。左眼が赤いというだけで虐げられ、蔑まれてきた。

自分が、望んでそうなったわけではないのに——。

七瀬美雪が、ぎゅっと八雲の手首を摑んだ。咄嗟に引き剝がそうとしたが、強い力で握られ、それができなかった。

「あなたの中には、私と同じで、強い憎しみがあるの」

七瀬美雪が囁く。

「違う」

深淵

「何が違うの？　あなただって、これまで、たくさんの人を恨んできたでしょ。　憎しみを抱い
てきたでしょ」

「………」

否定できなかった。

人を殺したいと願ったことは、一度や二度ではない。

苛めている連中を、怒りに任せて殴り殺す妄想をしたこともある。　自分自身の存在を憎み、

自ら命を絶とうとしたことだってある。

「あなたが、これまで人を殺さなかったのは、偶々、そういう機会がなかっただけなの」

「それは……」

そうかもしれない。

衝動によって人を殺すのには、それに適した環境というのがある。

周囲に人の目があれば、自然と自制が働くのが人間だ。

七瀬美雪のように、誰もいない場所で、命の危険を感じる状況にあったら、八雲自身、凶刃

を振るっていた可能性はおおいにある。

「一度、人を殺してしまうと、もう同じ場所に戻れなくなる。　人ではなくなるから——」

「何を言っている？」

「分かるでしょ。　あなたは、私と同じなの」

「違う」

405

八雲は、七瀬美雪の手を振り払った。

その拍子に、彼女が抱えていた瓶が床に落ちた。

けたたましい音とともに瓶が割れた。

ホルマリンが床にぶちまけられ、ごろんっと雲海の生首が転がった。

雲海の生首の瞼が、僅かに開いていた。

そこから覗く赤い眼が、じっと八雲を見据えていた。

息が苦しい。

額に脂汗が浮かび、耳鳴りがした。

「あら。まだ否定するの？ じゃあ、あなたが隠し持っているそれは何？」

七瀬美雪が、八雲のポケットを指差した。

「これは……」

どうやら、七瀬美雪は、八雲がナイフを持参していることを見抜いているらしい。

「私を殺そうと思って、ここにやって来たんでしょ？ だから、そんなものを持っている。違

うかしら？ それは殺意。人を殺したいと思う願望」

「…………」

「もう一度だけ訊くわ。あなたと私、いったい何が違うの？」

じっとこちらを見据える七瀬美雪の目に、心が吸い込まれていく気がした。

ふと、七瀬美雪がブリキの箱に書いた文字が目に浮かぶ。

406

怪物と闘う者は、その中で自らも怪物にならないよう、気をつけなくてはならない。

深淵を覗くとき、深淵もまたこちらを覗いている——。

もしかしたら、深淵を見過ぎたのかもしれない。

十二

車を降りた後藤は、闇夜に佇むその建物を見上げた——。

前に一度、来たことがあるが、雨が降っているせいか、そのときより、かなり違った印象に見える。

「後藤刑事。これ——」

石井が、声を上げながら懐中電灯で地面を照らした。

泥濘んだ土の上に、足跡が確認できる。普段は、人が近寄らないはずの場所だ。つい今し方、誰かがここに来たことは明らかだ。

おそらく八雲が——。

「八雲！」

後藤は、声を上げながら勢いよくドアを開けた。

出迎えたのは、暗闇だった。

懐中電灯の明かりを頼りに、建物の中をくまなく捜索する。

八雲のものと思しき足跡は確認できた。だが、それだけだった。八雲の姿はどこにも見当た

らない。

また、ニアミスだったらしい。

「クソッ！」

近くにあった壁を蹴ってみたが、そんなことをしたところで、現実は何も変わらない。

心が折れそうになる。

だが、後藤はそれを強引に奮い立たせる。

今、自分たちが追いかけるのを止めたら、八雲は七瀬美雪に殺されるかもしれない。そうで

なかったとしても、八雲の命は自ら命を絶つつもりだ。

いずれにせよ、八雲の命が失われることになる。

——冗談じゃない！

そんなことは、何があっても受け容れられない。八雲は、後藤にとって家族みたいなものだ。

「石井！　探すぞ！」

「さ、探すって何をですか？」

「そんなもん、おれが知るか！　八雲に繋がる何かだよ！」

後藤は、勢いに任せて石井の胸倉を掴み上げた。

408

深淵

「お、落ち着いて下さい」

「これが、落ち着いていられるか！　何としても、八雲を見つけるんだよ！」

「分かってます！　私だって、八雲氏を見つけたいです！　だからこそ、落ち着いて下さいと言っているんです！」

いつもなら、大人しく従う石井が、珍しく感情を剝き出しにした声を上げた。

「てめぇ……」

「私たちが、ここで言い争っていても、何も始まりません。それに、建物の中は、もう見て回りました。他の方法で八雲氏を捜さないと、本当に手遅れになります」

「他の方法って何だ？」

「この雨です。時間的に、もうバスは走っていません。そうなると、徒歩でどこかに向かったと考えるべきです」

石井の言う通りだ。

八雲が、ここからどこかに向かったとしても、間違いなく歩きだったはずだ。だが――。

「徒歩だろうと、何だろうと、どこに向かったか分からなきゃ意味がねぇだろ！」

「少なくとも、この場所から町の方には下っていないはずです」

「どうして分かる？」

「ここまでは、一本道でした。途中で、見かけていたら気付くはずです」

どうやら、感情的になる後藤とは正反対に、石井は冷静に状況を分析していたらしい。

409

「そうだな。お前の言う通りだ」

――すまん。

後藤は、心の内で詫びつつ石井から手を放した。

石井は何度か噎せたが、すぐに気を取り直し、小走りで建物を出て行った。

「どこに行く気だ?」

「ナビで地図を確認するんです」

石井は、運転席に乗り込み、エンジンをかけて車のナビを起動させる。

後藤も助手席に乗り込み、それを覗き込んだ。

「今が、ここです。で、上に続く道は、二手に分かれています――」

石井が、地図を操作しながら説明する。

「で、どっちだ?」

それが問題だ。八雲は、二本の道のうち、どちらに向かったのか?

「それは分かりません。二分の一に賭けるしかないかと……」

残念だが、今は確率に運命を委ねるような状況ではない。外れていた場合、八雲は間違いな

く死ぬ――。

「いや。二手に分かれよう」

後藤は石井の言葉を遮り、そう提案した。

「それは危険です」

410

深淵

すぐさま、石井が反論の声を上げる。

理由は説明されるまでもなく分かっている。かなりの雨が降っている上に、これだけ暗い山道だ。単独で行動すれば、遭難の怖れがある。

そうした安全面の問題だけではない。

八雲が向かった先には、間違いなくあの女——七瀬美雪も待ち構えているはずだ。

二人の方が、対処のしようがある。

だが、それでも、やはり八雲を見つけることを優先させたい。

「石井は、右側に行け。おれは、左側に向かう」

後藤はナビの地図を指差しながら指示をしたあと、車を降りようとしたが、石井に腕を掴まれた。

「待って下さい。私たちの目的は、八雲氏を見つけることではなく、救うことのはずです。その為にも、一緒に行動した方が……」

「うるせぇ！　そんな悠長なことを言ってる暇はねぇ！」

石井の言い分は分かるが、そもそも見つけられなければ意味がない。慎重を期したせいで、手遅れになってからでは遅い。

だいたい、考え方の違いから、こんなところで言い合いをしていることこそが、無駄で無益なのだ。

強引に腕を振り払って外に出ようとしたところで、石井の携帯電話が鳴った。

411

「はい。石井雄太郎であります」

石井が、後藤から手を放して電話に出た。

このまま、先に行ってしまうのも手だが、電話の内容が気になった。このタイミングで石井が無関係な電話に出るはずがない。

「さすが真琴さんです！　分かりました。ありがとうございます──」

さっきまでの空気とは打って変わって、明るい声で言いつつ石井が電話を切った。

「どうした？」

「真琴さんです。八雲氏が、ここにいないことを予め推測していたようで、色々と調べてくれていました」

この非常時であっても、真琴は冷静な判断力を失わなかったようだ。

「それで、何と言っていた？」

「はい。地図アプリで調べたところによると、右側の川沿いの道を進んだ先に、ロッジのような建物があるそうです」

最近の地図アプリは、衛星写真で現場の状況を確認することができる。

かなり精度の高い情報だろう。

「左側は？」

一応、確認してみた。

「行き止まりになっているようです」

「よし！　石井、行くぞ！」

これで進むべき道は決まった。あとは、猪突猛進するだけだ――。

十三

「そうですね。同じかもしれません――」

八雲は、静かにそう告げた。

口に出すことで、もやもやとしていたものが消え去り、すっと気持ちが楽になった気がする。

この期に及んで、取り繕おうとしていた自分の浅はかさが情けない。

七瀬美雪を、この手で殺そうと思い、ここまで足を運んできた。その段階で、いや、もっと

前――殺そうと考えた瞬間に、八雲は一線を越えたのだ。

戻ろうとは思わない。

怪物を殺す為には、自分自身がその怪物にならなければならない。

「いい目になったわね」

七瀬美雪が、ニタッと笑みを零した。

陰湿で、まとわりつくような不快な表情を見た瞬間、八雲の中にある殺意が、さっきよりも

大きく膨らんだ気がした。

「ぼくは、あなたを殺します――」

八雲はポケットの中に手を突っ込み、ナイフを取り出した。

冷たい柄が、掌にすっと馴染んだような気がした。まるで、身体の一部になったかのようだ。

殺す方法はたくさんある。

本来なら、確実に止めを刺せるように、急所を狙うべきなのだろうが、八雲にそのつもりはなかった。

彼女には、できるだけ長い時間、苦しんでもらわなければならない。

これまで多くの人が、彼女によって苦しめられてきた。その痛みを味わい、後悔する時間が必要だ。

何より、晴香が味わった苦痛を、受けてもらわなければならない。

「いいわよ。殺せるものなら、殺してごらんなさい。知っていると思うけど、私も黙って殺される気はないから――」

七瀬美雪が笑いながら立ち上がった。

いつの間にか、彼女の手にはナイフが握られていた。

アイスピックのように、刃の部分を細く尖らせている。あの形状は、斬るというより、刺す為のものだろう。

「どうしたの? 今さら、怖じ気づいたとか言わないわよね?」

七瀬美雪が、嘲るような口調で挑発してくる。

正直、ナイフの扱いに関しては、七瀬美雪の方が一枚も二枚も上手だろう。

414

単に技術が優っているというだけではない。実際に、それを使って人を殺めた経験がある人間と、頭の中でシミュレーションしただけの人間とでは、雲泥の差がある。

それでも——。

「いいえ。ぼくは、あなたを殺すと決めている」

「そう？　じゃあ試してみましょう」

言うなり、七瀬美雪が八雲の左胸を狙って、真っ直ぐナイフで突いてきた。

心臓を狙うことは、最初から分かっていた。

八雲は、ナイフを左手に持ち替え、身体を僅かに捻る。

だが、避けきることができず、左の肩にナイフが突き刺さった。

ナイフの切っ先が、皮膚を突き破り、肉を抉る。

感覚が麻痺しているせいか、痛みはそれほど感じなかった。

「外れちゃったわね。でも、そんな傷を負って、私に勝てるかしら？」

七瀬美雪が、勝ち誇ったように言う。

こうやっていちいち悦に入るのが、七瀬美雪の弱点でもある。

八雲は、素早くナイフを持った七瀬美雪の腕を摑み、そのまま彼女の足を払った。

不意を喰らった七瀬美雪は、ナイフから手を離し、そのまま仰向けに倒れる。

八雲は、その隙を逃さず、七瀬美雪の上に馬乗りになった。

「あなた、最初から……」

七瀬美雪が、悔しそうに呻いたが、今さら気付いてももう遅い。

八雲は、最初から七瀬美雪のナイフを身体で受け止める気でいた。そうしておいて、彼女を制圧し、優位な体勢に持ち込む。

肉を斬らせて骨を断つというやつだ。

ナイフを持っているのだから、それを使って攻撃すると思い込み、足許の注意を怠った彼女のミスだ。

「これで、終わりです」

八雲が告げると、七瀬美雪がギリッと奥歯を噛み締めた。

「まだ、終わらないわ。こんなところで、終われない」

七瀬美雪が、身体を跳ね上げるようにして暴れ出す。だが、マウントを取った状態では、そうそう抵抗できるものではない。

とはいえ、これ以上、暴れられるのは面倒だ。

ナイフを右手に持ち替えた八雲は、その切っ先を七瀬美雪の左肩に突き刺した。

皮を突き破り、肉に食い込んでいく感触が掌に伝わる。

それは、これまで味わったことのない快感となって、八雲の全身を突き抜けていく。

「ぎゃぁぁ」

七瀬美雪が、悲鳴を上げた。

そうか。この女でも、こんなふうに痛みを感じ、叫び声を上げるのか――。

416

深淵

「憐れだな」

八雲は、七瀬美雪を見下ろした。

額に脂汗を浮かべ、激痛に表情を引き攣らせながらも、七瀬美雪は八雲を睨み返してくる。

「肉体の痛みなんて、いくらでも切り離せるわ。真に苦しいのは、心の痛み……」

「そうか」

八雲は、突き刺したままのナイフを、強く押し込みながら捻った。

それに呼応して、七瀬美雪が再び悲鳴を上げる。

八雲の顔に、思わず笑みが漏れた。

「肉体の痛みは、切り離せるんじゃなかったのか?」

もはや、七瀬美雪は何も答えなかった。

もっと痛めつけてやろうかと思ったが、どうでも良くなった。さっさと止めを刺して、終わりにしよう。

八雲がナイフを引き抜くと、ぴゅっと血が噴き出し、頬にかかった。

生暖かいその感触が、八雲の高揚感を掻き立てる。

「本当に、いい目になったじゃない。嬉しくなっちゃう」

七瀬美雪が、自らの血を浴びながらも、八雲を真っ直ぐに見据える。

もう、何とも思わなかった。

どうせ、この女はここで死ぬ。どう思われようと、知ったことじゃない。

417

何もかもが、どうでも良かった。今さら、何かをしたところで、全てが手遅れなのだ。大切な人は——晴香は戻って来ない。

今になって思えば、晴香があんなった時点で、八雲は死んでいたのだろう。

肉体が死ぬという意味ではなく、魂が死んだのだ。

これまで、必死に足掻き続け、ようやく見つけた安息の場所。それを、奪われた瞬間に、生きる意味を失った。

そうか——。

今さらになって気付く。

七瀬美雪も同じだった。苦痛の中で、ようやく見つけた雲海という安息の地。だが、雲海が病に倒れ、その命を失ったことで、彼女の心は死んだのだ。

これまで、八雲は七瀬美雪の抜け殻を見ていたのかもしれない。

——まあいい。

こんなことを考えたところで、何も変わらない。だったら、さっさと——。

「終わらせよう」

八雲は、大きくナイフを振りかぶった。

そのまま心臓に突き立てようとしたところで、人の気配がした。

——誰だ？

目を向けると、そこには知っている人物の姿があった。

十四

「八雲氏！ どこですか？」

石井は、必死に声を張り上げながら歩みを進める。

隣を歩く後藤も「八雲！」と叫びながら坂道を上っている。

地面は泥濘んでいて歩き難い。その上、夜間に大雨という条件も重なり、視界があまり良くない。

それでも、八雲を見つける為には、前に進むしかない。

「八雲氏！」

叫ぶのと同時に、足許がずるっと滑った。

そのまま、崖を滑り落ちそうになったが、後藤が腕を摑んで支えてくれた。

「気をつけろ」

「す、すみません。ありがとうございます」

後藤に助けられなければ、石井は間違いなく、崖下で濁流となって流れる川に転落していただろう。

「あの、もしかして、八雲氏は川に落ちたということは、ないでしょうか？」

石井は、崖下を覗き込みながら口にする。

足許が悪く、視界が確保できない状態なのだから、その可能性は充分にあり得る。

「バカ言ってんじゃねぇ！　そんなことあるか！」

後藤から怒声が返ってきた。

単純に、石井の意見を否定しているというより、そうであって欲しくないと願っているよう

でもあった。

この寒さの中、これだけ激しく流れる川に転落したら、それこそ命はないだろう。

「そ、そうですね」

石井も、気持ちを切り替え、再び歩き出した。

何としても、八雲を助けたい。その気持ちに嘘はない。だが、どうしても、心が揺れてしま

う。

自分たちは、かなり出遅れてしまっている。

必死に追いつこうとしていたが、八雲は一歩前を歩んでいた。

もしかしたら、八雲はすでに七瀬美雪と対峙しているのかもしれない。真琴は、八雲が七瀬

美雪を殺そうとしていると言っていた。

それは、きっと復讐心からくる感情なのだろう。

晴香を奪われた八雲からしてみれば、そういう気持ちになるのは当然だ。石井でさえ、七瀬

美雪に対して強い怒りと憎しみを抱いている。

仮に、八雲を見つけられたとして、彼の行動を止めることができるだろうか？

420

石井には、正直、自信がなかった。

奪われたからといって、誰かを殺していい道理はない。それでは、これまで関わってきた犯罪者たちと同じになってしまう。

恋人の復讐をしようとした神山や、夏目と同様の心理だ。

それは分かっている。

だが――。

相手は、あの七瀬美雪だ。

彼女を放置すれば、また犯罪を繰り返すに違いない。

他人の心に潜む願望を、言葉巧みに操り、表面化させた上で、罪を犯させる。被害者と加害者を同時に増やすことになる。

逮捕したところで、彼女がそう簡単に大人しくしていないことは、東京拘置所から脱獄したことで証明されている。

だとしたら、負の連鎖を断ち切る為にも、七瀬美雪を殺した方がいいのかもしれない。

きっと、八雲もそんな風に考えたのだろう。

自らが人柱になることで、元凶である七瀬美雪を葬るという苦渋の選択をせざるを得なかった。

気持ちは分かるが、それではあまりに悲し過ぎる。

八雲にだって幸せになる権利はあるはずだ。

晴香と一緒に、笑い合いながら、穏やかな日々を過ごす権利が――。

そうさせてあげたい。

少し前までは、八雲を恋敵だと捉えていたが、今は違う。晴香と幸せな時間を過ごさせてあげたい。

八雲は、もう充分過ぎるほどに苦しんだのだから――。

「おい！　石井！」

後藤が、足を止めて声を張り上げた。

「は、はい」

「あれを見ろ！」

後藤が、山の上の方を指差した。

その先には光が見えた。まだ、距離があるので、小さな点のような光。星でないことは明らかだ。

真琴の情報では、この道の先には、ロッジのような建物があるはずだ。

「後藤刑事！　きっとあそこです！」

石井は、興奮とともに声を上げた。

希望が見えた気がする。

あの光の中に、八雲がいるに違いない。手遅れになる前に、辿り着かなければならない。

石井は、後藤とともに光に向かって走り出した。

十五

八雲は、そこに立っている人の姿を見て、驚きを隠せなかった——。

そこにいたのは——。

「八雲君」

晴香が、そう呼びかけてくる。

いつもと変わらぬ、慈しみに満ちた優しい声で——。

「どうして、君が……」

八雲は途中で言葉を呑み込んだ。

わざわざ問うまでもなく、なぜ、晴香がこの場所にいるのか理解できたからだ。そして、そ
れを口に出すことが怖ろしかった。

今、目の前にいる晴香は、肉体を持っていない。彼女は——。

悲しみが溢れてきて、八雲の身体を震わせた。

「八雲君。ダメだよ」

晴香が眉を下げ、頼りない表情で言った。

困っているような、悲しんでいるような、何とも言えない顔だった。

「君は……」

423

「八雲君。その人を殺したらダメ。そうすることが、彼女の目的なの——」

「目的？」

「そう。病院で私に言ったの。八雲君に、自分を殺させるんだって。彼女は、死にたがってるの」

「この女が、死にたがっている……」

八雲は、ふっと倒れている七瀬美雪に目を向けた。

晴香の言葉が、図星だったらしく、唇を噛み、苦々しい表情を浮かべている。

「そう。自分で死ぬんじゃなくて、八雲君に殺してもらおうとしているの。そうやって、八雲君を殺人者にすることで、自分が勝ったことになるから——」

「…………」

「私、分かったの。彼女が欲していたのは、愛情だったんだと思う」

「愛情……」

晴香の言葉を聞き、納得する部分が多々あった。

肩に傷は負ったものの、七瀬美雪をあっさり制圧することができた。今になってみれば、こうも簡単に、彼女を組み伏せることができたのが不自然だ。

それだけではない。

七瀬美雪は、紗月としての人生を捨ててから、雲海とともに暮らしてきた。

おそらく、彼女が雲海の手助けをしたのは、愛情に飢えていたからだ。雲海の望む自分にな

424

ることで、その愛情を得ようとした。

だが、その雲海も、今は消えようとしている。

今の彼女に——七瀬美雪に生きる意味はない。晴香を失った自分と同じように。

無論、誰かを殺す意味もない。彼女が欲していたのは、愛情なのだから——。

「彼女の思い通りになっちゃダメ。それに、八雲君は、相手が誰であったとしても、命を奪う

ような人じゃない」

「分かってるよ……」

八雲は、呟くように答えた。

身体の力が抜け、自然と手からナイフが滑り落ちる。

ただ——。

また、晴香に助けられた。

ギリギリのところで、八雲の心を繋ぎ止めてくれた。

「良かった……」

晴香が笑みを漏らす。

ずっと見たかった、彼女の優しい笑顔。まさか、こんなかたちで——。

八雲は、ゆっくり立ち上がり、晴香に歩み寄る。

「君は、そんなことを伝える為に、わざわざここまで来たのか?」

八雲が問うと、晴香が「うん」と大きく頷いた。

「バカだ……」

口にするのと同時に、胸の奥から、熱い感情が湧き上がり、八雲の中をぐちゃぐちゃに掻き回した。

ダムが決壊するように、溢れ出た感情は、涙となって八雲の目から零れ落ちた。

晴香は、いつでもそうだ。

自分のことより、他人のことばかりだ。その優しさに助けられてきたのは事実だが、今は、それが痛い——。

「君はバカだ。ぼくなんかの為に……」

感情が抑えられず、再び口にした。

自分のような人間のことを、晴香は最期の瞬間まで案じてくれている。

「そんな風に言わないで。私は、八雲君の為なら、何だってできる」

「それがバカだって言うんだ」

今、分かった気がする。

自分と七瀬美雪は、境遇が似ている。だが、歩んだ道は、全く違うものだった。

七瀬美雪と、自分との決定的な違い。それは、晴香の存在だった。

彼女がいたから、道を踏み外すことなく、歩くことができた。真っ直ぐな愛情に引っ張られるように——。

雲海は、自分の為に七瀬美雪を利用した。

426

深淵

だが、晴香は違う。

最期の瞬間まで、自分の為ではなく、八雲の為に尽くしてくれた。

一人で、苦しみに耐えることはできないが、それを一緒に背負ってくれる人がいたから、前に進むことができたのだ。

「いいの。私はこれで……」

晴香が、僅かに目を伏せた。

——そんな顔をするな。

そう言いたかったが、喉が詰まって声が出なかった。

「私は、八雲君のことが好き。もしかしたら、ずっと、付きまとっちゃうかも……」

「それでいい」

八雲は、掠れた声でそう告げた。

「本当に？」

「ああ。ぼくは、君にいて欲しい。どんな姿であれ、君に側にいて欲しい」

八雲は、真っ直ぐに晴香を見つめた。

これまで、彼女を中途半端に遠ざけてきたが、もうそんなことはしない。少しでも、彼女の存在を感じていたい。

「ありがとう。でも——付きまとったりしないよ。だって、八雲君には、前に進んで欲しいから」

427

晴香が嬉しそうに笑った。

「何を言ってるんだ。ぼくは、君に……」

「いいの。ちゃんと答えが聞けたから。私は、八雲君に幸せになって欲しいの」

「そんなこと言うな。君がいないとぼくは……」

「嬉しい。でも、やっぱり私は、八雲君を縛りたくない」

「晴香……」

「ありがとう。名前を呼んでくれた」

「晴香」

「私のこと、忘れないでね……」

そう言ったあと、晴香がふっと視線を上に向けた。

――消える。

八雲には、それが分かった。

晴香の身体は、どんどんと風景と同化していく。

――逝くな!

抱き締めようとしたが、間に合わなかった。

晴香の身体は、最初から存在しなかったかのように、跡形もなく消えてしまった。

「逝ってしまった……」

虚脱感が身体を包み込む。

428

深淵

もう、晴香に会えないかと思うと、何もかもが、どうでもよくなった。

――違う。

晴香は八雲の記憶の中に刻み込まれている。

それに赤い左眼がある。

幽霊になって彷徨うのであれば、その姿を見ることができる。もう一度、彼女の笑顔を見る

ことができる。

だから――。

「ぼくは、君を想い続ける……」

口に出すのと同時に、左の脇腹に、強烈な痛みが走った。

――何だ？

振り返ると、そこには七瀬美雪がいた。

晴香が現れたことにより、彼女から離れてしまった。あまりに迂闊だった。

「この期に及んで、メロドラマ？　反吐が出るわ」

八雲の耳許で囁くように言ったあと、七瀬美雪がナイフを引き抜いた。

焼けるように痛かった。

手を当てると、とくとくと血が流れ出てきているのが分かった。

力が入らず、八雲はそのまま前のめりに倒れる。

「どうしてなの？　どうして、あなたは、いつもそうなの？」

七瀬美雪が、八雲を見下ろしながら問う。

「な、何を……」

「あなたを見てると、本当に苛々する。どうして、狂わないのよ。それだけの想いをして、ど
うして、まだ自分を見失わないの？　私が、間違ってるみたいじゃない！」

七瀬美雪は、感情に任せて叫びながら、何度も八雲を蹴った。

完全に理性が飛んでいる。

おそらく、この言葉こそが、七瀬美雪の本音なのだろう。

彼女は、自分がこうなったのは、周りのせいだと思い込んでいる。自分にはどうしようもな
かった。仕方なかった。こうするしかなかった。

自分のせいではない――と。

だから、似た境遇にある八雲に、共感を求めたのだろう。あなたも同じでしょ――と。

しかし――。

八雲は、そうはならなかった。最後まで、希望を捨てなかった。

いや、そうではない。

希望は、幾度となく捨ててきた。

だが、それを拾ってくれる人たちがいた。

晴香がそうだった。

彼女だけではない。後藤が、一心が、奈緒が、石井が、真琴が、八雲が捨てたはずの希望を

拾ってくれた。

だから、八雲は前に進むことができた。

「あなたは、間違えている……」

息も絶え絶えになりながら言うと、七瀬美雪はさらに激昂した。

「私の何が間違えているって言うの?」

七瀬美雪が、八雲の傷口を踏みつけた。

強烈な痛みが全身を貫いたが、八雲は悲鳴を上げることなく、歯を食いしばってその痛みに耐えた。

痛みに屈したら、それで七瀬美雪に負ける気がした。

「ぼくとあなたの決定的な違いは……一人じゃなかったってことです……」

八雲が言うなり、七瀬美雪の口許が歪む。

「何を言ってるの? 私には、あの人がいたわ。一人じゃなかった」

「本当にそうですか? あの男は、あなたを見てはいなかった。だから、あなたは、ぼくのことを憎んだ……違いますか?」

八雲の言葉におののいたのか、七瀬美雪がよたよたと後退った。

血はまだ止まっていない。痛みもある。だが、それでも、八雲は最後の力を振り絞って立ち上がった。

「いい加減なことを言わないでよ」

七瀬美雪の声が震えている。

強がってはいるが、彼女自身、分かっていたはずだ。自分が間違っていることに。だから、八雲に執着したのだ。

「あなたは、あの男からの愛情を欲した。だが、あの男は、あなたが望む愛情を与えてはくれなかった」

「ふざけないでよ！」

「ふざけてなんていません。あの男は、自分の魂の器として、実の子であるぼくに目を付けた。どんなに愛情を注いでも、欲しても、本当の親子にはなれない――と」

「黙れ！」

「いいえ。黙りません。あなたが欲しかったのは、家族なんでしょ」

「違うって言ってるでしょ」

「いくら否定しても無駄です。ぼくには、分かってしまいました」

七瀬美雪に言葉をぶつけながら、八雲は真実に気付いてしまった。ヒントは、晴香が口にした愛情という言葉だった。

以前、七瀬美雪が、八雲に対して「眼が赤いことが、そんなに偉いの！」と逆上したことがあった。

あれは、いくら愛しても、本当の家族になれない苦しみから来た言葉なのだろう。

432

深淵

「は?」

「あなたは、記憶を失ってなんかいなかった。ただ、家族が欲しかった。だから、記憶を失っ

たふりをして、秋恵さんと生活をしていた」

今になって、ようやく理解した。

ずっと不思議だった。秋恵は、記憶を取り戻したあと錯乱した。それは、自分の記憶が信じ

られなくなったからだ。

思い出したといっても、完全に戻るというわけではない。断片的に蘇った記憶が、秋恵から

現実と虚構の境界を奪ったのだろう。

だが、七瀬美雪は、記憶を取り戻したあとも、平然としていた。

それだけではない。八雲に過去の自分の辿った道を見せた。それは、完全に記憶がなければ

成立しないことだ。

つまり――。

七瀬美雪は、記憶を失っていたのではなく、そういうふりをして、紗月としての人生を歩ん

だのだ。

「家族を手に入れる為に――。

「だったら、どうだっていうのよ! そうよ! 私は、ただ普通に生活をしたかっただけ。そ

れを許さなかったのは誰? 狂っているのは、私なの? 違うでしょ? 奪おうとした連中で

しょ!」

433

七瀬美雪が、髪を振り乱しながら叫ぶ。

八雲には、それが泣いているように見えた——。

「奪ったという意味では、あなたも同じでしょ」

八雲が告げると、七瀬美雪の動きがピタリと止まった。

「どういう意味？」

「紗月さんを殺したのは、あなたでしょ？　秋恵さんは、当時の恋人だった男性が、殺害した

と思い込んでいましたが、そうじゃない。あなたが殺したんだ」

「今さら、何を言ってるの？」

「文集を見ました……。あなたは、親友である紗月さんを慕っていましたが……同時に強い羨

望（ぼう）を抱いていた。その理由は、紗月さんは、あなたと違って望まれてこの世に生を受けたから

です」

秋恵は、男に流される傾向があったが、それでも彼女自身が娘を虐待することはなかった。

紗月は、母親には愛されていた。望まれていた。

境遇は似ていたが、そこが七瀬美雪とは決定的に違った。

「…………」

「自分も、優しいお母さんが欲しい。幸せな家庭で暮らしたい——そう願ったんですよね」

「…………」

「だから、あなたは、紗月さんを殺すことで、母親を奪ったんだ」

「何を根拠に……」

七瀬美雪の声には、まったく力がなかった。

「そうか。あなたが雲海に会ったのは、自分の家族を殺す前だったんですね……。いや、もっと前だ……。紗月さんを殺すより、もっと前にあなたは、雲海に会っていた」

七瀬美雪と雲海が出会ったのは、彼女が家族を殺害したあとだと思っていたが、そうではなかった。

それより前に、二人は出会っていた。

紗月の殺害も、七瀬邸での事件も、全て計画の範疇だったというわけだ。

「あなたは、雲海の計画の失敗作だったのだ。

「ふざけないで！　何が失敗作よ！　あなたなんかに、私の何が分かるの！」

七瀬美雪が吠える。

獣のようなその声に、理性は微塵もなかった。

これまで鬱積した感情が爆発し、自分でも歯止めが利かなくなっているのだろう。

「分かりますよ……。たぶん、あなたを理解できるのは、ぼくだけだ」

「な、何よ。今さら……」

「分かるからこそ、あなたは罪を償うべきだ……」

八雲は、痛みを堪えながら、七瀬美雪に歩み寄る。

「な、何なのよ……。こっちに来ないで……」

七瀬美雪は、怯えたように後退る。

これまで、七瀬美雪は他人の感情を掌の上で転がしてきた。全てを掌握しているという傲慢さがあった。

そんな彼女からしてみれば、無防備なまま歩み寄る、今の八雲の行動は理解不能なのだろう。

「もう、終わりにしましょう」

八雲は、七瀬美雪の肩に手を置いた。

「さ、触るな!」

七瀬美雪は、八雲の手を振り払い、叫び声を上げながらロッジを飛び出して行った。

彼女の姿は、闇に呑まれていった。

——追わなければ。

八雲は、ふらふらとした足取りで、七瀬美雪のあとを追いかけ、ロッジを出た。

激しい雨が降っている。

視界が悪く、彼女がどっちに行ったのか、分からなくなってしまった。

だが——。

おそらくは上だろう。

理性を飛ばしてしまった七瀬美雪は、思考することなく、本能に従って山頂に向かったに違いない。

八雲は、近くにあった木に手を突き、呼吸を整えてから歩き出した。

436

十六

「八雲！」

勢いよくロッジのドアを開けたが、そこに人の姿はなかった。

てっきり、この場所に八雲がいると思っていただけに、落胆が大きい。膝から頽れそうになるのを、辛うじて堪えた。

「クソッ！　どこに行きやがった！」

後藤は苦々しく吐き出しつつも、部屋をぐるりと見回す。

暖炉の明かりに照らされたその部屋は、何とも薄気味の悪い空間だった。

部屋の奥には、椅子が一脚置かれていて、そこに白骨化した子どもと思われる死体が座らされている。

おまけに、床には瓶の破片が散らばっていて、生首と思われる物体が転がっている。

たぶん、七瀬美雪が持ち歩いていた雲海の生首だろう。

彼女が、このロッジにいたという証明だ。

「後藤刑事！　これ！」

石井が、床に屈み込むようにして声を上げた。

「何だ？」

437

歩み寄りながら、床を見てぎょっとなった。

床には、血溜まりが出来ていた。

指で触ってみる。まだ乾いていない。それに、温かさがある。あまり悪いことは想像したくないが、血痕を見つけてしまったとなると、そうもいかない。

「八雲氏と、七瀬美雪、どちらの血でしょう？」

「分からん」

現段階では、何とも言えない。

ただ、ここで流血沙汰があったことだけは間違いない。自分たちは、間に合わなかったのか？

八雲を救おうと、必死に駆けずり回ったのに、晴香のときのように、手遅れになったとでもいうのか？

再び虚脱感に襲われ、膝を落としそうになったが、「何くそ！」と力を込めた。

まだだ。まだ、諦めるわけにはいかない。

「あっ！」

急に石井がデカい声を上げた。

「どうした？」

石井は答えることなく、安楽椅子のところまで駆け寄っていくと、床から何かを拾い上げた。

ナイフだった——。

深淵

べっとりと血が付着している。

「何てことだ……」

こうやって改めて見ると、血痕の位置は一箇所ではなかった。

あちこちに血の痕がある。

ナイフで斬り合ったのだろうか。お互いの憎しみをぶつけ合うように——。

「まだこの建物にいるかもしれません。他の部屋を見て来ます」

石井は、そう言い残すと駆け出して行った。

この建物の別の部屋にいるという可能性はある。隠し部屋などがあって、そこに潜んでいる

ということも考えられる。

顔を上げた後藤は、戸口のところにも、血痕が付着しているのを見つけた。

触れてみると、やはりまだ乾いていない。

「石井！」

後藤が声を上げると、石井が「はい！」と返事をしながら、機敏な動きで舞い戻ってきた。

「おそらく、外に出たはずだ」

後藤が、戸口の血痕を指差すと、すぐに理解したらしく「そのようですね」と同意した。

「急ぎましょう！　血痕からみて、かなりの出血量です。どちらの血であったにせよ、手遅れ

になる可能性があります」

石井は、早口に言うと外に出る。

439

後藤もその後に続いた。

「問題は、どっちに行ったかだな」

山を上ったのか、あるいは下ったのか――。

「下ったのであれば、私たちと鉢合わせになっているはずです」

「だな」

石井の言う通りだ。

間違いなく、この山を上っていったはずだ。

――間に合えよ。

後藤は、自らに強く念じながら、山頂へと続く道を上り始めた。

十七

出血のせいか、意識が朦朧とする。

険しい山道を上ってきたせいもあり、息が上がり、足の筋肉が引き攣ったように痛む。

それでも、八雲は歩みを進めた。

――何の為に？

自分でも、判然としなかった。

もはや、七瀬美雪に対する殺意は消え失せている。だとしたら、ここから先は警察に任せて、

440

深淵

引き返せばいい。

それなのに——。

七瀬美雪を追って、足が動き続けている。自分の意思とは関係なく——。

ごうごうと激しい音がする。

目を向けると、滝が見えた。流れ落ちる川の水が、尖った岩に当たり、水飛沫を上げている。

見上げると、滝の上に人影が見えた。

視界が悪いせいで、表情は分からないが、八雲をじっと見下ろしている。どうやら、逃げる

ことを止めたようだ。

決着をつけるつもりなのだろう。

八雲は、意を決して道を上り続ける。急に勾配がきつくなる。足を滑らせないように、踏ん

張る。

その度に、刺された肩と脇腹に激痛が走る。

ただ、その激痛のお陰で、意識を失わずに済んでいた。

「本当に、しつこいわね」

何とか道を上り、滝の上に到着したところで七瀬美雪の声がした。

川の縁にある岩に腰掛け、八雲をじっと見ている。

「あなたに、言われるとは思ってなかったです……」

しつこさで言ったら、七瀬美雪の方が、はるかに上を行く。

441

「相変わらずの減らず口ね」

「そのまま……あなたにお返しします」

「本当に、あなたって嫌な人ね」

「あなたほどじゃありませんよ……」

「そういうところが、むかつくって言ってんのよ！　そうやって、いつも飄々としてるのが、

嫌いなのよ！」

七瀬美雪が立ち上がり、八雲に向かって歩み寄ってきた。

「これでも？」

「ええ」

「私なんて眼中にないって言いたいの？」

「あなたに、どう思われようと……知ったことじゃありません」

なほどだった。

さっきまでとは比較にならない痛みが、身体を駆け抜ける。そのまま気を失ってしまいそう

言うなり、七瀬美雪が八雲の脇腹の傷に、指を突っ込んできた。

だが、それでも八雲は耐えた。

「どんなに痛めつけても……無駄ですよ。ぼくは、もう惑わされない。怒りや憎しみに囚われ

ることはない。それが、彼女の望みだから……」

八雲は、七瀬美雪の腕を振り払い、真っ直ぐにその目を見つめた。

442

深淵

視線に籠もっているのは、怒りでも憎しみでもない。

いうなれば、憐れみだろう。

「何なのよその目は！　そんな目で、私を見ないで！　まるで、私が間違ってるみたいじゃない！」

「間違っています。あなたは、ずっと間違えてきた」

「冗談は止めて！　私は奪われたの！　被害者なの！」

「だからと言って、奪っていい命なんて、一つもないんです――」

八雲は、静かにそう告げた。

ずっと見失っていたが、これまで、八雲がずっと胸に抱き続けてきた信念だ。

赤い左眼で、浮かばれない数多の魂を見てきたからこそ、奪われた命の意味を知っているからこそ、導き出した答えだ。

そして、何より晴香が、その信念を貫くことを望んでいる。

「あなたとは、やっぱり分かり合えないわね」

「そのようですね」

「知ってた？　他人の命は奪っていいのよ」

言うなり、七瀬美雪はナイフを振り翳し、八雲に襲いかかってきた。

何とか振り下ろされる腕を押さえつける。

が、七瀬美雪は、八雲の脇腹を蹴りつつ、強引にナイフを押し込んでくる。

443

切っ先が、八雲のすぐ目の前まで迫っていた。

「もう止めろ！」

八雲は、叫びながら押し戻そうとしたが、完全に力負けしてしまった。

七瀬美雪ともつれ合うようにして、倒れ込んでしまう。

——しまった。

そう思ったときには、もう遅かった。

もつれ合ったまま、滝の上から身体が転落していく。

七瀬美雪は、ナイフを持っていたことが災いしたのか、八雲の横を、ずるずると滑り落ちて行く。

——八雲君。

晴香の声が聞こえた気がした。

気付いたときには、八雲は右手で岩を摑んですんでのところで落下を免れていた。

なぜ、そうしたのか、自分でもよく分からない。

反射的に、八雲は七瀬美雪の腕を摑み、落下を阻止した。

八雲は右手一本で、滝の上からぶら下がることになった。しかも、自分と七瀬美雪とを支えている状態だった。

高さは十メートル以上ある。

隆起した岩に激突したら、即死は免れないだろう。仮に水の上に落ちたとしても、濁流とな

444

深淵

った冷たい川だ。

この傷では這い上がるのは困難だ。

「どうして助けるのよ」

七瀬美雪が、下から不思議そうに八雲を見上げる。

「知りません。気付いたら、こうなっていただけです」

八雲は歯を食いしばり、身体を引き揚げようとしたが、さすがに無理だった。こうやってぶ

ら下がっているだけで精一杯だ。

腕の力が、みるみる弱まっていくのが分かる。

摑んだ岩が、指先に食い込み、皮膚が削られていくようだった。

「早く放しなさいよ。あなたまで死ぬわよ」

「そうかもしれませんよ。でも、さっきも言いました。奪っていい命なんて、一つもないんで

す。相手が、あなたであったとしても——」

「本当に嫌な人。あなたといると、私は自分の弱さを思い知らされるの。苦痛から逃げたのだ

という現実を突きつけられるの。だから、あなたのことが嫌い。自分の存在を否定されている

みたいで……」

「少し黙っていて下さい。引き揚げる方法を探します」

「いいのよ。もう、いいの——」

七瀬美雪が笑った。

445

どうして、この状況で笑うのか、八雲には理解できなかった。

考えるのは後だ。どうにかして這い上がらなければ。必死に思考を巡らせたが、何も方法が思いつかない。

こんな山奥だ。偶然、誰かが通りかかって助けてくれるなんてことはあり得ない。

七瀬美雪の手を放せば、自分だけは助かるかもしれない。

だが——。

八雲は、その選択をするつもりはなかった。

何があろうと、この手は放さない。それは、ただの意地なのかもしれない。

——あっ！

腕の限界は、唐突に訪れた。

ずるっと指の皮とともに、岩から手が離れてしまった。

重力に引かれて、真っ逆さまに転落していく——。

ダメだった。さすがに、もう終わりだ。全てを諦めたとき、誰かが八雲の身体を包み込むように抱き締めた。

七瀬美雪だった——。

「私が守ってあげる」

——何を言っている？

答えを出す間もなく、どんっと激しい衝撃が身体を襲った。

446

一瞬、意識が飛ぶ。

気付いたときには、八雲の身体は七瀬美雪の腕の中にあった。

そして、彼女は、虚空を見つめたまま絶命していた。

最後の瞬間、八雲を抱き締め、自らの身体で衝撃を吸収して、八雲の命を救ったのだ。

——どうして？

七瀬美雪は、なぜ八雲を救おうとしたのか？

痛みを堪えながら、何とか身体を起こそうとしたが、落下のダメージは完全になかったわけではなかった。

身体がふらつく。　踏ん張ろうとしたが、脇腹の傷が痛み、自由が利かない。

気付いたときには、川に転落してしまっていた。

水を飲んでしまった。

必死に泳ごうとしたが、やはり身体に力が入らず、水の中に沈んでいく。

——ここまでか。

八雲の意識は、濁流の中に呑まれていった。

十八

恵子は、娘の手を握りながら、ただ祈ることしかできなかった——。

どうしてこんなことになってしまったのか？　いくら考えても、答えは出なかった。そもそ

も、そんなことを考えたところで、何の意味もない。

晴香は、とても優しい子だった。

少し抜けているところがあったけど、真面目で、素直で、自慢の娘だった。

だが——。

恵子にとって、それが心配の種でもあった。

晴香が、いい子過ぎるくらい、いい子だったのは、おそらく、綾香の交通事故を自分の責任

だと感じていたからだろう。

だから、我が儘一つ言わず、誰にも迷惑をかけないように、控え目に、いい子を演じ続けて

いたように思う。

普段はそういう素振りを見せないが、ふとしたときに、とても悲しい顔をするのも、ずっと

引っかかっていた。

自分は生きていていいのか？　そう自問しているように、恵子には見えた。

笑顔を浮かべたときに、それが顕著に表れた。

周りの空気を読んで、笑顔を浮かべているだけで、心の底から何も楽しんでいない。そんな

風に見えた。

本当は、声をかけてやるべきだった。

お姉ちゃんの事故は、あなたの責任じゃない。あなたは、あなたなのだから——と。

448

深淵

でも、できなかった。

恵子自身、綾香の死に触れることを恐れていたというのもあるが、自分が何を言おうが、逆効果になると思っていたからだ。

いくら恵子が、論したところで、晴香は逆に気を遣われていると感じたはずだ。

あの娘は、そういう娘だ。

それが分かっていたから、ただ、黙って見守ることしかできなかった。

わざわざ東京の大学に進学したのは、嫌なことを思い出したくなかったからかもしれない。

綾香のことを誰も知らない場所に行って、暮らしたかったのだろう。

地元を離れ、一人暮らしをすることで、少しは綾香の呪縛から解き放たれるかもしれないと思った。

だから、心配はあったが送り出した。

そんな晴香が、八雲と出会ってから、大きな変化を見せるようになった。

最初に、晴香が八雲のことを話したとき、酷く怒っていたのを覚えている。大学に、凄く嫌な人がいる——と。

これまで、晴香が誰かの悪口を言うことなんて、一度もなかった。

晴香の感情が、揺さぶられたことは、大きな進歩だと思った。

それからというもの、嫌いなはずの八雲の話題が、日増しに多くなっていった。

——恋をしているんだな。

それに気付くのと同時に、恵子は心から嬉しくなった。

これまでも、恋を経験しなかったわけではないが、それは、淡い憧れ程度のものだった。

だが、今回の八雲に対する想いは、そうしたものとは、明らかに違っていた。

八雲と過ごすことで、少しずつではあるが、晴香の中にある呪縛が、解き放たれていくような気がした。

綾香の代わりとしての自分ではなく、晴香自身として、生きるようになってくれたのが、何より嬉しかった。

きっと、晴香にとって、八雲は単なる恋の相手というような、単純なものではなかったのだろう。

しかも、八雲は梓の子どもだった――。

偶然、恵子が助けることになり、その後、手紙のやり取りをしていた女性――。

二人が出会うことは、運命だったように思う。

もし、晴香が八雲と出会わなければ、きっと今も、あの交通事故に縛られたままだっただろう。

せめて、最後に会わせてあげたかった――。

「違う。晴香は、まだ生きている」

恵子は、頭を振って考えを改めた。

まだ、晴香は死んではいない。晴香の人生は、まだまだ始まったばかりだ。

450

深淵

これから、綾香の為ではなく、自分自身の為に、様々なことを経験しなくてはならない。辛いこともあるかもしれないけど、きっと楽しいことの方が多いから──。

「だから、頑張って」

恵子は晴香を握る手に力を込めた。

温もりは失われていない。だから、きっと大丈夫。医者が何と言おうと、目を覚ますはずだ。

──お母さん。

不意に耳許で声がした。

それは確かに、晴香の声だった。

目を覚ましたのかと思ったが、そうではなかった。人工呼吸器が挿入されている状態では、喋ることもままならないはずだ。

「でも、今確かに……」

──お母さん。今までありがとう。

また声がした。

「晴香」

──私、お母さんの子どもで、本当に良かった。

「ちょっと。何を言ってるの?」

そんなこと言わないで欲しい。まるで、別れの言葉みたいではないか。

──私ね。精一杯生きたよ。

「晴香。まだよ。まだ生きるの」

始まったばかりの人生だ。これから、やるべきことが、たくさんあるはず。会いたい人もいるはず。

恵子自身、晴香に伝えられていないことが、いっぱいある。だから──。

「まだ逝かないで」

──今までありがとう。お姉ちゃんが待ってる。もう行くね。

「晴香！　待ちなさい！　まだ、逝っちゃダメ！」

恵子が叫ぶのと同時に、生体情報モニターが、ピーッと警報を鳴らす。

「ダメよ。晴香。戻って来て。お願いだから、戻ってきて──」

看護師が、血相を変えて駆け込んでくる中、恵子はただひたすらに娘の名を呼び続けた──。

十九

ゆらゆらと揺れていた──。

真っ暗だった。

僅かながらも確保できていたはずの視界が、完全な闇に閉ざされていた。

何も聞こえない。

川の音も、雨の音も、何も──。

深淵

あれほど、強烈だった痛みも感じなくなっていた。それだけではない。寒さも、気怠さも、

何もない。

——ああそうか。

八雲は、自分がどうなったのかを理解した。

肉体を持たない、魂だけの存在になったのだ。つまりは、死んだのだろう。

だから何も感じない。

これまで、本当に色々なことがあった。

後悔はたくさんあるが、もうやり直すことはできない。ただ負の連鎖に決着をつけることは

できた。

この結末が、正しいものだったのか、或いは、間違っていたのか、八雲には分からない。そ

こには結果があるだけだ。

真っ暗だった視界に、ふっと淡い光が浮かんだ。

その光は、次第に大きくなり、人の形へと変貌していった。

知っている人物だった。

「叔父さん。それに、母さん——」

一心と梓は、穏やかな笑みを浮かべていた。

生きているときは、見ることができなかったような、充足感に満ちた笑みだった。

「これで、良かったのかな?」

453

問い掛けてみたが、答えは返してくれなかった。

ただ、二人が微かに頷いたように見えた。

「そうか……」

これで、良かったんだね。

もう、後悔はない。精一杯、生きた。

だから、誰かを恨むようなことはないし、未練もない。きっと、自分の魂は、現世を彷徨う

ことなく消えていくのだろう。

やがて一心と母である梓の姿は、溶けるように消え、再び完全な闇が訪れた。

「これで、また君に会えるな」

呟くのと同時に、頭の中に晴香の顔が浮かんだ。

幽霊同士であった場合は、触れ合うことができるのだろうか？　仮に、できなかったとして

も、それでも構わない。

ただ、彼女の笑顔を見ることができるなら、他に何もいらない。

「早く君に会(こた)いたい」

その言葉に応えるように、再び八雲の前にぼうっと薄い光が浮かび上がった。

――晴香。

名前を呼ぼうとしたが、慌ててそれを止めた。

そこに現れたのは、八雲がもっとも会いたくない人物だったからだ。

454

——雲海。

八雲の実の父親。全ての元凶である男だ。

「できれば、あなたの顔は、もう見たくない。消えてくれ」

八雲は、ため息交じりにそう告げた。

この男に同情すべき点は多々ある。あまりに過酷な人生を歩んできた。人を憎む気持ちも分からないでもない。

それでも、雲海がやったことは、決して許されない。自分が傷付いたからといって、他人に同じことをしていいなどという歪んだ考えが、負の連鎖を生み出したのだ。

「礼を言う」

「礼？」

雲海が、じっと赤い眼で八雲を見据えながら言った。

「彼女を救ってくれた」

この男に、礼を言われる道理はない。

そういえば、以前にも、雲海は同じようなことを言っていた。「お前に、彼女を救えるか？」

「——」と。

——そういうことか。

八雲は、今さらのように納得した。

おそらく、雲海は、自分の復活が叶わないと分かった瞬間から、七瀬美雪を止めようとしていたのだろう。

口には出さなかったが、雲海は七瀬美雪に深い愛情を持っていた。

だから、虐待のあった家から連れ出し、新しい人生を与えようとした。結果として、失敗したが、その後も行動をともにしていたのは、彼女を利用しようとしたのではなく、一緒にいたかったからなのだろう。

推測でしかないが、雲海が生に執着したのは、七瀬美雪を愛していたからなのかもしれない。

愛する人の側にいたいが故に、生き返ることを望んだ。

八雲が、晴香に触れたいと思うように、雲海も七瀬美雪に触れたいと願ったのではないだろうか？

気持ちは分かるが、その欲求を叶える為に、あまりに大きすぎる犠牲が払われた。

何れにせよ、これで全て終わりだ。

八雲の意識が、ゆっくりと闇に沈んでいく。

「生きろ——」

それを呼び止めるように、声がした。

雲海が、まだそこに立っていた。

「何だって？」

「生きろ」

雲海が、再び言った。

――生きろだと？

この男は、最後の最後に、いったい何を言っているんだ？

「あなたが招いたことだろう。散々、自分の為に、ぼくを付け狙っておいて、今さら生きろ――などと言われる筋合いはない」

「それでも、生きろ」

「ふざけるな！」

正直、八雲には、もう生きる理由はない。

血の宿縁に決着をつけたのだ。それに、晴香はもういない。彼女のいない世界で、生きる意味などない。

晴香を奪ったのは、あなたたちだろうに――。

「生きろ――」

雲海が言う。

八雲の中で、怒りが爆発した。

――いい加減にしろ！

叫ぼうとしたが、口の中に水が入ってきて、声にならなかった。

――何だ？

一瞬、混乱した。

自分は死んだと思っていた。だが、気付けば、現実に引き戻されていた。川の中ほどにある

大きな岩に、身体が引っかかっていた。

生きていると実感した瞬間、激痛が身体を駆け巡る。

刺された左肩と脇腹だけではない。身体のあちこちに痛みがある。おそらく、川に流されな

がら岩にぶつかり、傷を負ったのだろう。

こんな身体では、到底、岸に辿り着くことはできない。

このまま、ここで朽ち果てるしかないだろう。

「残念だったな……」

雲海の望みは、叶えられそうにない。

だが、これでいい。晴香のいない世界で、心を失った状態で生き続けるくらいなら、このま

まここで死んだ方がマシだ。

八雲は、ふっと力を抜いて、そのまま瞼を閉じようとした。

「生きろ」

また、声がした。

見ると、依然として雲海がそこに立っている。

赤い両眼で、八雲を睨み付けるようにしながら――。

「何なんだ……」

「生きろ！」

458

深淵

雲海が、同じ言葉を繰り返す。

腹が立つ。生きたところで、何もないというのに——。

それを奪ったのは、あなたたちだというのに——。

怒りを抱えながらも、気付いたときには、八雲は川岸に向かって歩みを進めていた。

激しい流れに、何度も流されそうになりながらも、必死に踏ん張り、激痛に耐えながら、歩みを進める。

どうして、こんな思いをしてまで、生きなければならないんだ？

「生きろ！」

「うるさい！　あなたなんかに言われなくたって……」

必死の思いで、八雲は岸に辿り着いた。

だが、そこが限界だった。

出血と痛み。それに、体温を奪われたせいで、意識がどんどん遠のいていく。

このまま目を閉じたら、楽になれるのに——。

思うのに反して、身体の内側から、熱を持った衝動が湧き上がった。それは、生に対する執着とでもいうものだった。

思考ではない。身体が、生きることを望んでいるのかもしれない。

だが、もう指一本動かせない。

八雲は、仰向けに倒れながら、雨の降りしきる夜の空を見上げた。

——ぼくは。

「生きろ！」

また、雲海の声がした。

どうして、生きなければならない？

生きたところで、そこに晴香はいない。だったら、彼女と同じところに行きたい。

——お前が死ぬことを、晴香ちゃんは望んでいない。

ふと耳に柔らかい声がした。

姿こそ見えないが、それは間違いなく一心の声だった。

——八雲。諦めないで。

今度は、梓の声が聞こえた。

どうして、楽に死なせてくれないのか？ この先、自分の人生には何もない。晴香を失った

という喪失感を抱えながらの苦しい人生が待っているというのに、それでも、生きなければな

らない理由とは何だ？

「それでも——生きろ！」

雲海の声だった。

不思議だった。その声が、八雲にはとても優しく聞こえた。

「あぁぁ！」

八雲は、最後の力を振り絞って叫んだ。

460

深淵

誰に向けて、何の為に叫んだのか、自分でも分からない。ただ、心の内側にある衝動を、口から吐き出したのだ。

力を出し切ったあと、八雲の意識は、深い闇の中に墜ちていった。

何も見えない。何も聞こえない。

深淵の底に――。

静寂と闇によって支配されているはずの深淵で、八雲は光を見た――。

小さいけれど、とても温かい光を――。

エピローグ

一

さっきまで真っ暗だったのに、薄らと光が見える。

——あれは何だ？

天国などないと思っていた。死んだら、その魂は溶けて消えてしまう。完全な無になると思っていたのに、死んだ先に、まだ何かあるというのだろうか？

光の中に人の姿が見えた。

一心だった。

いつものように、穏やかな笑みを浮かべながら、じっと八雲を見ている。

やがて、一心の隣に梓の姿が浮かんだ。中学校の担任だった高岸明美もいる。武田俊介の姿もあった。

みんなのところに、歩み寄ろうとしたが、それを阻むように一心が掌を翳した。

——お前が帰る場所は、ここじゃない。

一心が言う。

——どうして？

なぜ、自分が一緒に行ってはいけないのか？　それに、ここじゃないとしたら、いったいどこに帰ればいいのか？

464

エピローグ

八雲が疑問をぶつける前に、光がどんどん大きくなり、一心たちを呑み込んでしまった。

――待って。

追いかけようと手を伸ばしたが――届かなかった。

はっと気付くと、視線の先に白い壁があった。

「目を覚ましたか！」

がなり声が耳に響く。

聞き覚えがある。ひどく懐かしい声だ。

「おい。八雲。大丈夫か？」

そう言って、顔を覗き込んできたのは、後藤だった――。

「後藤さん……」

口にするのと同時に、八雲は自分がまだ死んでいないことを理解した。

ここは病室で、ベッドに寝ている。壁だと思っていたのは、天井だったのだろう。

――死ねなかった。

内心で呟くと同時に、喩えようのない虚しさが去来した。

「良かった。本当に良かったです。一時は、どうなることかと思いました」

今にも泣き出しそうな声で言ったのは、石井だった。

「ぼくは、いったい……」

川から這い上がったところまでは覚えている。

465

そのあと、意識を失った。あのまま死んだと思っていたのに、どうして、自分は生きている
のだろう？　それが不思議でならなかった。

「お前の叫び声が聞こえたんだ」

後藤が、ベッド脇の椅子に腰掛けながら言う。

「叫び声？」

「ああ」

そうか。あのとき、八雲は、わけも分からず叫んだ。最後の力を振り絞って。

その叫び声が、後藤に届いたということだろう。

「後藤刑事が、八雲氏を見つけて、背負って山を下りたんです」

石井が、メガネの奥で目を潤ませながら言った。

一人で決着をつけるつもりで、後藤たちを突き放した。それでも、後藤と石井は、八雲を追

って来たのだろう。

だから、倒れている八雲を見付けることができた。

二人のお陰で、自分はこうして生きている。それが、いいことなのか、悪いことなのか、ま

だ分からない。

「七瀬美雪は？」

八雲が問うと、後藤が長いため息を吐いた。

「上流の滝で、死んでいるのが見つかった」

エピローグ

「そうですか……」

八雲は、そっと瞼を閉じた。

最後の瞬間の七瀬美雪の顔が浮かんだ。

彼女は笑っていた。

どうして笑ったのか？　そして、なぜ八雲を守ったのか――今となっては、その真意は分か

らない。

ただ、七瀬美雪という人間が存在したという事実があるだけだ。

「本当に良かったです。私は、てっきり、このまま八雲氏が目覚めないんじゃないかって、心

配したんです。何せ、三日も意識不明の状態だったんですから――」

石井が震える声で言った。目を向けると、メガネを外して涙を拭っていた。

後藤も、目に涙を浮かべながら、洟を啜っている。

二人とも、泣くほどに、心配してくれていたらしい。そこに嘘はないだろう。自分が生きて

いることを、こんな風に喜んでくれる人がいるとは、思いもしなかった。

――ぼくは、生きるべきなのだろうか？

心の中で問い掛けてみたが、誰も答えてはくれなかった。きっと、自分自身で、その答えを

見つけなければならないのだろう。

「お前に、言っておかなければならないことがある――」

しばらくの沈黙のあと、後藤がそう切り出した。

「言っておくこと？」

「ああ。晴香ちゃんのことだが……」

八雲は、手を翳して後藤の言葉を遮った。

「言わなくても分かってます。最後に、ぼくのところに会いに来てくれましたから──」

説明されるまでもなく、全て分かっている。

だからこそ、改めて他人の口から、その事実を報されるのは嫌だった。

「そうか……分かっているならいい……」

後藤は、諦めたのか、泣き笑いのような表情を浮かべつつ俯いた。

だが、石井に頭を引っぱたかれ、口を閉ざした。

が、後藤に納得していないらしく、「しかし、それでは……」と、まだ何か言おうとした

「ぼくは大丈夫です。その存在がなくても、想い続けることはできますから──」

八雲は、そう呟いてから目を閉じた。

瞼の裏に、晴香の顔が浮かんだ。そこには、いつもと変わらない彼女の笑顔があった──。

ふっと、彼女の気配を感じた気がする。

温かくて、柔らかくて、全てを包み込むような、優しい気配を──。

エピローグ

二

緊張した面持ちで、B棟の裏手にあるプレハブ二階建ての一階の一番奥の部屋のドアの前に
立った――。

ドアには〈映画研究同好会〉というプレートが貼られている。

ネックレスに付いている赤い石を、ぎゅっと握り締めて、気持ちを落ち着ける。

ノックしようと手を上げたが、寸前のところで思いとどまった。いきなり入っていって、少
しくらい驚かせた方がいいかもしれない。

「やあ」

ドアを開けながら声を上げた。

部屋の主である八雲は、いつものように、パイプ椅子に座っていた。

いや、いつもとはだいぶ違う。顔や身体のあちこちに、ガーゼが貼られていて、満身創痍の
状態だ。

後から、後藤に聞かされたところによると、七瀬美雪に刺されただけでなく、滝から転落し
た挙げ句、川を流され、そこかしこに傷を負ったらしい。

八雲は、鳩が豆鉄砲でも喰らったみたいに、ぽかんとしている。

自分が目にしたものが、信じられないのだろう。

469

「あ、あのね……」

　事情を説明しようとしたが、それより先に、八雲がすっと立ち上がり、自らの左眼を掌で覆った。

　幽霊なのか、生きた人間なのかを確認しているのだ。

　まあ、この状況では、そうなるのは致し方ない。

「生きて……いるのか……」

　八雲が震える声で言った。

「うん」

　——私は生きている。

　一時は、危篤状態に陥ったものの、あのあと、奇跡的に意識を回復した。

　幽霊となって、あちこち足を運んだのも、はっきりと覚えている。もちろん、七瀬美雪を殺

そうとした八雲を、止めに行ったことも——。

　晴香は、いわゆる幽体離脱をした状態だった。

　その状態で、八雲を助けたいと、身体を離れ、あちこち移動したことが、意識を回復しなか

った大きな要因だと思っている。

　以前に、そういう事件があった——。

　八雲の高校時代の同級生である、蒼井秀明が起こした、あの哀しい事件だ。

　あのとき、秀明の妹である優花は、意識不明の重体であるにもかかわらず、兄を救おうと、

エピローグ

魂だけの存在になりながら奔走した。

まさに、今回の晴香は、その状態だったというわけだ。

意識を回復したのは、八雲より晴香の方が先だった。恵子から敦子を経て、そのことはすぐに後藤たちに伝えられた。

だが、八雲は晴香が死んだと思い込んでいた。

後藤は、今回、一人で勝手に突っ走った八雲に、少し反省させるという名目で、晴香の回復を八雲に秘密にしてしまった。

もちろん、晴香は、そんなことは猛反対だった。反省を促すにしては、あまりに質が悪い。

だから、伝えようとした。

一分、一秒でも早く、八雲と話がしたかったのだ。

だが、八雲の携帯電話は、事件の際に破損しているらしく、連絡ができない状態だったのだ。

結局、退院するのを待って、こうして足を運ぶことになったのだ。

「あのね。これには、深い訳があるというか……」

八雲が怒り狂う前に、説明しようとしたが、それより先に、彼がずかずかと歩み寄ってきた。

そして──。

八雲は、そのまま晴香を強く抱き締めた。

身体が痛くなるほど強く。

でも、とても温かかった。これまでのことが、走馬燈のように頭の中を駆け巡る。

471

いい想い出ばかりじゃないけれど、どれも大切な記憶――。

色々なことがあって、今、ようやく八雲と心から繋がっている。その実感が湧き上がってきた。

堪らず、晴香も八雲の身体に腕を回した。

八雲の身体の温もりが、その匂いが、とても心地良かった。

このまま、時間が止まってしまえばいいのに――。

「邪魔するぜ！」

声とともに、いきなりドアが開いた。

はっと振り返ると、そこには後藤と石井の姿があった。真琴もいる。

そうだった。何を隠そう、病院からここまで晴香を送ってくれたのは、後藤たちだった。

晴香だけ、先に足を運び、後から後藤たちが来ることになっていたのだ。

――恥ずかしい。

抱き合っている姿を見られるなんて、顔から火が出る想いだ。

慌てて八雲から離れようとしたが、身体が動かなかった。八雲が、晴香を抱き締めたまま後藤を睨む。

「邪魔だと分かってるなら、さっさと帰って下さい」

八雲が舌打ち交じりに言う。

「あん？　せっかく、晴香ちゃんを連れて来てやったっていうのに」

エピローグ

「よく言います。どうせ後藤さんでしょ。こんな下らないことを仕組んだのは。彼女が生きて
いることを隠すなんて、趣味が悪過ぎる」

「うるせぇ！　分かってるから、言わなくていいって言ったのは、お前だろうが！」

「熊の分際で屁理屈を――」

言い合いをする、後藤と八雲を、石井と真琴が「まあまあ」と宥めにかかる。

そのやり取りを見ていて、晴香は想わず笑ってしまった。

「何を笑っている」

八雲に睨まれた。

「え？」

「だいたい君も君だ。ぼくが、どんな気持ちでいたか……」

真顔で言う八雲の言葉が、何だか嬉しかった。だから、訊いてみたくなった。

「どんな気持ちでいたの？」

晴香が、じっと見つめると、八雲は急に顔を真っ赤にした。

「ねぇ」

「言う必要はない」

八雲は、そう返すと晴香から手を放して、そっぽを向いてしまった。

へそを曲げてしまったらしい。

「積もる話もあるでしょうし、そろそろ移動しませんか？」

石井が、おずおずと提案してきた。

「どこかに行くんですか？」

八雲が、ぶっきらぼうに聞き返す。

「お前らの快気祝いだよ」

後藤が、八雲の肩を叩いた。

「ぼくは行きません」

八雲は、すっかり機嫌を損ねているらしく、後藤を睨み付けている。

「ああそうかい。別に、お前がいなくても、何も困らねぇ。晴香ちゃん。行こうぜ」

後藤がそう言いながら部屋を出て行く。

石井と真琴は、お互いに顔を見合わせたあと、意味深長に笑い合い、「行きましょう」と部屋を出て行ってしまった。

「ねぇ。八雲君。一緒に行こう」

晴香が呼びかけると、八雲は、これみよがしに、深いため息を吐いた。

「分かったよ。行くよ」

八雲は、不機嫌に言いながらも、部屋を出た。

晴香がその後を追いかけようとすると、八雲が手を握ってくれた——。

飛び上がるほど嬉しかったが、口に出さないようにした。そんなことしたら、きっと八雲は手を放してしまうから。

474

エピローグ

これからも、きっと大変なことはたくさんあるだろう。

でも——。

ずっとこの手を放さないように、歩んで行こう——。

謝辞

「心霊探偵八雲」シリーズを読んで頂き、ありがとうございました――。

二〇〇四年の十月に第一巻が発売されてから、本編が十二冊。中学生時代を描いた外伝が一冊。それに、番外編的な「ANOTHER FILES」が六冊。全部で十九冊。十五年と八ヶ月にも及ぶ、壮大な物語となりました。

スタートさせた当初は、まさかここまでのシリーズになるとは、私自身想像もしていませんでした。

ここに至るまで、本当に色々なことがありました。

当初、文芸社からの刊行だったシリーズがKADOKAWAに移行し、異動やら退職やらで、編集担当も次々と替わり、「心霊探偵八雲」シリーズは、常に環境の変化にさらされていました。

今だからこそ言えますが、外的な要因に振り回されて、執筆が困難になる時期もありました。

謝辞

それでも、「心霊探偵八雲」シリーズを書き続けることができたのは、読者の皆様のお陰に他なりません。

出版社が変わろうと、編集担当が替わろうと、読者の皆様は、変わらずに「心霊探偵八雲」シリーズを応援して下さいました。

だからこそ、私はどんなことがあっても、気持ちが折れることなく、作品を書き続けることができたのだと思います。

改めて、お礼を言わせて下さい。

「心霊探偵八雲」シリーズを愛して下さり、本当に、ありがとうございました――。

そして、激動の中にありながら、「心霊探偵八雲」シリーズを一貫して支えてくれたうちの事務所のスタッフにも、改めてお礼を言わせて下さい。

本当にありがとう――。

ご存知の方も多いと思いますが、「心霊探偵八雲」シリーズは、私が自費出版した『赤い隻眼』という本がベースになっています。

自費出版スタートだった作品が、ここまでのシリーズに成長できたのは、書店員の皆様の応

援あってのことです。

受賞歴もない作家の、自費出版の会社が出した本を、店頭で展開して下さった書店員の皆様がいたからこそ、こうしてシリーズを重ねることができました。

そうした書店員の皆様の応援がなければ、人目に触れることなく、消えていったに違いありません。

本来なら、全ての書店員さんに直接お会いして、お礼を申し上げたいところですが、現実的ではないので、この場を借りて。

書店員の皆様。本当にありがとうございました――。

感謝の意を伝えなければならない人は、他にもたくさんいます。

これまで作品に携わって下さった、編集担当。作品のカバーを彩って下さった、イラストレーターやデザイナー。無理なスケジュールの中、原稿をチェックして下さった校閲の方々。そして、「心霊探偵八雲」シリーズを売る為に尽力して下さった、広報、営業、販売の皆様――。

多くの人の力に支えられ、「心霊探偵八雲」シリーズは、無事に完結を迎えることができました。

本当に、本当に、ありがとうございました――。

謝辞

本作をもって「心霊探偵八雲」シリーズは完結となります。

正直、書きながら私自身が泣いてしまうかと思っていたのですが、思いの外、冷静に原稿を書き進めることができました。

謝辞を書いている今でさえ、悲しさや寂しさは微塵もありません。

それは、きっと、キャラクターたちが、今も私の中で元気に生きているからでしょう。

完結したからといって、八雲や晴香、それに後藤や石井、真琴たちの存在が消えてしまうわけではありません。

これからも、私の頭の中で生き続けることでしょう。

作品を彩ってくれたキャラクターたちに、感謝の気持ちでいっぱいです。

もう、事件に巻き込むことはないから、幸せで、穏やかな日々を過ごして下さい。

今まで私の無茶ぶりに付き合ってくれて、本当にありがとう――。

余談ですが――。

先日、「心霊探偵八雲」シリーズの完結に伴い、作家の先生と対談させて頂くことができました。

十五年以上も小説を書き続けていたのに、作家の先生と対談させて頂いたのは初めてのことでした。

しかも、お相手は京極夏彦先生――。

そのご尊顔を拝む為だけに、かつて行列に四時間も並ぶほどに熱狂していた京極夏彦先生と、こんな風に対談させて頂く日がくるとは、夢にも思いませんでした。

京極夏彦先生、対談を快諾して下さり、本当にありがとうございました――。

※対談の内容は、『心霊探偵八雲　COMPLETE FILES』に掲載。

京極夏彦先生との対談というだけで、感動していたのですが、とてもありがたいお言葉を頂戴しました。

「宿敵との決着はついた。しかし、まだまだ書けそうですね。楽しみにしています」

感動でむせび泣くかと思いました。

――ふむ。

感動ばかりもしていられません。

これは、とんでもない宿題を頂いてしまいました。

深読みし過ぎかもしれませんが、宿敵との決着をつけたあとも、「心霊探偵八雲」シリーズ

謝辞

には、まだまだ可能性がある——そう言われているような気がしました。

今は、まだ何も思いつきません。

しかし——いつの日か、京極夏彦先生の宿題に、答えられる日がくるかもしれません。

そのときは、皆様に温かく八雲たちを迎えて頂けたら幸いです。

果たして、そんな日は訪れるのか?

待て! しかして期待せよ!

令和二年　春

神永　学

本作はフィクションであり、実在の人物、団体等とは一切関係ありません。

神永 学（かみなが まなぶ）
1974年山梨県生まれ。2004年『心霊探偵八雲　赤い瞳は知っている』でプロデビュー。同作から始まる「心霊探偵八雲」シリーズが、若者を中心に圧倒的な支持を集める。他著書に「怪盗探偵山猫」「天命探偵」「確率捜査官　御子柴岳人」「革命のリベリオン」などのシリーズ作品、『イノセントブルー　記憶の旅人』『コンダクター』『悪魔と呼ばれた男』『ガラスの城壁』などがある。

神永学オフィシャルサイト　https://www.kaminagamanabu.com/

しんれいたんてい や くも　　　　たましい しんえん
心霊探偵八雲12　魂の深淵

2020年6月25日　初版発行

著者／神永 学
発行者／郡司 聡
発行／株式会社KADOKAWA
〒102-8177　東京都千代田区富士見2-13-3
電話　0570-002-301（ナビダイヤル）

印刷所／大日本印刷株式会社

製本所／本間製本株式会社

本書の無断複製（コピー、スキャン、デジタル化等）並びに
無断複製物の譲渡及び配信は、著作権法上での例外を除き禁じられています。
また、本書を代行業者などの第三者に依頼して複製する行為は、
たとえ個人や家庭内での利用であっても一切認められておりません。

●お問い合わせ
https://www.kadokawa.co.jp/（「お問い合わせ」へお進みください）
※内容によっては、お答えできない場合があります。
※サポートは日本国内のみとさせていただきます。
※Japanese text only

定価はカバーに表示してあります。

©Manabu Kaminaga 2020　Printed in Japan
ISBN 978-4-04-109181-4　C0093

驚異のハイスピード・スピリチュアル・ミステリー

『心霊探偵八雲』
シリーズ

1 赤い瞳は知っている	6 失意の果てに(上・下)	ANOTHER FILES 祈りの柩
2 魂をつなぐもの	7 魂の行方	ANOTHER FILES 裁きの塔
3 闇の先にある光	8 失われた魂	ANOTHER FILES 亡霊の願い
4 守るべき想い	9 救いの魂	ANOTHER FILES 嘆きの人形
5 つながる想い	10 魂の道標	ANOTHER FILES 沈黙の予言
SECRET FILES 絆	ANOTHER FILES いつわりの樹	(以下続刊)

神永 学　装画/鈴木康士　絶賛発売中!　角川文庫

怪盗界にニューヒーロー登場!!

『怪盗探偵山猫』
シリーズ

怪盗探偵山猫／虚像のウロボロス／鼠たちの宴／黒羊の挽歌／月下の三猿（角川文庫）

深紅の虎（角川書店 単行本）

神永 学　装画／鈴木康士　絶賛発売中!

前代未聞の取り調べエンタテインメント

『確率捜査官 御子柴岳人』
シリーズ

密室のゲーム／ゲームマスター／ファイヤーゲーム（角川文庫）

神永 学　装画／カズアキ　絶賛発売中！